论语之美

傅佩荣 | 著

湖南文艺出版社
HUNAN LITERATURE AND ART PUBLISHING HOUSE
博集天卷
CS-BOOKY

图书在版编目（CIP）数据

论语之美 / 傅佩荣著．-- 长沙：湖南文艺出版社，2012.1

ISBN 978-7-5404-5257-5

Ⅰ．①论…　Ⅱ．①傅…　Ⅲ．①儒家②论语—研究　Ⅳ．① B222.25

中国版本图书馆 CIP 数据核字（2011）第 246127 号

上架建议：国学普及

论语之美

作　　者：傅佩荣
出 版 人：刘清华
责任编辑：丁丽丹　刘诗哲
监　　制：伍　志
策划编辑：康　慨
特约编辑：楚　静
封面设计：大观工作室
版式设计：利　锐
出版发行：湖南文艺出版社
（长沙市雨花区东二环一段 508 号　邮编：410014）
网　　址：www.hnwy.net
印　　刷：北京鹏润伟业印刷有限公司
经　　销：新华书店
开　　本：787mm × 1092mm　1/16
字　　数：265 千字
印　　张：18
版　　次：2012 年 1 月第 1 版
印　　次：2012 年 1 月第 1 次印刷
书　　号：ISBN　978-7-5404-5257-5
定　　价：34.80 元

目　录

自序

本书是我在浙江大学为“文化中国人才班”的同学讲解《论语》的实况记录，再稍加修订而成。年轻的心灵在面对庞大的孔子形象时，免不了有一番反思、批判与论辩，他们的敏锐提问一再刺激我的灵感，使我充分享受了教学相长的乐趣。本书取名有个“美”字，意在赞叹今日青年善于读书，勇于提问，认真思考以及服膺真理的美好心态。

这次讲课的缘由是这样的。浙江大学为了培育学生，设立“文化人才班”，由全校二年级五千多名同学中对国学有兴趣者，精选出三十五人组成，由周生春教授主持规划。承蒙周教授厚意，要我为第一届同学讲解《论语》。我未曾在大陆为本科生正式授课，正好可以借此机会了解优秀大学生的学习兴趣及能力，乃欣然应允。结果呢？学生们的热衷学习与热切讨论，让我深深感受到身为老师的重大责任与无比喜悦。一年之后，周教授告诉我所有上课实况已由孙帅、徐舒、李煦、兰田、王芳蕾等同学费心整理成文字稿，希望我加以校订并设法出版。如此，《论语之美》有了面世的机会。

有关《论语》的解读、阐述与推介，我已写了十几本书。本书的特色是加入了年轻学生的提问与我的回答。我的回答不是结论，而是引发新问题的线索。这些问题与答案使我们走出《论语》，面向今日世界与现代人生，使我们在肯定“人人心中有孔子”时，可以进而活出兼具人文之美与人格之美的一生。愿以本书与有心上进的朋友们共勉。

傅佩荣

2011年11月

论语之美

一 绪论

1.《论语》缘起

怎样研究古代的思想，这个问题仍然困扰着我们。我们的传统非常悠久，也非常丰富，可是与我们时空相隔太远，古人所说的话在当时有道理，到了今天是否还有道理呢？比如《论语》这本书，我们该怎样去读呢？

首先，《论语》并不是孔子写的，而是孔子的弟子的弟子——第二代弟子编成的。孔子的第一代弟子在他过世后舍不得老师，就在他的坟旁盖房子住，为他守丧三年。古代所谓守丧三年，不是三十六个月，根据荀子的说法是二十五个月。荀子说："三年之丧，二十五月而毕。"（出自《礼记·三年问》）前二十四个月是两年，第二十五个月是第三年的第一个月，这样称为"三年之丧"。

我有一个越南学生是和尚，在台湾大学修我的课。他告诉我，现在在越南有些人守丧还是二十五个月。由此可见，"礼失求诸野"这句话是有道理的。在地理上说，越南相对偏远，早期接受传统文化后没有什么更换，不像我们是不断与时俱进，反而可能忘了原本是什么样子。

孔子的学生在守丧期间做什么呢？不能上班，所以每天都在怀念老师，回忆老师的言行。我们今天读的《论语》里的每一句话，孔子的第一代弟子都烂熟于心，后来再由有若和曾参的弟子记录下来。

《论语》里面除孔子以外，有若称“有子”，曾参称“曾子”。因为有若、曾参的学生把老师辈的师伯师叔所背诵的《论语》记录下来，同时把自己的老师提升为“有子”与“曾子”。这实在是很特殊的事情，要知道曾参的父亲曾点也没有被称为“曾子”。“子”这个字放在前面没什么，子游、子夏、子路、子贡、子张……只代表名字。但是这个字放在名词后面就不一样了，比如孔子、孟子、荀子、老子、庄子……这是尊称，代表老师、先生。实际上，“曾子”比孔子小四十六岁，在同学中算是很年轻的，他对孔子又能理解多少呢？

另外，有个有趣的问题：孔子是怎么开始教书的呢？

孔子本来并没有特别想要教书，只是非常好学。古时候做到好学并不难，也就是学习五经和六艺，材料很少，只要用功就可以学完。五经是《诗》《书》《礼》《易》《春秋》；六艺是礼、乐、射、御、书、数，是应用的技能。其实礼、乐是重叠的，代表礼乐既有“经”的部分，又有“用”的部分。譬如音乐，光懂理论是不够的，还要能够演奏。五经即五种经典，《诗经》代表文学，《尚书》代表历史，《礼记》代表社会规范，《乐经》代表艺术，《易经》代表哲学。

什么叫哲学？古代并没有“哲学”这个词，其实就是观察“天之道”，安排“人之道”。不像文学和历史是一种生活的抉择，哲学是一套理论系统，它探究什么样的生活才有意义，由此帮助我们建立价值观。

我们的传统哲学与西方哲学有相同的地方。西方哲学即爱好智慧，智慧就是完整而根本的理解。一般人的理解都是部分的、片面的，哲学的智慧是完整的、全面的。我们只能爱好智慧而不能拥有智慧，因为只要一个人还活着，生命就是不完整的。直到面对死亡的一刹那，生命到了结束时才是完整的。这是西方人的理解。中国的哲学比如《易经》，是一整套理念，帮助人理解宇宙与人生，阐释其道理何在，指导我们安排自己的生活，诸如此类的问题。

2.为学有术

无论是做学问还是读《论语》，都有可以遵循的方法。

有个词叫做“文本（text）”，打开《论语》，第一句话是：“子曰：学而时习之，不亦说乎？”（出自《论语·学而第一》）这就是文本。怎样去理解一段文本，这是个大问题。我们要问，第一，文本它究竟说什么？第二，它想要说什么？第三，它能够说什么？第四，它应该说什么？

第一，它究竟说什么。这需要通过文字学、训诂方面的考据搞清楚。

中国大陆每隔一段时间就新发掘出一些古代坟墓，接着就可能对历史研究进行某些修正。

最有名的例子是帛书本《老子》。一般人看《老子》，都看王弼的注解，而王弼是魏晋时代的人，但是帛书本《老子》据考证出自更早的汉高祖时代。何以见得？因为古代写书要避讳皇帝的名字。譬如，有一句话是“治大国，若烹小鲜”，如果写成“治大邦，若烹小鲜”，说明这个版本早于刘邦。因为汉高祖名叫刘邦，在他当皇帝之后，“邦”字就不准用了，只能改为“国”字。还有一句是“道可道，非常道”，新发掘出的版本如果写作“道可道，非恒道”，说明此版本在汉文帝刘恒之前。

我们回头再读王弼的《老子》，就明白有些字是相通的，"常"就是"恒"，"国"就是"邦"；不过在其他地方可能不一样。另外，断句不一样，也影响对文本的解释。

在充足的材料没有发掘出来之前，读书的人只能猜测。目前只有一个版本，就只能看研究的人谁讲得比较合理。在猜测的过程中，有时候误会也可以成为一种创造，可以继续发展，可以讲得很有道理，不过这毕竟不是古人原本的想法。有时候挖掘出来就是好材料，是比较早的正式版本，没有什么问题；而有时候可能只是多刻了一个字，这样就成了猜谜大会。

譬如，孔子说："吾十有五而志于学，三十而立，四十而不惑，五十而知天命，六十而[耳]顺，七十而从心所欲，不逾矩。"（出自《论语·为政第二》）其中"耳顺"的"耳"就是多出来的字。如果看孔子之后的先秦儒家经典，《孟子》《荀子》《易传》《中庸》《大学》，没有任何一个地方提到耳朵顺不顺，倒是有很多人谈论"顺天命"，孔子也在《易传》（儒家解释《易经》的材料）中多次谈到。这就值得怀疑：孔子说的真是"耳顺"吗？

另外，怎么理解"耳顺"呢？是指能听进去各种不同意见吗？不是。孔子并不主张听进去各种意见，而是主张"道不同，不相为谋"。

还有人认为耳与繁体的"圣"（聖）有联系，这句话暗示孔子六十岁时认为自己成圣了。其实，孔子从不认为自己是圣人，他认为，就连尧舜还有很多事情做不到，而且一个人死后才能盖棺论定，"若圣与仁，则吾岂敢！"

"六十而[耳]顺"的"耳"实在是多出来的字，是衍文。涉及孔子六十岁这么重要的阶段，在先秦儒家经典中没有第二个例子，这个就成为孤证，让人无法解释这一只孤单的耳朵。

我们注意到，孔子晚年就是在"顺天命"。古人的"顺"是指下对上，如顺天、顺父母、顺国君、顺长辈……但是除了孔子没有人说过耳朵顺不顺，而且“耳顺”与孔子在六十岁前后做的事情完全不相干。从五十五岁到六十八岁，孔子花了十四年的时间周游列国，这需要的不是“耳顺”，而是“顺天命”，即“知其不可而为之”。

这是理论上的一种解释。以上是第一步，理解文本究竟要说什么，要看论据够不够多，道理讲得是否圆满。

第二步是探讨它想要说什么。每一个时代有自身的问题，其记录往往意在言外。隔了几代之后，后人往往不理解古人的用意。

譬如：孔子为什么要谈“仁”？仁是孔子的核心观念，在《论语》中出现了一百零四次，除了“之乎者也”，这个字出现得最多。孔子的学生反复问他什么是仁，孔子的回答每次都不一样。他究竟为什么要提出这个概念呢？

在孔子的时代礼坏乐崩，社会的行为规范已经瓦解，礼和乐变成外在形式。孔子说：“礼云礼云，玉帛云乎哉？乐云乐云，钟鼓云乎哉？”（出自《论语·阳货第十七》）意思是：我们说礼啊礼啊，难道只是说玉帛吗？我们说乐啊乐啊，难道只是说钟和鼓吗？“禮”（礼）这个字右边是“豐”（丰），“象二玉在器形”（出自王国维《释礼》），形如两块玉在桌子上。孔子认为，礼和乐不能只有外在的形式，还需要有内涵。

在古代，礼乐用来约束人的行为。礼代表“分”，长幼尊卑，都有规矩；乐主“和”，使人们情感和谐。有分有和，人的社会才有秩序。在孔子的时代已经礼坏乐崩，他之所以谈论仁，是要重新找到价值的基础，一种内在的真诚的力量。当外在规范已经瓦解的时候，只能从内在找到规范的基础。其实我们现在也应该问自己：为什么我要行善避恶？

以前周公制礼作乐，孔子非常崇拜他。但是现在礼坏乐崩，不可能复古了。孔子不是要复古，而是承前启后，承礼启仁，承的是周朝的礼，启的是仁义的仁。孔子反复强调“仁”这个概念，因为他想挽救时代的危机——价值观上的虚无主义。

所以说，离开时空的脉络，我们不可能理解孔子的思想或整个思想史的背景。

第三步，它能够说什么？“能够”二字代表可能性。

《论语》传习到现在有两千多年了，很多读书人都为它作注解，每一种注解都是一种可能。我就至少看过上百家注解，说明起码有上百种可能来解释每一句话。《论语》中有些话比较简单，有些话却没有定论。一句话既然启发了某个人的某种注解，说明它有着丰富的可能性。我们多了解别人的解释，就不会误以为自己的同一种解释是创见。譬如，“六十而[耳]顺”的“耳”字是多出来的，我起初以为是自己的创见，后来才发现很多人早就讲过了。比如冯友兰先生就讲过，但他没有给出证据，只是凭借哲学智慧认为“耳”字是多出来的。去年我看到梁漱溟先生的一本书，是他在北大教《孟子》时的讲义（广西师范大学出版社 2003 年出版）。书中写到，孟子主张的不是“人性本善”，而是“人性向善”。我讲“人性向善”讲了二十多年，忽然发现梁先生早就讲过了，只是他没有给出论证。做学问，不能说先发明这个词的就赢了，要看谁能对这种理论作出完整的建构。

最后一步最难，它应该说什么。通过前三个阶段的检验，研究者最终要判断它应该说什么。这么多人都在讲《论语》，我们听哪一位的呢？看谁讲得有道理！

所谓有道理，分两方面看。一方面，看在《论语》这部书中有没有前后呼应。

譬如，孔子说“自行束脩以上，吾未尝无诲焉”（出自《论语·述而第七》），向来在翻译上有争论，从中可以学习读《论语》的方法。

一般来说，这段话有两到三种解释。第一种最原始，自己带着十束肉干来找我的，我没有不教的；第二种，自己带着薄礼来找我的，我没有不教的；第三种是南怀瑾先生的翻译，自己穿戴整齐，束发修行。不过第三种在汉代就有人讲了，他选择了这种来解释。

第一种是后人最常采用的，逻辑上有问题。首先，读懂一句话，有时候要联系全篇相关内容来读。参考［10・8］的最后一句“沽酒市脯（fǔ），不食”。“沽酒”是在市面上买来的酒，“市脯”是市面上买来的肉干。可见孔子是不吃买来的酒与肉干的。如果有学生送孔子肉干，孔子难道会问“是你家人做的还是外面买的”吗？显然不可能。其次，根据司马迁的记载，孔子有三千弟子，假如每人送十束，就有三万束肉干，这样吃法恐怕会得胃癌死掉的。再次，把“自行束脩以上”翻译成“自己带十束肉干来找我”，显得孔子高高在上，这合理吗？

冯友兰先生在《中国哲学史》中提到，中国有一个孔子，西方有一个苏格拉底，他们都是有名的老师，但孔子还是比不上苏格拉底，因为后者不收学费。不过冯先生又说，我们也不能怪孔子，因为总归要维持生活的。冯先生是好心，这番话却完全是误解。

南先生解释为：自己束带修饰、服装整齐，跑来找我的我都教。他也是把“自”当成自己，只是用了比较合理的方式，但是理解有偏差。事实上，束带修饰是汉代的礼节，孔子的时代“行束脩”不可能是这个意思。假如采用这种解释，“以上”的“上”又代表什么呢？是说孔子高高在上吗？同学们见了我，都要跪下来匍匐前进，我高高在上。这种解释很不合理。

其实，上面提到的三种解释，都把“自”当做自己，本身就是错误的。这里的“自”是“从”的意思。

在《论语》中，“自”有两种用法，共出现二十次，有十次作“自己”讲，另外十次作“从”讲。例如，有朋“自”远方来，“自”就是从。“自”当“自己”来讲时，一定是一个反身动词的主词。所谓反身动词，就是主词和受词是同一个字。“自”的这种用法在《论语》中出现了十次，无一例外。譬如，“自道”“自辱”“躬自厚”等，反身动词“自”的受词就是“我自己”，主词后面不能另有受词。“自行束脩以上”，如果“自”是自己，翻译成自己带着学费或是肉干，主词后面就有了受词，不合

《论语》的文法。

有人把这句话念成“自行……以上”，其实是不对的。整部《十三经》中“自……以上”出现了三次，另两次出现在《周礼·秋官司寇》中，很抱歉，都不是这种句法，而孔子显然不会自己创造一种句法。另两次都是“自生齿以上”，指数字的增加，用以描述年龄。“自生齿以上，皆录于版”，生齿代表一岁了，长牙齿了。古代登记户口很麻烦，需要在竹简上刻名字，而婴儿的死亡率很高，所以有等小孩子长了牙齿后再登记的规定。因为婴儿长了牙齿，就可以吃硬的食物，存活问题不大。这有古代资料可查。“以上”，代表岁数往上增加，从一岁以上。第三次就是孔子讲的“自行束脩以上”，当然是指从十五岁以上。

“行束脩”为什么是指十五岁呢？最早的时候，贵族子弟确实是十五岁开始上大学，要带十束肉干；后来就以“行束脩之礼”代表十五岁。这在古代是很常见的用法。古时候，女孩子十五六岁就要及笄，看到女孩子不能问几岁了，要问她及笄没有；看到男孩子，则要问加冠没有。女孩子及笄之后就可以结婚了，男孩子加冠之后也算成年，可以结婚了。这种礼节是代表一个阶段。

孔子说“自行束脩以上，吾未尝无诲焉”，意思很清楚：从十五岁以上，我没有不教的。古时候老百姓子弟在十五岁之前有乡学，就是孟子说的“谨庠序之教”，在乡学里学习文化常识与基本武艺，但是十五岁之后就没地方学习了，只能准备子承父业。孔子开了平民教育的先河，让老百姓继续受教育，所以他强调从十五岁以上，没有自己不教的。这是多么简单清楚的道理。

孔子这么一个清楚明白的心愿，两千多年来被后人解释得稀奇古怪，什么说法都有，就是因为没有了解“自”的两个用法。

做学问的人应该记住一点：在真理面前，没有人有特权，不要说哪一个讲得一定对。就算对我自己的老师方东美先生，他的某些观点我照样会质疑。方先生从小就读国学，一直受“人性是本善的、至善的、全善的、纯善的”，这种观念的影响。但是老一辈的人没有深入思考：孔子讲的是人性本善吗？是朱熹注解的意思吗？

我们来听听孔子怎么说。孔子说：“君子有三戒：少之时，血气未定，戒之在色；及其壮也，血气方刚，戒之在斗；及其老也，血气既衰，戒之在得。”（出自《论语·季氏第十六》）血气代表一个人的本能、欲望与冲动，因此在青年、中年、老年的时候都要小心，这样看来，人性哪里有本善的影子呢？

今天讲“本善”，都是因为宋代学者的影响。譬如，翻开朱熹注解的《论语》第一页，“学而时习之，不亦说乎？”后面又说，“学之为言效也。人性皆善，而觉有先后。”朱熹说：如果没有觉悟，也是无法知道善的；有了觉悟，才发现人是本善的。这实在是幻想！

孔子并不认同“人性本善”，孟子也一样。孟子说：“富岁，子弟多赖；凶岁，子弟多暴。”经济好的时候年轻人懒惰，经济不好的时候年轻人凶暴。这么说来，哪里可以证明“人性本善”呢？人是会受环境影响的。如果说一个本善的人随时可能做坏事，讲与不讲“本善”又有什么差别？

儒家的思想是“人性向善”，“向”字来源于真诚。当我不真诚的时候，我不是以人的身份与他人相处，而只是一种生物；只要我一真诚，就成为一个人，有了力量，要求自己做该做的事。譬如，《论语·颜渊》有云：“司马牛忧曰：‘人皆有兄弟，我独无。’子夏曰：‘商闻之矣：死生有命，富贵在天。君子敬而无失，与人恭而有礼。四海之内，皆兄弟也——君子何患乎无兄弟也？’”四海之内皆兄弟，前提是“君子敬而无失，与人恭而有礼”，否则“皆兄弟”只是一句空话。敬和恭代表人的行善。只有行善才能和别人成为兄弟，因为别人也是向善的。

那么，孔子所说的“仁”是什么意思呢？仁分三个层次：第一，人之性；第二，人之道；第三，人之成。仁的三个层次都与善有关：人之性，向善；人之道，择善固执；人之成，止于至善。

学生请教孔子“仁”的含义，通常是针对第二个层次，想知道自己一生的路应该怎么走。每个学生走的路不一样，孔子对他们的回答自然也不一样。学生樊迟在三种情况下问孔了，得到二种回答。这说明儒家强调智慧。没有智慧就没法去“择”善，昨天这样做是对的，今天这样做就未必对，因为情况变了；对张三这样做对，对李四这样做就未必对，因为对象变了。儒家有“三达德”——智、仁、勇，其中“智”排第一。

二 学而第一

1.学问特色

【1·1】 子曰："学而时习之，不亦说（yuè）乎？有朋自远方来，不亦乐乎？人不知，而不愠（yùn），不亦君子乎？"

时，很多人翻译为"时常"，我认为翻译为"适当的时候"更恰当。时常复习，就会感到愉快吗？这没有道理。学习过后，在适当的时候进行练习、加强理解，就感到愉快，这样才说得通。

在古代，"时"较少当做"时常"讲，当做"时机"讲的时候较多。譬如，孟子把圣人分为四种，认为孔子是"圣之时者也"，意思是孔子在适当的时候该怎样就怎样，这样的圣人需要有德行、智慧与判断力。儒家非常强调仁与智的结合。

"学"什么呢？学习做人处世的道理。五经、六艺都是讲做人处世的道理。譬如，学习了孝顺需要练习，但不能随便练习，只有对待父母的时候才能练习。学习了诚信，用以对待朋友，遇到其他情况就要区别对待。譬如，对于“城下之盟”，孔子认为在威胁之下订立的盟约是不算数的。我们不要以为孔子是木讷顽固的。

君子与小人有什么区别呢？君子有志向，想要成为一个真正的人；小人就是不立志的人。“小人”这个词起初指的是小孩子，一个人长大之后还没有立志，那么他仍旧是小孩子。小孩子的特点是只顾自己，不为他人设想。所以说小人注重利益，君子注重道义。有些人可以逐渐实现自己的潜能，就从小人变成大人，大人即君子。

君子不只注重道义，还能够行善，因为人性向善。什么叫善呢？善就是我与别人之间适当关系的实现。我们要行善避恶，如果不清楚什么叫善、什么叫恶，那该如何做呢？同学们也许不同意我对善的定义，那么你认为什么叫善？

【学　生】傅老师，我觉得有些事物不一定有明确定义。譬如，我们要做一个好人，并不一定知道好人具体是一个什么样的人。今天我捡到钱，交给警察，我是个好人；明天我看见有人落水，就去救他，我是个好人。通过具体的判断我们就可以得出，一个好人应该是什么样子，但是我们无法穷尽，也无法给出一个标准定义。

【傅佩荣】你的说法很好！一般人确实可以这样。但是对于儒家，要杀身成仁，要舍生取义，如果对仁、义这些概念没有明确的认识，不是要稀里糊涂地死掉吗？有人溺水，你去救他，也要先看你是否会游泳；如果不会游泳，这种援救不就是白白牺牲吗？还有哪位同学说一下自己的看法？

【学　生】善就是符合社会规范和自己内心的道德准则。

【傅佩荣】很好，但有循环定义之嫌。内心的道德准则又是什么呢？是善？

孔子说“四海之内，皆兄弟也”，但是有两个前提：要敬，要恭。

四海之内的都是他人，如果我行善，我与他人就有了适当的关系。

譬如，我们对父母要孝，对君主要忠，对朋友要信，对兄弟姐妹要悌……对不同的关系相应有不同的要求。孟子喜欢讲孝悌忠信，这四者都是自己和别人适当关系的实现。

孝顺是一种善，但是善不等于孝顺；守信用是一种善，但是善不等于守信用。但是儒家讲善，从未脱离人与人之间的关系。

漂到荒岛的鲁滨孙是好人吗？荒岛上只有他一个人，如何谈善呢？有人说，他给鸽子包扎伤口，对鸽子都这么好，当然是好人了。如果第二天他肚子饿了，把鸽子吃掉了，可以说他是坏人吗？一个人在荒岛上，只存在一个问题，即他是活人还是死人的问题，而不存在善与恶的问题。

儒家的善是存在于人与人之间的。随之而来两个问题：人与动物之间呢？人与鬼神之间呢？如果一个人收养了很多流浪狗，却完全不顾及邻居对狗的叫声、臭味的抱怨，你赞成他是“善人”吗？如果这个人不能和人相处好，而和动物特别好，恐怕就陷入了一种特别的执著吧。

儒家的“学”有三个特色。第一个特色，以孔子来说，学的内容是五经和六艺，代表传统智慧与能力的结晶。人活在传统之中，不承接传统就无法教育下一代。孔子讲“温故而知新，可以为师矣”（出自《论语·为政第二》），他说，复习古代的材料而有新的理解，只有这样才能当老师。一方面要学会传统的东西，一方面要有新的理解应用于生活，因为时代与环境是不断变化的。

学习《论语》，我们要判断某句话说得对不对，首先看书中有没有其他对照，会不会互相矛盾；其次，经典说得再对，必须和今天的经验配合。经典是古代的，与我们有两千多年的间隔，我们必须在现实生活中体验，并且有所应用。

第二个特色，学与思配合。孔子说：“学而不思则罔，思而不学则殆。”只是学习而不思考，就会惘然，白费力气；只是思考而不去学习，就会陷入困境。孔子又说，我曾经整天不吃饭，整夜不睡觉，专心去思考，其实不如去学习。

【15·31】子曰：“吾尝终日不食，终夜不寝，以思，无益，不如学也。”

因为再怎么思考，也只是依据自己非常有限的生活经验。譬如，念大学而不读书，每天想来想去也不过是校园里的事，太局限了。一旦读书，马上就扩大了自己的眼界。

第三个特色，学与德行配合。在《论语》里孔子只称赞过一个学生好学，那就是颜渊，因为他“不迁怒，不贰过”。一个人不迁怒还容易做到，同样的错误不犯第二次，实在是太难了。

孔子的“学”有以上三个特色，就不是一般的上课读书了，而是可以改变自己的生命。“学”与“习”配合，并且是在适当的时候练习，这样就会愉悦，因为感觉到自己在不断成长。

我们佩服孔子，因为他“十有五而志于学，三十而立，四十而不惑，五十而知天命，六十而[耳]顺，七十而从心所欲，不逾矩”，生命境界总是向上的。一般人呢，大学毕业后每天过得差不多，一辈子重复而乏味。孔子学不厌、教不倦，从来不觉得应该停下来——天行健，君子以自强不息！

2.因材施教

【1·2】有子曰：“其为人也孝弟，而好犯上者，鲜矣。不好犯上，

而好作乱者，未之有也。君子务本，本立而道生。孝弟也者，其为仁之本与？”

有子说：“一个人能做到孝顺父母和尊敬兄长，却喜欢冒犯上司的，那是很少有的；不喜欢冒犯上司，却喜欢造反作乱的，那是不曾有过的。君子要在根基上好好努力，根基稳固了，人生正道随之展开。孝顺父母和尊敬兄长，就是一个人做人的根基啊！”

读《论语》要注意它的四个层次。第一，最重要的是孔子自己说的话。第二，是孔子与他第一流弟子的对话。孔子这个老师对学生是遇强则强，遇弱则弱，因为他懂得因材施教。学生如果很差劲，孔子的回答通常没有太多精彩之处，他甚至懒得多讲，而对于好学生的问题，他会特别注意。第三个层次，是他和比较差的学生的对话。可以参见[11·3]。孔子门下，分四科十哲：“德行：颜渊、闵子骞、冉伯牛、仲弓；言语：宰我、子贡；政事：冉有、季路；文学：子游、子夏。”

很多人都以为孔子的学生木讷，其实也有口才好的，比如言语科的两个就很突出。孔子第一流的学生最多到言语科为止，只有六个人，还有少数几人不在十哲，如曾参的父亲曾点。冉有以下算第二流的。不要以为孔子的学生都很了不起，真正了不起的只有一个颜渊，还不幸短命死掉了。

韩非子批评说，孔子过世后儒家分为八派，分崩离析，这些人都是“贱儒”。为什么现在说孔子之后的承接者是孟子？要知道孟子比孔子晚了一百多年。这是因为中间的学生不成材，或者是没有著作。

墨家也质疑孔子，说孔子的弟子不像话，看到有人死了，就说吃饭的机会来了。孔子在没做官之前，主要职业是为人办丧事。他二十岁左右做过小吏，管过仓库、牧场，到五十一岁才做官。在这之间孔子就靠为人办丧事来维持生活。孔子不少弟子也学会了，他们办丧事时可以收取费用，所以就会被墨家骂。

古代一个人从死亡到埋进坟墓，需要经过多少手续呢？五十多道！手续太多，普通人弄不懂，就找孔子，他会按礼的规定依次来做。贵族、大夫之家尤其需要孔子这样的人。

《论语》中多处对此有所涉及。“子食于有丧者之侧，未尝饱也。”老师在办丧事的人家从未吃饱过。“子曰：出则事公卿，入则事父兄，丧事不敢不勉，不为酒困，何有于我哉？”（出自《论语·子罕第九》）“丧事不敢不勉”，每天出出入入，为什么孔子突然提到丧事？因为这是他的工作。“不为酒困”，是说他喝酒不喝醉。“何有于我哉？”这些事情我做到了多少？孔子这样提醒自己。另外还有一句话：“子于是日哭，则不歌”。孔子的感情很真挚，情绪是有连续性的，只要在一天中哭过，他就不再唱歌。这从侧面说明孔子是常常哭的，因为他每次办完丧事，看见孝子贤孙哭得伤心，自己也很感动。

《论语》的最后一个层次，是孔子学生的讲话。譬如，［1·2］“有子曰”，［1·4］“曾子曰”。因为是有子和曾子的弟子编的《论语》，这两章就排在前面。有子和曾子都不是孔子最出色的弟子，他们的话不必多看，没有太多深意，有时反而容易造成混淆。譬如，有若说：“孝弟也者，其为仁之本与？”孝悌怎么会是仁的根本呢？仁包含孝悌，但孝悌不等于仁。

3.修身之道

【1·3】子曰：“巧言令色，鲜矣仁！”

孔子说：“说话美妙动听，表情讨好热络；这种人是很少有真诚心意的！”

如果不了解“仁”代表真诚，就根本不知道孔子在说什么。巧言令色，这里是指为人不够真诚。人只有真诚才有力量。力量由外而来，代表礼乐；力量由内而来，代表向善。

“鲜矣仁”，不是说没有仁，而是说很少。一个人刚毅木讷未必好，而一个人巧言令色，必须真诚才好。如果这个巧言令色的人有了真诚，就可以成为少数中的一个了。

【1·4】曾子曰：“吾日三省吾身：为人谋而不忠乎？与朋友交而不信乎？传不习乎？”

曾子说：“我每天好几次这样省察自己，为别人办事，没有尽心尽力吗？与朋友来往，没有信守承诺吗？传授学生道理，没有印证练习吗？”

“三”，在古代一般指多次，而不只是提到的三件事。“传不习乎”，有人解释为：老师传授的学业有没有复习？这是不对的，其实是讲：现在来教学生，有没有自己去实践呢？注意《论语》里某些字的细微差别，比如：“学”代表学习，“习”代表实践；“言”代表发表意见，“语”代表与人讨论。

从逻辑上分析，曾子讲的前两件事都是指的现在的事，那么“传不习”也应该指现在。曾参比孔子小四十六岁，当曾子为人谋、与朋友交时，孔子早已过世了。

曾参是孔子不错的学生，后来也成为有名的老师。但是他开始也不能够理解孔子，譬如，孔子说“吾道一以贯之”，他也听不懂。[14·35]中，“子曰：‘莫我知也夫！’”孔子的三千弟子都没有了解他，让人感到可悲。所以，不要盲目崇拜这些古人，不过详细考察之后可以崇拜孔子。

【4·8】子曰："朝闻道，夕死可矣。"

孔子这句话也是被很多人误解。有人解释道：早晨听懂了道理，晚上就可以去死。这就不对。其实孔子这句话是一种宗教的语言。人做过多少善事是量的问题，更重要的是他有没有转到正确的方向。如果转到正确的方向，究竟做了几件善事变得不重要。一个人做了很多善事，别人会做更多的恶事，这样无法考量。而宗教境界是一种觉悟，才是质的问题。

这句话应该翻译为："早上觉悟了，晚上就死也无妨。"这是一种宗教情操啊！

在《圣经》中记载，耶稣被钉到十字架上时，罗马人在他旁边放了两个强盗，表示耶稣这个思想犯是最恶劣的，借此羞辱他，警告人们：宁可打家劫舍，也不要吸引他人听从自己的学说。左边的强盗对耶稣说，你不是上帝的儿子吗？这时候怎么不显神迹来拯救我们呢？右边的强盗说，我们两个一辈子杀人放火，今日如此是应该的，但我从未听说耶稣做过什么坏事，他一定是被冤枉的。他又对耶稣说，如果你真的是神，请你记得我。耶稣对他说，今晚你就会升天堂。右边的强盗一辈子没做好事，但是最后觉悟了，照样可以升天堂，这就是宗教境界。佛教经典里也说：放下屠刀，立地成佛。一个人放下屠刀后并没有时间做好事，但是只要他觉悟了，生命随之转向。

【1·6】子曰："弟子，入则孝，出则悌，谨而信，泛爱众，而亲仁；行有余力，则以学文。"

孔子说："青少年在家要孝顺父母，出外要敬重兄长，行为谨慎而说话信实，普遍关怀别人并且亲近有善行的人。认真做好这些事，再去努力学习书本上的知识。"

“行有余力”，是讲做事要有本末先后的考虑，一个人不可能所有的时间都用于孝、悌等。而且光学习是不够的，还要实践。

【1·7】子夏曰：“贤贤易色；事父母，能竭其力；事君，能致其身；与朋友交，言而有信。虽曰未学，吾必谓之学矣。”

子夏说：“对待妻子，重视品德而轻忽容貌；侍奉父母，能够尽心竭力；为君上服务，能够奋不顾身；与朋友交往，答应的事就守信用。这样的人，即使他说自己没有学习过，我也一定说他是学习过了。”

“贤贤易色”，有人说是重视实际的德行，轻忽表面的姿态。其实不对。“贤贤易色”，讲的是如何对待妻子的问题。这句话还提到了父母、君、朋友，五伦里就提到了四伦。贤贤易色，是指对待妻子应该重视品德，轻忽容貌。《中庸》中提到，君子之道从夫妇开始。《易经》也讲，没有夫妇之伦，怎么会有父子，以及君臣、朋友？人的世界是从夫妇开始的。

【19·12】子游曰：“子夏之门人小子，当洒扫应对进退，则可矣，抑末也。本之则无，如之何？”子夏闻之，曰：“噫！言游过矣！君子之道，孰先传焉？孰后倦焉？譬诸草木，区以别矣。君子之道，焉可诬也？有始有卒者，其惟圣人乎！”

子游说：“子夏的学生们，那些年轻人对洒水、扫地、接待宾客、进退礼仪方面的事，还可以胜任，不过这些只是末节而已。做人的根本道理却没有学会，怎么可以呢？”子夏听了，说：“唉！言游错了！君子所应学习的道理，哪一样要先传授，哪一样要最后讲述呢？如果以认识草木作为比喻，就是要先区分各种各类。对于君子所应学习的道理，怎么可以妄加批评呢？在教导时能够有始有终全面兼顾的，大概就是圣人啊！”

朱熹注解道：“子游讥子夏弟子，于威仪容节之间则可矣。然此小学之末耳，推其本，如《大学》‘正心’‘诚意’之事，则无有。”由这一段话可见，子夏和他的门人格局比较小，那么说到［1·7］那段话时，他怎么会想到重视实际的德行，轻忽表面的姿态呢？

【19·3】子夏之门人问交于子张。子张曰：“子夏云何？”对曰：“子夏曰：‘可者与之，其不可者拒之。’”子张曰：“异乎吾所闻：君子尊贤而容众，嘉善而矜不能。我之大贤与，于人何所不容？我之不贤与，人将拒我，如之何其拒人也？”

子夏的学生问子张，怎么去交朋友。子张问他：“子夏说了些什么？”答道：“子夏说，可以交的去结交他，不可以交的拒绝他。”子张说：“我所听到的和这不一样：君子尊敬贤人，也接纳普通人；鼓励好人，可怜无能的人。我是非常好的人吗？对什么人不能接纳呢？我是坏人吗？别人会拒绝我，我怎能拒绝别人呢？”

这一段话同样说明子夏的格局比较小。子张说得很好，但是他也有自己的毛病，他年龄很小，比孔子小四十八岁，而子夏比孔子小四十五岁。

【1·8】子曰：“君子不重，则不威；学则不固。主忠信。无友不如己者。过，则勿惮改。”

孔子说：“君子言行不庄重就没有威严，多方学习就不会流于固陋。以忠信为做人处世的原则，不与志趣不相近的人交往。有了过错，不怕去改正。”

“无友不如己者”，是说“不要交不如自己的朋友”吗？如果只交比自己好的朋友，难道对方没有听过这句话吗？听过的话，他还会和你结交吗？

其实“如”字有两个意思，一是比得上，二是“像”。这里是后者。不要交不像自己的朋友，朋友应该是志趣相近的。以忠信为交友原则，但志趣不相近也无法走到一起。

【1·11】子曰：“父在，观其志；父没，观其行；三年无改于父之道，可谓孝矣。”

孔子说：“观察一个人，当他父亲活着的时候看他的志向，当他父亲过世之后看他的行为。如果对父亲合理的行为，他能三年之久不加以改变，就可以称得上孝顺了。”

“父之道”，这里指父亲的行事作风，并不牵涉善恶问题。如果父亲做得不对，应该立刻改；如果父亲做得对，子女承继父亲的行事作风，理应坚持三年之久。

譬如，父亲喜欢为孤儿院捐钱，孤儿院长期受捐助就会努力开办，我继承父亲家业之后，三年内继续为孤儿院捐钱。不过三年之后可能有变化，因为我也有自己的作风和考虑，我也许更想捐钱给养老院。我的儿子，也许将来又喜欢捐给其他机构。如果一直按照父亲的作风来做事，子女的个人选择就失去价值了。这种做法很合乎古代生活的情况。

【1·13】有子曰：“信近于义，言可复也。恭近于礼，远耻辱也。因不失其亲，亦可宗也。”

有子说：“与人的约言，尽量合乎道义，说话才能实践。谦恭待人，尽量合乎礼仪，就会避开耻辱。施恩于人，而不失去原有的爱心，也就值得尊敬了。”

在最后一句中，“因”与“恩”，在古代可相通，“亲”就是爱。前两句讲的是人与人之间的关系，最后一句应该也是。

【1·14】子曰：“君子食无求饱，居无求安，敏于事而慎于言，就有道而正焉，可谓好学也已。”

孔子说：“一个君子，饮食不求满足，居住不求安适，办事勤快而说话谨慎，主动向志行高尚的人请求教导指正。这样可以称得上是好学的人了。”

“好学”指的就是这些，与德行有关。人必须有志向，这时对于生活的质量就不会太在意。

【1·15】子贡曰：“贫而无谄，富而无骄，何如？”子曰：“可也；未若贫而乐道，富而好礼者也。”子贡曰：“诗云：‘如切如磋，如琢如磨’，其斯之谓与？”子曰：“赐也，始可与言《诗》已矣，告诸往而知来者。”

子贡说：“贫穷而不谄媚，富有而不骄傲，这样的表现如何？”孔子说：“还可以。但是比不上贫穷而乐于行道，富有而崇尚礼仪的人。”子贡说：“《诗经》上说：‘就像修整骨角与玉石，要不断切磋琢磨，精益求精。’这就是您所说的意思吧？”孔子说：“赐啊，现在可以与你讨论《诗经》了，告诉你一件，你能够有所发挥，举一反三了。”

“贫而乐道”，有的版本作“贫而乐”，是说不通的。有道可乐，才不会在乎贫。没有道或者人生理想，能“乐”什么？《庄子》里有一个关于颜渊的故事。颜渊说，我家里还有几亩地，可以吃上稀饭；院子里还有一点空地，可以种桑树，将来织衣服穿；我还有老师的道，可以乐道。所以我不用做官。庄子还说，“穷亦乐，通亦乐，所乐非穷通"，所乐为道。

"贫而无谄，富而无骄"是消极的表达，而"贫而乐道，富而好礼"是积极的表达，更进了一步。

《论语》里讲志向，志于学，志于道，志于仁。学的就是道和仁。道和仁是什么关系？道是人类的正路，仁是个人的正路。

人与万物之间有什么差别呢？参考西方哲学的思考，一个概念是实然（to be），另一个是应然(ought to be)。人之外的万物是实然，服从客观规则。而人的路是应然，应然表示选择，人生的路就是选择出来的。譬如，选择觉悟，"朝闻道，夕死可矣。"

仁，离不开个人选择。"仁远乎哉？我欲仁，斯仁至矣。"譬如，见到父母要讲孝顺，见到朋友要讲信用。我要仁，仁就可以实现。

4.为民爱人

【1·5】子曰："道千乘之国，敬事而信，节用而爱人，使民以时。"

孔子说："治理诸侯之国，要尽忠职守与令出必行，节省支出而爱护众人，选择适当的时候征用百姓服劳役。"

"千乘之国"指诸侯之国，而天子是万乘之君；"民"即百姓，"人"是众人。"时"指适当的时候，农业社会最怕耽搁农时。这些话对为政者的启发最大。

【1·9】曾子曰："慎终，追远，民德归厚矣。"

曾子说："丧礼能慎重，祭祀能虔诚，社会风气就会趋于淳厚了。"

德，这里不是指道德，而是指社会风气。一个人一想到祖先，就会收敛、谨慎，否则这个人只会注重当下的利害。最怕一个人完全不顾念祖先。

【1·16】子曰："不患人之不己知，患不知人也。"

孔子说："不担心别人不了解我，只担心我不了解别人。"

譬如，一个人当了领导，如果不知人，就错过人才了。

5.性格特征

【1·10】子禽问于子贡曰："夫子至于是邦也，必闻其政，求之与？抑与之与？"子贡曰："夫子温、良、恭、俭、让以得之。夫子之求之也，其诸异乎人之求之与？"

子禽问子贡："老师一到某个国家，必然听得到那个国家的政事，他是求来的呢，还是别人主动告诉他的呢？"子贡说："老师是靠温和、善良、严肃、节俭、谦逊来取得的。他老人家获得的方法，和别人获得的方法不一样吧？"

子贡是口才非常好的学生，很聪明。孔子的三大弟子就是颜渊、子路、子贡。不过，真正让人惊讶的是曾参的父亲曾点和另一个学生宰我，孔子遇强则强，遇弱则弱，这两个人使孔子的强项表现出来了。尤其是宰我，使孔子表现出了自己的整个人性论，可以参考［11·26］［17·21］这两章。

三 为政第二

1.善与真诚

【2·1】子曰："为政以德，譬如北辰居其所而众星共之。"

孔子说，以德行治理国家，就像北极星安坐在它的位置上，其他星辰环绕着它一样，大家自然会集中在你身边。还有后面会提到的"德不孤，必有邻"，都是因为人性向善。

【15·5】子曰："无为而治者其舜也与？夫何为哉？恭己正南面而已矣。"

孔子说："无所事事而治好天下的人，大概就是舜吧！他做了什么呢？只是以端庄恭敬的态度坐在朝廷上罢了。"

这是儒家的无为，不同于道家的无为。后者根本不需要"为政以德”，其无为导致百姓的无知无欲；前者以人性向善为基础，需要德行。为什么说儒家认为人性向善而不是本善？如果人性本善，就根本不需要“为政”了。有日本学者说，真正主张人性本善的是道家，因为道家反对教化，只要保持本性就好。

人性向善的意思是：人是唯一可能不真诚的生物，一个人如果不真诚，就不是以人的身份与其他人来往；如果真诚，就会发现内心有一种力量，要求自己做该做的事。“向”代表力量，来源于真诚。《孟子》和《中庸》讲真诚讲得最多，也从侧面说明了人可能不真诚，所以需要强调真诚。

【2·2】子曰：“《诗》三百，一言以蔽之，曰：‘思无邪。’”

有人解释道：《诗经》的思想是无邪的。这就有疑问了，《诗经》是谈思想的吗？另外，思想的主体是不是人？能保证作者思想无邪吗？能保证编者思想无邪吗？能保证读者思想无邪吗？

“思无邪”出自《鲁颂·駉》，是描写马的。“思”是句首或句尾助词，无含义；“无邪”表示马快跑时不能随意转弯倾斜，要直着走，否则就要跌倒。这是文学中对“真诚”的描写。《诗经》之所以感人，就在于它的真诚，不矫揉造作，不堆砌文辞。所以“思无邪”的意思是：一切出自真诚。

【17·9】子曰：“小子何莫学夫诗？诗可以兴，可以观，可以群，可以怨。迩之事父，远之事君；多识于鸟兽草木之名。”

孔子说：“同学们为什么不学诗呢？学诗时，可以引发真诚心意，可以观察个人志节，可以感通大众情感，可以纾解委屈怨恨。学了诗，以近的来说，懂得如何侍奉父母；以远的来说，懂得如何侍奉君主。此外，还能广泛认识草木鸟兽的名称。”

兴、观、群、怨，与思想无关，与情感有关。只有阅读蕴涵真诚情感的诗，才会引发真诚的情感。

【2·3】子曰：“道之以政，齐之以刑，民免而无耻；道之以德，齐之以礼，有耻且格。”

孔子说：“以政令来教导，以刑罚来管束，百姓免于罪过但是不知羞耻。以德行来教化，以礼制来约束，百姓知道羞耻还能走上正道。”

“格”者正也，就是走上正道。前半句的情况现在也常见，有人缺乏羞耻心啊！一般人活在世上，“有怨而无耻”；孔子希望人们变得“无怨而有耻”。任何事情都是有原因的，不要抱怨。

【学　生】怎么理解“真诚”？

【傅佩荣】《易传》中提到：“闲邪存其诚，修辞立其诚。”“闲”，是防备避开的意思。真诚与邪恶势不两立，绝不会向罪恶妥协，所以没有人会很真诚地做坏事。根源就在于人性向善。真诚不仅在内心，还表现在外部的修饰言辞，不能言过其实，更不能言不由衷，而要通过语言表达内心真诚。这是一种修炼。

但真正的修炼是“慎独”。《中庸》谈真诚谈得很多，并且在十六章首次出现“诚”字时，还与鬼神相关。有了鬼神，人就无法逃避道德的要求。

【学　生】我有两个问题。第一，“善”被您定义为人与人之间适当关系的实现，可是“适当”也是模糊的概念。第二，“无友不如己者”，意思是交朋友要志趣相投，其实，没有共同志趣怎么会成为朋友呢？岂不是在讲一个太过浅显的道理？

【傅佩荣】你的第一个问题是，如何判断“适当”与否。有三点原则：第一，内心感受要真诚；第二，对方期许要沟通；第三，社会规范要遵守。这三点发生冲突时，以真诚为主。至于你的第二个问题，“无友不如己者”之前还有一句，“主忠信”，讲的意思是：交朋友要真诚，道不同，不相为谋。

【学　生】您提到“道不同，不相为谋”，与“君子和而不同”有什么关系吗？

【傅佩荣】君子和而不同，“和”是指古代演奏音乐，不同乐器发出的声音不同，但是可以协调；“同”是指只有一种声音。“道不同，不相为谋”，是指每个人的生命理想不同。

【学　生】关于“人性本善”和“人性向善”，“向善”说明为善只是人的一种可能性，而“本善”的观点同样认为人未必一定为善啊，到底有什么区别呢？

【傅佩荣】人性向善，指为善的关键在于真诚，这是可以由人选择的。人不真诚的时候，只是生物之一种；真诚的时候，就不会计较利害，明白人与人之间应该如何相处。

【学　生】真诚是人的一种选择，还是人的本质？

【傅佩荣】这个问题很好！西方哲学要我们避免自然主义的谬误，即不要把人与生俱来的本性与道德价值混在一起。所以西方哲学认为，“人性本善”讲不通。人有原罪的观点，属于宗教范畴。

宇宙万物中，只有人有善恶的问题，其他动物的行为都出于本能。因此，人性与善或恶必定有本质上的联系。“本善”不能解释人为什么做坏事，“本恶”不能解释人为什么行善，所以只有向善或向恶的可能。需要考虑的是一个人是否心安，忍与不忍。这无法进行逻辑论证，但可以用语言一步步描述出来。

讨论人性“向善”与“向恶”，设想两种心理：第一种，今天没有去杀人放火，心里很不安啊；第二种，今天没有孝敬父母，心里很不安啊。哪一种是正常的？当然是后者。前者的心理已经扭曲了，不属于正常现象，而哲学讨论的是普遍现象。

再讨论“向”字。人生下来就具备的叫人性，善恶是后天的抉择，两者怎么可以叠加在一起呢？小孩子有善吗？小孩子只有生物本能，长到一定年龄才会作选择。所以，人性不是固定的东西，而是一种力量，在适当的时候，即真诚的时候表现出来。“向”字就代表力量。

孟子讲得很清楚，并举了例子：水向下流，火向上烧，野兽奔向旷野。西方的效益主义无法解释“杀身成仁”，而儒家的“人性向善”可以解释。

2.孔子言孝

《论语》直接讲孝顺的只有八章，[2·5][2·6][2·7][2·8][4·18][4·19][4·20」和[4·21]。了解了这八章内容，就知道了孔子对孝顺的看法。

【2·5】孟懿子问孝。子曰：“无违。”樊迟御，子告之曰：“孟孙问孝于我，我对曰，无违。”樊迟曰：“何谓也？”子曰：“生，事之以礼；死，葬之以礼，祭之以礼。”

孟懿子是鲁国孟氏的世袭大夫，名叫仲孙何忌，仲孙即孟孙。他奉父亲孟僖子之命，向孔子学礼，请教什么是孝。孔子说：“不要违背礼制。”孔子要“对曰”，因为下对上叫做“对”。不管对方年龄多小，只要有官位，我孔子的位置没他高，就是“对曰”，表示尊重他的地位。

后来樊迟来了，他就是三次请教孔子“什么是仁”的学生，三次得到的答案都不一样。这个学生很老实。当然有时候说老实，也包括笨在内，因为笨的人比较老实，这是一种正常情况。最怕的是笨人还奸诈，现实中有这种人，孔子也提到过。

樊迟为孔子驾车时，孔子对他说："孟孙问我什么是孝，我回答他：'不要违背礼制。'"樊迟立刻问："这是什么意思呢？"注意，孔子与学生说话，经常希望学生问"何谓也"，樊迟这个学生有一个好处，他知道自己是个笨人，就老老实实地问"何谓也"。

孔子说："父母活着的时候，依礼的规定来侍奉他们；父母过世后，依礼的规定来安葬他们，依礼的规定来祭祀他们。"

为什么孔子特别讲到礼呢？古代有个观念："礼不下庶人，刑不上大夫。"意思是，讲礼不要跟老百姓讲，因为老百姓并没有受过教育，不知道礼数是怎么回事；刑法不要针对大夫，因为剥夺他的官位，就已经让他一辈子丢脸了，就会知耻了。当然，任何人犯法其实都应该受罚的。

因此，孔子强调针对贵族子弟，要求他们特别守礼。还有一句话是"富而好礼"，也说明礼节和穷人没太多关系。孝顺就要做到不违背礼仪，因为贵族子弟应该富而好礼，什么都由礼来规定，这叫做人文之美。

对儒家来说，"礼"这个字具有神圣性。一位美国的心理学家芬加勒特（Fingarette）写了一本书《儒家学说：作为宗教的世俗学说》（Confucius：the Secular as Sacred），secular是俗，sacred是圣，意思是，孔子是以俗为圣的，将世俗平凡的生命转化为神圣的生命。书里主要讲的就是礼，the rites或者the ritual。芬加勒特从心理学的角度研究孔子的"礼"，写下了这本书，获得了三十年的盛名。

一般人研究儒家很僵化，总是谨守朱熹的某些注解，说实在的，某些观点即使连篇累牍，也没有什么启发性。学习需要有新的眼光，不然就需要以新的方法来研究。

芬加勒特很厉害，他懂一点中文，但是主要依靠英文来研究孔子，后来他有了自己的领悟，认为孔子是用“礼”来让生命变得神圣的。人本来很粗俗，就是动物之一种，肚子饿了就知道拼命吃东西，不懂得为什么要让给别人。孔子强调礼仪，就是要使人变成神圣的生命。只有人才有这种可能性，所以这叫做人文之美。

孔子认为，礼不是简单的事。有钱人、地位高的人要有礼貌，有礼仪，有礼节，显示生命的优雅姿态，这是令人赞叹的。但是这些对于贫穷的人就比较困难，他们没办法张罗各种礼仪所要求的装潢和摆设。礼仪是需要花钱的，所以只能说“富而好礼”。

这就是第一种孝顺，针对贵族子弟。孔子要求他们按照规矩来，不应该表现得财大气粗，更不能有钱就什么事都做。

第二种孝顺，看孟懿子的儿子孟武伯。

【2·6】孟武伯问孝。子曰：“父母唯其疾之忧。”

孟武伯请教什么是孝，孔子说：“孝顺就是让父母只为子女的疾病忧愁。”如果觉得这种翻译有点奇怪，可以对照其他人的翻译。

【学　生】父母对于子女，只为他们的疾病担忧。

【傅佩荣】这种翻译还不错。很多人翻译为，子女只为父母的疾病担忧。这就错了。

孟武伯是贵族子弟，贵族子弟最容易吃喝玩乐，不好好念书，在社会上胡闹，让父母担心。所以孔子对他说，让父母只为你的生病忧愁，这样就是孝顺了。对于我们大家也一样。如果父母只是担心，哎呀，天气冷了，你可别感冒啊！这说明你就算是孝顺了，因为有时候生病是无奈的事。父母如果另外还问，你有没有好好念书，有没有好好交朋友，有没有不听话？这说明你不孝顺了。

【学　生】傅老师，前面讲到“子曰：父母唯其疾之忧”，假如让父母什么都不担心，岂不更好吗？孔子这样对他说，是不是因为孟武伯的身体太差了？

【傅佩荣】也有可能。孔子讲“父母唯其疾之忧”，是针对贵族子弟。纨绔子弟容易惹是生非，所以孔子说让父母只为你的疾病忧愁，就是孝顺了。如果孔子说让父母什么事都不用操心，反而太抽象了。讲话的目的，是让别人了解重点所在。

【2·7】子游问孝，子曰：“今之孝者，是谓能养。至于犬马，皆能有养；不敬，何以别乎？”

【傅佩荣】大家来看，怎样翻译比较好？

【学　生】子游问什么是孝。孔子说：“如今所谓的孝，只是就能够养活父母而言。那么像狗和马这些动物，都能被人饲养；如果对父母没有恭顺的心意，怎么来区别孝顺与饲养呢？”

【傅佩荣】对犬马这样的动物，我们可以讲饲养。如果把养父母与养犬马进行对照，这样合理吗？

我的翻译是：孔子说，现在所谓的孝，指能够侍奉父母，但是狗与马也能服侍人，如果没有尊敬，又怎样分辨这二者呢？

细读原文。“至于犬马，皆能有养”，指犬马也能有所养于人。古代的惯例是犬马并列，一向被认为可以对人有所服务：犬替人看门，马替人拉车。《孟子》里有一段话：“君之视臣如犬马，则臣视君如国人。”如果国君把大臣当做犬马来利用，大臣就把国君当做路人看待，只是拿钱办事而已。现在我们也说，你对我这么好，有机会我要效犬马之劳。讲犬马，就是特指为人服务的。

第一种翻译，把奉养父母与饲养犬马对比；第二种翻译，把自己奉养父母，与犬马为人服务对比。很明显应该取第二种。如果把父母与犬马对比，还讲什么孝顺呢？本身就非常不孝了。

【学　生】可不可以这样翻译：犬马这样的动物也有养育之情，大犬马对小犬马有养育之情，小犬马就懂得对大犬马反哺，作为一个人又该如何呢？

【傅佩荣】问题在于：动物会反哺吗？不会的。人们读有关孝顺的古代故事，看到羊羔跪乳、乌鸦反哺的例子。其实羊羔为什么跪乳？因为它不跪下来就吃不到奶。乌鸦为什么反哺？因为小乌鸦不反哺，老乌鸦就不教最后一招。这不能当成一种孝顺。难道羊羔和乌鸦特别孝顺，别的动物都不孝顺吗？这种说法，羊羔和乌鸦也受不起。

我们不应该把人类的道德观念投射到任何动物身上，因为仁义道德需要以自由选择为前提。动物世界只有一个原则：本能决定一切。

试问：动物会自杀吗？譬如，有人说鲸鱼会自杀，有时候人们把鲸鱼推回水里，它还要上岸自杀。其实这不是真相。古人很聪明，有一句话说得好：彗星见，鲸鱼死。因为鲸鱼靠本能判断水域，彗星一出现地球磁场就被干扰，鲸鱼受到影响，就游到岸上来死掉了。干扰消失以后，还没有死掉的鲸鱼就又回到海里了。这里不存在自杀的问题。

自杀需要两个前提：第一，要有自我意识，知道我和别人不一样，否则就不存在自己杀自己的问题；第二，要有自由意志，自由选择要不要死。

说到动物世界的集体自杀，"集体"二字就表明它们不是自杀。如果一群老鼠游到海里去，有一只老鼠不游，说明这只老鼠很特别，恐怕是有人作了伪装的。自杀行为不是简单的事，所谓行为一定有预设，行为主体要具备那两个前提。

总之，只有人类才有可能自杀，因为只有人类才有自我意识。到目前为止，不能证明任何其他生物有自我意识。

有人说，狗对主人忠诚。请问：坏人养的狗，是不是对坏人也很忠诚？狗能够选择不忠诚吗？有人说，这条狗真好，主人死了，别人喂它什么都不吃。这只是因为它小时候受过主人的专门训练，只要吃别人喂的东西，就会挨主人的打。因为主人要保护它，怕外人给它有毒的食物。主人死了之后，狗不吃别人的食物，但是它并不知道自己会饿死，等它衰弱到将死的临界点，它已经没有力气避免死亡了。没有任何一种动物能够决定要不要死，或者如何死。

再如，一只大雁从空中掉下来，另一只大雁跟着也掉下来，有人说这是殉情。“问世间情为何物，直教生死相许”，这句诗就这么来的。可是，跟着伙伴掉下来的大雁，知道自己在自杀吗？它只是感觉一直与那只大雁做伴，现在剩下自己一个，不知道该怎么飞，失去了飞翔的乐趣。它一旦落下被抓，或者衰弱到将死，就来不及回头了。人类的判断却是：看啊，大雁都会殉情啊，人为什么那么绝情！

任何一种仁义道德，都要牵涉自由选择，只有人类才有这种可能性。其他动物看似有所选择，其实是表面现象。

又如，有的宠物狗和宠物猫要看心理医生，因为被人养坏了！有人一到冬天就为宠物狗做衣服，这条狗将来一定需要看心理医生，因为当主人带它上街时，它看到别的狗不穿衣服自己却穿衣服，就不能适应了。

动物本身没有问题，难题都是受人类干扰才产生的。当人类介入动物世界时，它们的生态循环、食物链就遭到破坏，发生很多状况。如果人类再将自己的主观愿望投射在动物身上，动物世界就分崩离析了。

总之，动物界无所谓仁义道德，犬马也不会尊敬主人。你家的狗为你看门，是因为它尊敬你吗？不是，它是看到你有“宝路”狗粮。你家的狗看到你，尾巴都快摇断了，是因为喜欢你吗？不是，它是喜欢你手里的食物。俄国的巴甫洛夫做过实验，他一敲铃就开始给狗食物，后来就算没有食物，只要一敲铃，狗就流口水，这是动物本能的条件反射。

《论语》中这段话的意思很清楚了：子女可以奉养父母，犬马也能服务于人，如果子女对父母不尊敬，跟犬马服务于人不是一样吗？

【学　生】在地震的时候，有位老太太被埋在废墟里，旁边有条狗一直用嘴去舔老太太的嘴唇，以保持湿润，因此老太太得救了。这条狗和这位老太太也不熟，对这种情况该怎么解释呢？

【傅佩荣】问得好。当一条狗看到有人昏迷，出于本能会有这种动作，没有什么特别。

【学　生】这条狗一直都没有离开老太太，也没有离开废墟。

【傅佩荣】这种情况在欧洲更多。雪山发生雪崩的时候，狗会救人，那是训练出来的。狗确实有这种本能。老子说过："故常无欲，以观其妙，常有欲，以观其徼"。注意断句，里面就有"无欲"和"有欲"的概念。

有一次我看Discovery Channel（探索频道），讲述一个人被杀害了，尸体被丢到海里去了。人们乘船在海面上来回搜寻，他们相信尸体在水下二十米深处，就带了一条狗来闻海水的味道。想想看，狗隔着那么深的海水能闻到气味，是很神秘的事。动物的很多情况还不为人类了解。

但是，对动物没有自由选择的可能性这一点，不必怀疑，否则，从古至今的历史不会如此书写。蜘蛛织的蛛网多么精美，最聪明的猩猩会用木棒去挖蚂蚁，与人类不同的是，它们绝对不会改善工具。在动物的世界，千年一日。

【学　生】动物世界有一些社群、集体行为，譬如，鹿群被狼群追撵，年长的鹿为了保护跑在后面的幼鹿，会停下来主动扑向狼群，这不是与狼斗争，而是直接把自己送入狼口。

【傅佩荣】是的，这是动物保存基因的一种本能。

【学　生】但是，这与生物学定义的本能行为有区别。再如，大猩猩用蘸了水的木棒去捅蚂蚁窝，取出蚂蚁来吃的例子，还有生物学家的类似实验，说明大猩猩这样的高等动物，已经具有一种学习能力。它们模仿人类的一些行为，并在模仿中获得类似于人类智慧的东西。

【傅佩荣】再怎么训练，它们很难超过人类三岁到五岁的小孩子。人类自然长大了，再笨的也比它们聪明百倍。如果一匹马有七岁小孩子的计算能力，大家都说，哇，不得了，神马啊。但是七岁的小孩子长到九岁、十岁，觉得那些很幼稚。为什么人类要辛苦地训练动物，让它符合人类所谓智慧的标准，用以衡量它呢？

【学　生】如果鹿群的行为不是一种自由选择，又算什么行为呢？

【傅佩荣】先看相反的情况。有人拍摄了一段视频，一只公狮子找一只母狮子为伴，第一步就把母狮子生的四只小狮子全部咬死，因为那不是它的种。小狮子多可爱，全部被咬死了。母狮子怎么办呢？它会看四只小狮子是不是真死了，如果真死了，母狮子心一横，就跟着公狮子走了。这是残酷吗？不是，是生命的本能。

刚才提到的老鹿，也许以前看到更老的鹿那样做过，所以会扑向狼群，让小鹿多条生路可以走。

【学　生】如果是这样，已经不是出于本能了，它是看别的鹿那么做过，经过了学习和选择，这说明它有这种能力。

【傅佩荣】但是，这不可能累积，没有通过思考来改善的可能，永远是一个模式，这个模式是可以预测的。

【学　生】如果没有学习累积，出于生物本能，它会为了保全自己的生命而逃跑。

【傅佩荣】动物有很多集体性的行为，都是为了保存群体的基因。譬如蜜蜂和蚂蚁，首要任务就是保护蜂王和蚁后，根本不在乎其他个体的牺牲。

【学　生】蜂群的基因是唯一的，由蜂王以及与其交配的雄蜂决定，对于这个群体来说，其他个体死了，不会影响群体基因的传递。但是鹿群不一样，每只鹿的基因不一样，它死亡了，就减少了它的基因的传递机会。动物行为学有一句话：动物的一切行为，都是为了将自己的基因传递下去。这样看，有关基因传递概率的问题，鹿群和蜂群就不一样了。

【傅佩荣】先接受你的意见，假设鹿有一种牺牲自己以完成某种任务的本能，为什么年轻的鹿不孝顺老鹿，主动与狼群作战呢？我们会孝顺、保护老年人，它们为什么让老鹿先死掉呢？这不是不讲道义吗？

可见，老鹿所谓的牺牲，还是群体形成的保护群体基因的本能做法。

世界很神秘，各种生命都非常复杂，但是它们的复杂不可能达到人类的地步。人类作为万物之灵，才真是奇妙无比。人类对其他动物的超越，不是量的问题，是质的问题。

【学　生】对于自由意志，自主选择去做一件事情，是否需要预定一个标准，即人类达到的水平称之为自由选择，所有没达到这种标准的，不称之为自由选择？

【傅佩荣】并非设定一种标准，而是除了人类之外，没有第二个物种有这种可能性。除非有证据显示，譬如发现蜘蛛织网的技能在进步，其实这是不可能的，这些动物总是以身体器官作为生存本能。

【学　生】欧洲有个例子，早上有人把牛奶送到居民门口去，有乌鸦“洞察”到这一点，学会了把牛奶包装戳开，偷喝里面的牛奶，这算是一个不断适应环境的过程吧？

【傅佩荣】这是生存本能。达尔文的进化论，认为任何物种在任何地方都有生存本能。蜥蜴为了求生存，进入新的环境能够有所觉察，能够立刻改变保护色。这种改变能力的产生，是源于物种进化中的基因突变。物种受外界环境的刺激，遗传基因产生一些偶然性的变化，叫做突变，后来优良品种得以在环境中生存、传递下去。不过一般物种再怎么进化，都不可能达到反省意识的层面。

意识有两种，第一种叫做直接意识，如冷、热、危险；第二种叫做反省意识，即产生了自我意识，只有人类能具备。西方人对这方面谈过很多，可以参考泰亚尔·德·夏尔丹（Teilhard de Chardin）的书。他是发现“北京人”的科学家之一，自己取中文名为“德日进”，意思是道德每天进步。在《人的现象》这本书中，他论述人类和其他动物通通不一样。人类跨过反省的门槛，才意识到自己，而人类之外的生物只能有直接反应。

【学　生】如果说其他物种的选择是基于基因，比如鹿刚刚产生，第一代鹿作第一个选择，选择做牺牲品的鹿，这是不是自由选择呢？

【傅佩荣】一般来说，是选择老的、弱的、跑得慢的或者很小的牺牲掉了。

【学　生】比如有一百只老弱的，选择哪几只来牺牲呢？

【傅佩荣】当狮子袭来时鹿群没有选择余地，全部拼命跑，老的、弱的、跑得慢的就牺牲掉了。这些鹿慢慢发现，狮子只要抓到一只就会停下来。如果狮子聪明一点，今天运气不错就多抓几只，可是狮子不会。只有人类会多抓几只储存起来。

【学　生】曾经有BBC（英国广播公司）的摄制组专门深入深山老林半年，研究狼怎么抓鹿，得出一个结论，完全支持了您刚才的说法。譬如，老鹿的留下不是有意识的行为，因为鹿的长处在于速度快，而狼的长处在于耐力强，如果抓年轻力壮的鹿，基本不可能抓到。所以把老鹿留下来的做法，是不策略、不经济的，应该把年轻的鹿留下来与狼周旋，这样大家都死不了。但是鹿的本能决定了它们只能这么笨，只会按照天然方式进行逃难。

【学　生】老师，以进化的观点来讲，人是最早的智人那一分支进化而来，难道突然有种智慧的光芒把我们点亮，成为现在这样？

【傅佩荣】问得好！智人是怎么出现的呢？根据达尔文的进化论，物竞天择，物种在慢慢演化，我们祖先这一支是人猿之一，跟大猩猩差不多。在某种特殊情况下，这一支人猿的意识跨过了反省的门槛。这是怎样的过程呢？有一种说法可以接受，叫做某种自然界的变化。譬如，在某个时间、某个地方，闪电、打雷、地震或者自然界其他的大灾难，很多种人猿在一起，只有我们祖先这支人猿受到某些影响，产生某种突变。物种的演变都是因为受自然界的影响，受到震撼，使其在某方面产生突变。譬如，很多种动物的肢体有特点，或者手特别长，或者脚特别灵敏，或者有鱼鳍，都是配合生存的需要。

人类发展的不是外在器官，而是神经系统的复杂性。与最先进的灵长类猩猩相比，如果头一样大，人类的大脑容量多三倍，神经系统更是复杂得多。如果比基因，人类的二十三对染色体，不同于大猩猩的是极小的部分；如果比力量，人类的身体如果与大猩猩一样大，力量比大猩猩小得多，但是因为大脑容量大，神经系统非常复杂，得以跨过反省的门槛，有了自我意识。

到目前为止，这是我能接受的，既合乎科学又合乎《圣经》的解释。

来看宗教的解释。宗教讲，上帝创造人类，并非无中生有，不是用泥土变的，也是慢慢进化而成。我们的祖先进化到一个阶段，经过某种天然灾难或者震撼，就稳定下来。《圣经》讲，上帝创造了亚当、夏娃，让他们住在伊甸园里，对他们说，别的果子都可以吃，只有两棵树的果子不能吃，一棵叫做生命树，另一棵叫做知善恶树。但是亚当和夏娃两个人住在乐园里，每天就是吃水果，很无聊，总在想：上帝为什么不让我们吃这两棵树的果子？夏娃是女生，比较好奇，先吃了知善恶树的果子，也给了亚当一个。两个人吃了之后，眼睛张开，发现自己赤身裸体。人类历史从此开始：眼睛张开。他们以前没有眼睛吗？有，但是以前眼睛只能向外看，现在自我意识出现了。

读《圣经》会得到很多启发，它讲的是古人对人的一种掌握，可以与进化论相通。当夏娃吃了不该吃的果子，忽然发觉自己赤身裸体而感到羞耻，就找衣服穿。穿衣服是人的特色，其他动物不需要穿衣服，因为身体本能就是它们的生存工具。人类的生存不靠本能，而靠头脑。

【2·8】子夏问孝。子曰：“色难。有事，弟子服其劳；有酒食，先生馔，曾是以为孝乎？”

子夏是文学科的高才生，他请教孔子什么叫孝顺。孔子说：“子女保持和悦的脸色，是最难的。有事要办时，年轻人代劳；有酒菜食物时，让年长的人吃喝，这样就可以算是孝顺了吗？”

这话讲得非常深刻。很多人想，现在要看父母脸色，将来父母老了之后，就要看自己的脸色。这是不对的。光是供给父母吃喝，只是外在形式，算不上孝顺。其实内心的真情才最重要，真有孝心的人脸色自然会好。

3.君子之道

【2·9】子曰：“吾与回言终日，不违，如愚。退而省其私，亦足以发，回也不愚。”

孔子说：“我整天跟回说话，他都没有质疑，好像是个愚笨的人。（这说明孔子很希望学生提问题）离开教室以后，留意他私下里的言语行为，发现他能够发挥不少心得。回并不愚笨啊。”

学生不能只是提问题，还需要将学到的东西加以实践，改变自己的行为。孔子私下里观察，发现颜渊每天都有改变。

为什么颜渊不去质疑呢？有几点可能：第一，颜渊真的很笨，这当然不是事实；第二，他完全不用心思，只是被动接受，这也不是事实；第三，他领悟力很高，一听就懂，所以欣然接受。颜渊属于第三种。

这么讲，不是希望大家学颜渊不发问，因为时代不一样了。

当时孔子率先倡导平民教育，让老百姓可以受教育。孔子比颜渊大三十岁，说实在的，学生的很多疑问他早就遇到、思考过了，如果学生有疑问，应该质疑问题怎样讲比较清楚，而不是质疑问题讲得对不对。就算学生一心质疑老师讲得不对，也不容易。譬如，我讲课时，会谈很多我个人对事物的看法，有些并不属于我的本行研究，你们当然可以质疑；如果属于我的本行研究，像儒家、道家还有《易经》，你们要质疑，就应该谨慎一点。你们大约比我小了三十几岁，如果针对儒家、道家的经典来质疑我，立刻把我问倒的可能性不大。如果针对别的就不一定了，比如进化论，有的同学比我懂得还多呢！大家不会希望我讲物理、化学，我也绝对不会讲，因为自己完全不懂。如果说有个老师什么都懂，那肯定是骗人的，没有十全十美的老师。跟一个老师学习，就要学习他的专长。

【2·10】子曰："视其所以，观其所由，察其所安，人焉廋哉？人焉廋哉？"

孔子讲了对人"视""观"与"察"的三种方法。第一，"看明白"这个人正在做的事；第二，"看清楚"他过去的所作所为，一定要问他有什么样的背景，什么学校毕业，读过什么书，否则不能确定他现在的一切是有根据的；最后，"看仔细"他的心安于什么情况。这样，这个人还能如何隐藏呢？

前面的观察针对现在和过去，"察其所安"就应该针对未来，观察这人在什么情况下才会安定下来。譬如，有些学生很聪明，学医学，学法律，学商业，学成以后却可能自私自利。所以我们要"察其所安"，看他什么状况下能够心安。如果他从来不替别人着想，将来一定自私自利。我们交朋友也要"察其所安"。

当然，自私自利并不一定是坏事，比如做生意，如果手段正当，想赚钱不是坏事，但是损人利己就不可原谅。有人说天下人做生意都这样，那是借口。错就是错，很多人都错，不见得你的错就变小了，也不见得你的错可以原谅。

"安"这个字很重要，被孔子特别强调。有学生请教他"三年之丧"的问题，孔子反问他："于女安乎？"如果你没有守三年之丧，却吃得很好、穿得很好，你安不安心？宰我说，我安心啊。孔子毫无办法，说“女安者为之”，既然安心就去做吧。每一个人都有自主性，不可能老师说怎样学生就怎样。

我教了三十几年的书，明白师生之间的情况。我在课堂上讲课，学生都很年轻，很上进，很纯洁，很有理想。等他毕业之后，他跟我说自己做什么事，如果我给他一点建议，他也可能听不进去，从此不再见面。我常常开玩笑说，至少我在台湾教书的经验不是非常愉快的。有的学生会忘恩负义，甚至欺师灭祖。

譬如，我上课讲“人性向善”，听过的学生太多了，在课堂上从来没人辩得过我，为什么？我讲得有道理，并且有经典作依据。但是有的学生毕业之后进入社会，发现不能再讲“人性向善”，因为整个学术界都在讲“人性本善”，他也就不敢讲“向善”，并且不管对错转而去讲“本善”。所有这样的人，我都不承认是我的学生。

对于非哲学专业的学生，我不会勉强你们，没有关系，只是自己要考虑儒家的思想到底怎样。如果儒家真是讲“人性本善”，那么我跟各位讲，儒家思想一文不值，根本不值得学习。但是细读《论语》与《孟子》，哪里说到“人性本善”呢？完全没有。其实是朱熹在说，我们为什么要被朱熹牵着鼻子走呢？

清代学者就发现朱熹的问题了，有人说：“减一分程朱，多一分孔孟。”这句话讲得很精彩。减少一分程颐和朱熹，就增加一分孔孟原来的面貌。原来人们都是读程颐和朱熹，尤其是朱熹的注解，就不知道谁是孔子了。孔子说过，没有人了解我呀！

【2·11】子曰：“温故而知新，可以为师矣。”

孔子说：“温习自己学过的知识，并由其中领悟新的道理，这样才可以担任老师啊。”

当老师的就要不断地读书，读过之后还要再读。像《论语》这本书，我读过何止百遍，每一次写论文写到孔子，整部《论语》就再读一遍。温故而知新，“新”代表创意。我学习西方哲学，也学习一点宗教，拿这些与儒家思想对照，才会有新的理解，才能在今天讲《论语》而不至于落伍。

【2·12】子曰：“君子不器。”

孔子说：“君子的目标，不是要成为一个有特定用途的器具。”

现在讲“君子不器”，是说我们不应该只以上班、工作、赚钱为满足。如果我是个君子，需要像孔子一样成就自己的生命，三十、四十、五十、六十、七十，每过一个十年就抵达更高的层次。如果我们没有这样的警觉，数十年如一日，到了生命的后半段，就剩下了五个字：重复而乏味。多少人都是如此，但是儒家不是，就因为“人性向善”的“向”字。

讲人性，却忽略“向”字，我们的人生实在没有理由要奋斗。没有“向”字，说明没有力量，大家都一样，过一天算一天。有人说，大家都这样过，我为什么不呢？为什么要每天向上，不是自找麻烦吗？儒家认为这不是自找麻烦，而是内在产生一种快乐。

人生有两种选择：第一，每天努力奋斗，感觉很累；第二，每天什么事都不做，到中年就准备退休了。我发现，宁肯累一点，可以感觉到自己的生命的成长。

《论语》中的君子，是指立志的人；君子不器，这里的“君子”应该是动名词，即“要成为君子的人”。孔子告诫我们，不要以做一份工作为满足，不要把自己看成一件器皿，而要成为君子。

我年轻时读《论语》，常常觉得泄气，因为发现里面只有两种人，一种君子，一种小人。我想，我属于哪一种呢？怎么看都是小人。因为小人追求利益，君子讲道义，讲道义多累啊，讲利益当然比较方便。后来我明白了，君子、小人不是二分法，而是动态的。所以我们早上起来说，今天还可以努力，再进步就是君子了。不要给自己太大压力。

【2·13】 子贡问君子。子曰："先行其言而后从之。"

子贡请教怎样才是君子。孔子说："先去实践自己要说的话，做到以后再说出来。"

这不是标准答案，而是标准的因材施教。回答某个人的问题，应该根据他的需要给出答案。君子的修炼并没有标准模式，每个人应该针对自己的弱点加以修炼。

子贡年轻，口才又好，有些事不管能不能做到，直接就说了，所以孔子对他这样教诲。我年轻时比较像子贡，很多时候很冲动，说了之后再去做，最后会很累。那时也很豪爽，常常答应别人很多事情，非常爽快，但是做起来好辛苦，年纪大了比较收敛了，答应之前要先考虑一下。比如周生春教授（浙江大学"文化中国人才班"的负责人）对我说，你就答应来这边教三年吧，我说先教第一年，以后再说。如果我立刻答应教三年，以后做不到怎么办？

【2·14】 子曰："君子周而不比，小人比而不周。"

孔子说："君子开诚布公而不偏爱同党，小人偏爱同党而不开诚布公。"

要了解君子和小人的对比，看这些篇章：[4·11][4·16][13·23][7·37][12·16][13·25][13·26][14·6][14·23][15·2][15·21][15·34]，全部谈的是君子和小人的对比。把这十几篇综合起来看，就知道什么是君子，什么是小人。最有名的"君子和而不同，小人同而不和"，在[13·23]。

【2·15】子曰："学而不思则罔，思而不学则殆。"

孔子说："学习而不思考，就不会有所领悟；思考而不学习，就会陷于迷惑。"

光思考不学习，就缺乏系统性，做每件事情都不一样。西方人在学习上分三个层次，第一个叫做信息（information），每天都在变；第二个叫做知识（knowledge），分为不同专业的知识；最高的叫做智慧（wisdom），智慧是整体的、整合的。

【2·16】子曰："攻乎异端，斯害也已。"

对这句话怎么翻译？

【学　生】研究两极的学说，这是一种祸害啊！

【傅佩荣】"异端"，指与我不同的另外一端，没有贬义，到孟子那里才变成异端邪说。"攻"，指研究，还是指批判？在《论语》里，这个"攻"指的是批判。

参考［11·17］："季氏富于周公，而求也为之聚敛而附益之。子曰：'非吾徒也。小子鸣鼓而攻之，可也。'"周公代表鲁君，周公的很多继位者也称为周公。季氏的财富超过了鲁君，冉有却还在为他聚集收敛，增加他的财富。冉求这个学生做了官，只听老板的话为老板赚钱，而忽略了孔子的教训。孔子对他不满意，并且说，冉求不是我的同道，同学们可以敲锣打鼓去批判他。

再参考［12·21］，"攻其恶，无攻人之恶。"要批判自己的过错，而不要批判别人的过错。可见，《论语》中出现的这几个"攻"字都是指批判。

“攻乎异端，斯害也矣。”这句话应该翻译为：批判与自己立场不同的说法，难免会带来后遗症。孔子主张“道不同，不相为谋”，他不会去批判，因为批判之后会有后遗症，你批判别人，别人也会批判你呀。

【2·17】子曰：“由！诲女知之乎！知之为知之，不知为不知，是知也。”

孔子说：“子路，我来教你怎样求知！知道就是知道，不知道就是不知道；这才是求知的态度。”

如果你不知道却以为自己知道，那糟糕了，你就不愿意听别人的说法。有人把最后那个“知”读成“智”，就错了，这里谈的是求知的方法。

【2·18】子张学干禄，子曰：“多闻阙疑，慎言其余，则寡尤；多见阙殆，慎行其余，则寡悔。言寡尤，行寡悔，禄在其中矣。”

子张请教怎样获得官职与俸禄。孔子说：“多听各种言论，有疑惑的放在一边，然后谨慎地说自己有信心的话，这样别人的责怪就少了；多看各种行为，有不妥的也放在一边，然后谨慎地去做自己有把握的事，这样自己的后悔就少了。说话很少被责怪，做事很少会后悔，获得官职与俸禄自然不成问题。”

子张这个学生比孔子小四十八岁，是《论语》中有名字的学生中年纪最小的。学生问这些问题，孔子是不会生气的，因为学习本来就要为社会所用，况且古代读书人只有一条出路：做官。听从孔子这番话，在社会上做官、做事都不成问题。为人处世，最主要就是言和行两件事。

【2·22】子曰："人而无信，不知其可也。大车无輗，小车无軏，其何以行之哉？"

孔子说："一个人说话不讲信用，真不知道他怎么与人交往。就像大车没有连接横木的輗，小车没有连接横木的軏，车子要怎么拉着走呢？"

"大车"是牛车，可以载重，跑得慢；"小车"是马车，载重有限，跑得快。古代大车小车的前面都有横木，套住牛马。輗和軏就是横木的连接关键，即车子套在牛马的背上时锁住的中间环节。

孔子是在比喻人不能没有信用。有人问，守信用真的那么重要吗？孟子说："大人者，言不必信，行不必果，惟义所在。"言不必信，指说话不必守信；行不必果，指做事不必有结果。这不是违反信用吗？

当我们和别人约定一件事的时候，会涉及一个时间差，在这期间可能发生不可预料的事。举个例子，你买了把猎枪，有个朋友对你说，下个月把猎枪借给我打猎吧。你答应了。但是一个月之中朋友患了抑郁症，有自杀倾向。等约定时间到了，朋友对你说，上个月答应借我猎枪，借我吧。这时候如果你守信，等于给了他自杀的机会。所以这种情况下不必守信。孟子说"惟义所在"，所谓"义"，指一件事的正当性。

什么叫"行不必果"？举个例子，你帮一个朋友盖一栋房子，盖了一半你就不盖了，因为发现这房子是用来藏朋友走私的东西。发现了不良意图，再继续就是助纣为虐。做事不一定要有结果，考虑"惟义所在"。

读《孟子》会发现，只有他把孔子的思想全部展现出来，淋漓尽致，真是才华过人！孔子死后一百多年出现了孟子，他地下有知一定很欣慰。像孟子这样杰出的人才，到处说自己要学孔子——"私淑孔子"，私底下找孔子的材料来学习，而且佩服之至。

现在孔庙里还有四个字，讲孔子是"生民未有"，意思是，自有人类以来，没有见过孔子这样的人！这话是孔子的学生最先说的，经过孟子特别强调之后，天下人都知道了。

4.为政之道

【2·19】哀公问曰:“何为则民服?”孔子对曰:“举直错诸枉,则民服;举枉错诸直,则民不服。”

鲁哀公问:“要怎么做,百姓才会顺服?”孔子答道:“提拔正直者,使他们位于偏曲者之上,百姓就会顺服;提拔偏曲者,使他们位于正直者之上,百姓就不会顺服。”

因为百姓向善,看到偏曲者自然不服,而正直者上台则自然心服。孔子没有强调人性向不向善,却正好预设了百姓是向善的。

有关民、人,所有人都怎样,四海之内都怎样,这些全称命题也即普遍命题。普遍命题需要有所预设。如果孔子不主张“人性向善”,就不能说出“民”这个字,而只能说有些人心服。“民”是一个集合名词,代表了普遍,只有来自人性,才能是普遍的。

【2·20】季康子问:“使民敬、忠以劝,如之何?”子曰:“临之以庄,则敬;孝慈,则忠;举善而教不能,则劝。”

季康子问:“要使百姓尊敬、效忠与振作,应该怎么做?”孔子说:“以庄严态度面对百姓,他们就会尊敬。以仁慈之心照顾百姓,他们就会效忠。提拔好人并且教导能力不足的人,他们就会振作起来。”

今天也一样,看到一个好人上台,我们就知道好人可以出头,就都愿意行善了;如果看到一个坏人上台,我们会不会说“看来坏人能出头,那我们要做坏事”?其实我们总觉得做坏事很别扭,而且坏人上台恐怕是暂时的。这就是“人性向善”的证明。

如果不谈人性，好人上台，大家通通做好事；坏人上台，大家通通做坏事。这种情况比较少。通常是好人上台，大家都互相劝勉，说我们要做好事；坏人上台，大家都互相告诫不要像他一样。

【2·21】或谓孔子曰："子奚不为政？"子曰："《书》云：'孝乎惟孝，友于兄弟，施于有政。'是亦为政，奚其为为政？"

孔子到五十一岁才做官，其实很早就有人劝他，说你这么有学问有能力，为什么不做官呢？可是做官不是要做就能做，总要有人提拔才行。

孔子讲了很好的理由，说："《尚书》上说：'最重要的是孝顺父母，友爱兄弟，再推广到政治上去。'这就是参与政治了，不然，如何才算参与政治呢？"他认为，在家里做到孝和悌，慢慢推广到邻里乡党，天下自然大治了。这是儒家的理想。从政并不一定要做官，只做官而家事没处理好，也是不行的。

5.礼与鬼神

【2·23】子张问："十世可知也？"子曰："殷因于夏礼，所损益，可知也；周因于殷礼，所损益，可知也。其或继周者，虽百世，可知也。"

子张请教："未来十代的制度现在可以知道吗？"孔子说："殷朝沿袭夏朝的礼制，所废除的与所增加的，可以知道；周朝因袭殷朝的礼制，所废除的与所增加的，也可以知道。以后若有接替周朝的国家，就算历经百代，也可以知道它的礼制。"

礼是古代早就制定好的，夏、商、周朝都有礼，人的社会不可能没有礼。礼代表礼仪、礼节、礼貌。礼仪是最形式化的，又称为仪式；礼节是社会的规定；任何人际交往都需要基本的礼貌。

子张这个学生很年轻，但是志向很高。他问了很多大问题，这是其中之一。

【2·24】子曰："非其鬼而祭之，谄也。见义不为，无勇也。"

孔子说："对于不该自己去祭祀的鬼神，若是去祭祀，就是谄媚。看到该做的事而没有采取行动，就是懦弱。"

很多人强调孔子是无神论者，请问，在这里孔子否认鬼神了吗？没有。孔子只是说，你只要祭祀你应该祭祀的鬼神——你的祖先。如果孔子认为祖先不存在，何必谈祭祀呢？他只是告诫大家，不要看到别人家很发达，就顺便祭祀人家的祖先，那是谄媚。

孔子绝不是无神论者，他对鬼神有自己的理解。他从来没有否认过鬼神，和古代一般人一样相信人死为鬼。

【7·35】子疾病，子路请祷。子曰："有诸？"子路对曰："有之；《誄》曰：'祷尔于上下神祇（qí）。'"子曰："丘之祷久矣。"

孔子病得很重，子路请示要做祷告。孔子说："有这种事吗？"子路说："有的。《誄文》上说：'为你向天神地祇祷告。'"孔子说："我长期以来一直在祷告啊！"

天神地祇是一般的鬼神，并不是天。孔子的意思是，我跟鬼神从来没有分离，从来没有隔绝过啊！我该祭祀就祭祀，该做我的事就做我的事，还需要特别向鬼神祷告吗？平时建立关系就没有问题，而临时抱佛脚是没有用的，不能病急乱投医啊！

四 八佾第三

1.礼主别异

【3·1】孔子谓季氏，“八佾舞于庭，是可忍也，孰不可忍也？”

季氏在家庙的庭前，举行天子所专享的八佾之舞。孔子评论这件事时说：“这可以容忍，还有什么是不可以容忍的！”

季氏是孔子很不满的一个人。季氏有家庙，因为他也是鲁国周公的子孙，有特权。周公是周文王的儿子、周武王的弟弟，姓姬名旦。周公辅佐他的侄子成王，后来把政权交还给成王，成王很感激他，给了鲁国各种特别的封赏。鲁国可以立太庙（祭祀周朝祖先的庙），可以祭周公，与祭祀天子是同样的规格。这是鲁国才有的特权。

季氏认为自己也是周公的子孙，就在家庙前举行八佾之舞。八佾之舞是什么呢？一佾是八人，八佾是六十四人。天子八佾，诸侯六佾，大夫四佾。现在祭孔都用六佾，因为六佾是诸侯之礼。季氏祭祀，按礼制只能用四佾三十二人，他用八佾是违背了礼制。很多人说，这有什么呢？他有钱嘛，随便用就是了。但是不可以！

社会需要有规格标准。譬如，现在我是一个普通教授，决定了接待我的是什么人，什么规格；哪天我在别的地方当了校长，接待我的就是校长。这种接待规格，跟这个人有没有学问无关，只看他的社会身份。社会需要有这样的规格，不然就乱套了。如果今天我来，是你们校长接待我，以后我们校长来又该怎么办？所以我们需要规矩，大家照规矩来。

可是季氏不照规矩来，孔子受不了就说，如果这件事情可以忍受，还有什么不可以忍受呢？他认为季氏将来什么事情都做得出来。

【3·2】三家者以《雍》彻（撤）。子曰："'相维辟公，天子穆穆，'奚取于三家之堂？"

鲁国的三家大夫在祭祖典礼中，冒用天子之礼，唱着《雍》诗撤去祭品。孔子说："《雍》诗上有'助祭的是诸侯，天子庄严肃穆地主祭'，这两句话在三家的庙堂中怎么能用得上呢？"

《雍》诗中有八个字，"相维辟公，天子穆穆"。"相"，即帮助的助，如宰相的"相"字就是帮助的意思；"维"是语气助词；"辟公"即诸侯；"穆穆"就是庄严肃穆的样子。这是《诗经》里的话。

三家大夫连诸侯都不是，居然也唱《雍》诗，这件事实在是惹人笑话了。后来，[3·1][3·2]两章合起来，变成一个有名的成语，叫做"舞佾歌雍"，描写一个人僭越，超过太多了。

【3·3】子曰："人而不仁，如礼何？人而不仁，如乐何？"

孔子说："一个人没有真诚的心意，能用礼做什么呢？一个人没有真诚的心意，能用乐做什么呢？”

“仁”，我直接翻译为“真诚的心意”。前面有“巧言令色，鲜矣仁”，“仁”就是真诚的心意。你们怎么翻译呢？

【学　生】人如果不仁的话，怎么来对待礼呢？人如果不仁的话，怎么来对待乐呢？

【傅佩荣】注意，礼和乐是工具，不需要人来对待，只看人拿礼乐做什么用。

仁是真诚的心意。一个人如果没有真诚的心意，还用礼做什么呢？譬如，一个人在路上看到老师，对他鞠躬行礼，心里却很讨厌他。请问，这种礼有什么用呢？没有真诚的心意，礼和乐只是摆摆样子，成为纯粹的形式，完全虚伪，这个是标准的礼坏乐崩。

所谓礼坏乐崩，不是说不会奏乐了，不会摆排场了，而是只剩下外在形式。丧失了真诚的心意就丧失了本质。

【3·4】林放问礼之本。子曰：“大哉问！礼，与其奢也，宁俭；丧，与其易也，宁戚。”

学生问了一个很简单的问题，但是孔子的反应很激烈。

林放请教礼的根本道理，这让孔子很感动，因为当时大家已经不守礼了，礼变成了纯粹的形式。孔子说：“你提的真是大问题啊！一般的礼，与其铺张奢侈，宁可简约朴素；至于丧礼，与其仪式周全，不如心中哀戚。”简约朴素，虽然不太合乎礼的规格，至少这个人有真诚的心意。

孔子有“承礼以启仁”的基本观点。“承礼”，把古代的礼接过来；“启仁”，开启一条新路，叫做仁。仁即真诚。教育就是要启发学生真诚的心，要通过阅读《诗经》，阅读其他经典，让学生恢复真诚。

【3·5】子曰："夷狄之有君，不如诸夏之亡也。"

孔子说："夷狄还知道有君主，不像周朝诸国连君主都没有了。"

不如，不能翻译成"比不上"，不能说夷狄就算知道有君主，也比不上我们这些诸夏之国没有君主，那就成了笑话。"如"，本来就有像的意思。前面提到"无友不如己者"，应该翻译为：没有朋友不像我这样的。

周朝诸国是华夏文明区。春秋期间，周朝曾经五年没有天子；鲁国曾经九年没有国君，因为发生内乱，国君被季氏赶走了，才引发孔子这样的叹息。

【3·6】季氏旅于泰山。子谓冉有曰："女弗能救与？"对曰："不能。"子曰："呜呼！曾谓泰山不如林放乎？"

"旅"，这里不指旅行，而是一种祭礼的名称，代表祭祀。"救"，是阻止的意思。

季氏要去祭祀泰山。冉有是季氏的家臣，孔子对他说："你不能阻止他吗？"冉有很诚实，回答："不能。"因为他这个人是专门帮助老板发财的，老板叫怎么做他就怎么做，让他去反对老板，绝无可能。

孔子就说："呜呼，难道你们认为泰山之神不像林放一样懂得礼吗？"他告诫冉有：林放还知道问礼的根本，泰山之神会不知道你们僭越礼的规定吗？

"泰山"指泰山之神。如果指一座山，就不能与一个人相比；而人们到泰山去祭祀，就说明泰山上有神。

【3·8】子夏问曰："'巧笑倩兮，美目盼兮，素以为绚兮'。何谓

也？”子曰：“绘事后素。”曰：“礼后乎？”子曰：“起予者商也，始可与言《诗》已矣。”

子夏不是孔子第一流的学生，但是他在《论语》里受到最高的称赞。孔子公开说“启发我的人就是子夏”。我们很好奇，他是如何启发孔子的？

他只说了三个字，后面还加问号——“礼后乎？”这就启发了孔子。注意子夏引用句子的翻译，我听听大家怎么说。

【学　生】子夏问道：“‘微笑的面容美好动人啊，美丽的眼睛黑白分明啊，洁白的底子上绘有文采啊。’这几句诗是什么意思？”孔子说：“先有素色的底子，然后绘画。”子夏说：“那么礼是不是产生于仁义之后呢？”孔子说：“启发我的是卜商啊！从此可以跟你谈论《诗经》了。”

【傅佩荣】这一段翻译大有问题。对前几句，我的翻译是：子夏请教说，笑眯眯的脸真好看，滴溜溜的眼真漂亮，白色的衣服就已经光彩耀目了。子夏不懂了，为什么说白色的衣服就已经光彩耀目了。孔子说，绘画时，最后才上白色。

孔子说“绘事后素”，可是朱熹加了个“于”字，说“绘事后于素”。因为朱熹是南宋人，有很好的宣纸可以画画，他忽略了孔子的时代没有白纸可以画画。看汉代古墓的发掘就知道，那时候文字都画在绢布上，如帛书本《老子》。孔子的时代画画的纸用树叶、树片做成，是咖啡色的，而“白色”是很贵重的颜料。所以孔子说，画画是先上各种彩色，最后上白色，使之前的颜色彰显出来，这叫做“绘事后素”。

为什么穿上白色的衣服，就显得光彩耀目？因为这个人先有了“巧笑倩兮，美目盼兮”，是天生丽质，白色使其显得很耀目。真正的美不是靠彩色来装扮的。

子夏问：“礼难道是最后加于人身上的吗？”意思是礼相当于白色。

孔子说，哎呀，启发我的人就是子夏。他还不曾想到礼相当于白色。我们一般认为礼是彩色的，人们学习礼之后就变得多彩多姿，很有礼貌了。其实多彩多姿的是内心真诚的情感，是人性向善的力量，白色的是礼，是外在的形式。

礼本身不是目的，而是像白色的衣服一样，目的是让天生丽质的女子显示她的美。如果一个人没有真诚的情感，礼表现得再好，都是空虚的形式。

【学　生】先有仁，还是先有礼呢？

【傅佩荣】不是先有仁才有礼的。孔子"承礼启仁"，是说礼早就存在，后来礼坏乐崩，大家都忘记了真诚的情感，只是表面客套。所以孔子强调人要真诚，真诚才能发现人性向善，美好的东西都由此生发出来。

【学　生】傅老师，我听过截然相反的说法：之所以要有礼，要有规范，是因为人本身是不善的，有各种各样恶的念头；要用礼来管束他，否则天下大乱。

【傅佩荣】这是荀子的说法。荀子的描述有一些经验根据，不过他没办法回答，是谁第一个发明了礼？

首先，如果要用礼才能让人类社会上轨道，最开始人们都一样性恶，为什么社会没有崩溃呢？其次，是谁发明了礼？荀子说是圣人，可是圣人与人不一样吗？为什么他成了圣人而我没有呢？

荀子的思想有一个大漏洞：把礼等同于道，把礼无限上纲，肯定礼最重要，但是"未有知其所由来者也"，没有人知道礼是怎么来的。这样的理论你能接受吗？我不能接受。

【学　生】他这种礼的设置，可能出于功利上的考虑，而不是内在价值的反映。礼对彼此都有利。就如墨子说，只有"兼相爱"，才能"交相利"，并不认为人性本兼爱，只是说这样有利。荀子也不认为人性本尚礼、人性本真诚，只是人有礼就少了争端，而争端是会造成损失的。

【傅佩荣】很好。荀子确实是这样，以荀子的思想，不能要求一个人行善避恶，也不能建构一个系统。他的学生李斯、韩非变成法家，对人性的设计都出于利害考虑。今天行善对我有利，我就行善；明天为恶对我有利，我就为恶。当初的设计是礼对我有利，考虑另一种情况对我有利，我就可以违背礼。法家完全把礼当做手段了。

探讨一种哲学，要看它在哪一个层次，有的只是在经验层次有些道理，却无法建构完整的系统。所谓完整的系统，必须来自最根本的人性。如果不谈人性，所有东西都是相对的，只有利用价值而已，不可能构成系统。

荀子的困扰在于：他一方面学道家，接受老子的“天”的概念；一方面又说自己是儒家，得孔子的真传。孔子的天是天命，孟子的天也是天命，荀子的天却无所谓天命。“天行有常，不为尧存，不为桀亡”（出自《荀子·天论》），这里的“天”是一种客观规则。老庄讲客观规则，不过还有个道作为超越界，而荀子没有。

荀子一方面受道家影响，把天当做自然之天；一方面还想学习儒家的仁义，讲礼义但是讲不通。他的学生变成法家是可以理解的。

【3·9】子曰：“夏礼，吾能言之，杞不足征也；殷礼，吾能言之，宋不足征也。文献不足故也。足，则吾能征之矣。”

孔子说：“夏朝的礼制我能叙述，它的后代杞国没有办法证实。殷朝的礼制我能叙述，它的后代宋国没有办法证实。这都是资料与人才不够的缘故。若有足够的资料与人才，我就能证实了。”

“文献”，“文”指资料，“献”代表人才，“献者”和“贤者”是相通的。夏朝的后代封于杞，即“杞人忧天”的杞。商朝的后代封于宋，孔子的祖先就是宋国人。

我建议大家不要只看我的书，还要看杨伯峻的《论语译注》，还有钱穆的《论语新解》，以及李泽厚对《论语》的翻译。同时，一定要看朱熹的注解，因为这是大家都读过的，有错误也共同了解。最好也看看《十三经注疏》里的《论语注疏》，即何晏的集解，包括从先秦到两汉对《论语》的注解，其中还有郑玄的注解。

【3·18】子曰："事君尽礼，人以为谄也。"

孔子说："服事君主完全遵照礼制的规定，别人却以为他是在谄媚讨好。"

孔子这是在讲他自己，因为他被别人批评了。参考［9·3］，我们就知道孔子为什么会受到批评，他确实有自己的执著。

子曰："麻冕，礼也；今也纯，俭，吾从众。拜下，礼也；今拜乎上，泰也。虽违众，吾从下。"

孔子说，大夫的礼帽以麻制成，这是礼制的规定，现在大家都戴丝织的，这样比较节省人力，所以我赞成大家的做法。在孔子的时代，丝已经普遍生产了，做帽子既便宜又省力。孔子又说，臣见君时先在堂下磕头，升堂后再磕头，这是礼制的规定；现在大家只是在升堂后磕头，这样不太恭顺，所以我还是赞成先在堂下磕头。

就这样，孔子被人家批评。每一次上朝，堂下就孔子一个人跪下磕头，其他人都不磕。他们想，离得这么远，国君也看不到是谁在磕头，省就省了，上堂之后再磕头吧。但是孔子身高一百九十二厘米，坚持磕头，其他人觉得这是给我们压力，就说他谄媚，说他怕国君不知道自己恭顺。所以孔子很委屈，分辩道，我这是按照礼的规定。

【3·19】定公问："君使臣，臣事君，如之何？"孔子对曰："君使臣以礼，臣事君以忠。"

鲁定公问孔子："君主使唤臣子，臣子服事君主，要怎么做才好？"孔子说："君主按照礼制来使唤臣子，臣子尽忠职守来服事君主。"

说到忠于职守，没有人会反对，因为拿人钱财替人消灾。如果要求君主按照礼制使唤臣子，这不容易。通常君主把大臣当犬马一样，要你怎么做你就得怎么做，不会尊重你，更不会按照礼制对待。孔子给鲁定公一点暗示：你要别人尽忠，最好自己能按照礼的规定，该下班就让人下班，不要叫别人替你卖命。

【3·21】哀公问社于宰我。宰我对曰："夏后氏以松，殷人以柏，周人以栗，曰，使民战栗。"子闻之，曰："成事不说，遂事不谏，既往不咎。"

孔子的学生宰我出现了，他一出现，各种问题也来了。"既往不咎"出自这里。

鲁哀公问宰我有关社主用木的事。"社"代表土神，古代建邦立国都要立社，以都城地区合适的树木为社主。社主所在之地，有用树木所制的牌位，也有祭祀的庙。宰我学问很不错，回答他，夏朝用松木，松代表轻松，不要给人压力，放松一点；殷朝用柏木，柏代表广博，不要太狭隘；周朝用栗木。之后他又说，栗代表要使百姓紧张战栗。这句话说错了。

宰我为什么这么讲呢？因为鲁国四分，宰我说"使民战栗"，就是希望鲁哀公用高压手段和武力，把那三家大夫压制下去。孔子就不太高兴，说："以前的事不能再解释，过去的事不能再劝阻，从前种种也不能再责怪了。"鲁国四分的情况已经定了，现在采用武力来统一鲁国，既劳民伤财，又不见得有结果。

其实，孔子在担任司寇的时候试过，但是失败了。那时候，一个大夫有好几座城，每座城都有城墙，要收复它很不容易，只要城门一关就不好打，而且最后可能内部打成一团。所以孔子提醒宰我不要自作聪明，对于现在的形势不要勉强改变，尤其不要让国君有这种想法。

2.祭祀之礼

【3·10】子曰："禘自既灌而往者，吾不欲观之矣。"

孔子说："举行禘祭，从献玉这一步之后，我就不想仔细观看了。"

禘是古代的大祭，有祭天、祭地、祭祖先之分。天子与诸侯各有祭祖先于宗庙的禘。周成王感谢周公大德，特许其后代子孙在鲁国为周公举行天子的禘祭。后来鲁国国君竟然以天子的禘祭规格来祭自己的祖先，这就是僭越了。

"既灌"是在禘祭开始后不久，献上圭璋，以迎接祖先之灵，这是天子与诸侯的禘祭相似的部分。这之后的仪式就不能一样了，不然就是鲁国僭越了自己的身份，冒用了天子之礼。违背礼仪的规定，是孔子不愿意看到的。

【3·11】或问禘之说。子曰："不知也；知其说者之于天下也，其如示诸斯乎！"指其掌。

有人请教禘祭的理论。孔子说："我不知道啊！知道这种理论的人，若要治理天下，就好像看着这里吧！"他指着自己的手掌。

有趣的是，如果孔子真的不知道，凭什么这么说呢？恐怕他是强调自己不知道各种细节。一般来说，懂得这个道理的话，就知道分寸。看自己手掌是很容易的，如果知道祭天地的礼，那么治理天下就像看手掌一样。

孔子之所以这么说，是因为崇拜周公。周公制礼作乐，可是到了孔子的时代，礼乐已经荒废了，完全变成一种形式，并且出现了僭越的现象，乱成一团。这使得孔子常常感叹。

有时候我们不觉得礼有多么重要，但是生命是有阶段的，人与人之间是有关系的，如果没有礼，关系就混乱了。君不像君，臣不像臣，老师不像老师，学生不像学生，真是让人不知道该怎么办。

难道我们能像外国人一样，儿子叫爸爸 John（约翰），叫妈妈 Mary(玛丽)吗？为什么他们直呼名字呢？因为他们相信上帝是自己的天父，父母兄弟姐妹都跪下来说："我们在天上的父！哦，原来我们是兄弟姐妹！"因为天父，他们彼此称为 brothers and sisters（兄弟和姐妹）!

我们中国人还是要按照自己的规矩，要配合每一个人的身份！这样理解了全局，我们就明白孔子为什么这么讲了。

【3·12】 祭如在，祭神如神在。子曰："吾不与，祭如不祭。"

对后一句有人翻译为：孔子说："我没有参加祭祀，就好像我没有亲自参加祭祀一样。"可是谁会讲这种废话呢？

"与"本身有两种解释，一是我与你的"与"，一是指赞成、欣赏。如"吾与点也"，是说"我欣赏曾点的志向"。"祭如不祭"代表一种态度。应该翻译为：孔子说："我不赞成那种祭祀时有如不祭祀的态度。"

这不是我的发明，最早这样讲的是"文起八代之衰"的韩愈。韩愈说"孔子讥祭如不祭者"，加一个"者"字，这句话讲得精彩。有些人祭祀的时候态度散漫随便，不知道祭祀是面对鬼神的事，好像毫不在乎，这叫做"祭如不祭"。这种理解是正确的，有位日本学者也是同样的解释。

“祭如在，祭神如神在”，这话是孔子的学生对他行为的描述。孔子在祭祀的时候，好像受祭者真的临在，祭鬼神时有如鬼神真的临在。这说明孔子的态度非常庄严，非常肃穆。学生问他，老师，您刚才怎么这么严肃啊？孔子才说“吾不与，祭如不祭”，我不赞成祭祀时有如不祭祀的态度。

有人说，当时有一种习惯是找人代理祭祀。譬如今天我应该祭祀，但我没有空，就找张三代理，我就认为自己是祭祀过了。所以他们解释说，孔子不一样，认为只要我没有亲自祭祀，就好像我没有祭祀一样。如此解释是不对的，一句话绕来绕去，最后变成很奇怪的想法了。

对于这类疑点，我们应该看朱熹的注解。“朱注”虽然有很多谬误，但是不要排斥它，知道谬误之后才清楚本意。八百多年来读书人都读朱熹的注解，清代学者也是读完朱熹再来批评朱熹的。我们还可以看杨伯峻、钱穆、李泽厚这些先生的书，他们有很多地方翻译得不错，不过也有问题值得商榷。同样，如果有人认为我讲得不对，也可以讨论。

【3·13】王孙贾问曰：“与其媚于奥，宁媚于灶，何谓也？”子曰：“不然；获罪于天，无所祷也。”

王孙贾请教孔子说：“与其讨好尊贵的奥神，不如讨好当令的灶神。”孔子说：“不是这样的，一个人得罪了天，就没有地方可以献上祷告了。”

“获罪于天，无所祷也”，从这八个字能学到什么？第一，孔子也会祷告；第二，孔子只向天祷告。这说明孔子有信仰，相信天。古人一般都相信天，所以帝王称为天子。孔子只向天祷告，而对鬼神祭拜。鬼神是我们的祖先，所以要祭拜，但是不必向他们祷告。因为鬼神没有什么了不起，我们将来死了也变成鬼神，子孙同样要祭拜我们。天不一样，天是万物的来源，万物的主宰。

王孙贾的话暗含一层意思。当时卫国分成两派，一派叫做夫人派，以南子为主；另外一派就是王孙贾、弥子瑕这些大臣。因为孔子是有名的国际学者，他到了卫国，两派的人都来拉拢。王孙贾就跑来对孔子说，你去讨好尊贵的奥神（暗指南子），她高高在上，住在王宫里面，但是她没有实权，不如讨好当令的灶神，也就是我们这几个把持卫国朝政的。你只要向我们靠拢，我们马上给你官做。他故意用俗话来问孔子，好像打哑谜一样。孔子说："得罪天的话，就没地方可以祷告了。"意思是，我决不为了个人利益向你们妥协。

【3·14】子曰："周监于二代，郁郁乎文哉！吾从周。"

"监"就是观察。孔子说："周代的礼教制度参酌了夏、殷两代，形成了多么灿烂可观的文化啊，我是遵从周代的。"

为什么孔子要讲这句话？因为他本人是商代的后裔。孔子的祖先是宋国国君的儿子、王室之后，但不是嫡长子。古时候是"五世亲尽，别为公族"，国君的儿子如果不是嫡长子，就不能接替位子。这个儿子传五代之后，就不再称为王族，而称为公族。公族也传嫡，如果一个儿子不是嫡长子又没有接替位子，再传五代之后"别"出去，再往下封。这就是古代的封建社会。

孔子为什么姓孔？因为宋国国君宋闵公的儿子是孔子的祖先，没有接替位子，在"五世亲尽"之后出现了孔父嘉，是孔子最早的祖先。孔父嘉的后代就开始姓孔了。

古代的姓氏比较复杂，随处都有孟氏、叔氏、季氏，按排行来的。譬如，夏朝和商朝的皇帝，都是照"甲乙丙丁戊己庚辛"来排的，后来就不清楚谁是谁了。

【3·15】子入太庙，每事问。或曰："孰谓鄹人之子知礼乎？入太庙，每事问。"子闻之，曰："是礼也。"

太庙就是周公庙。孔子进了周公庙，对每一项礼器和摆设都要发问。有人就说："谁说这一位鄹邑的年轻人懂礼啊，他在周公庙里对什么都要发问。""鄹人之子"四个字表明，当时人们已经知道孔子的父亲是叔梁纥，母亲是颜征在，而且他父亲当过鄹邑大夫。

这种说法被孔子听到了，就说："这样就是礼。"礼的详细内容非常复杂，所以我们询问每一样东西，就是要使它的意义呈现出来，这才是礼。如果到一座庙里，你什么都不懂又不好意思问，那就永远不懂。如果你很客气地请教师父，这边为什么摆一个钟，那边为什么摆一个柱子，他为你一一解释，每一样东西以及整座庙的设计才显示出意义。

"知之为知之，不知为不知，是知也。"很多人去教堂，假装知道一直点头。我劝大家读一读《圣经》，这不是传教，是希望大家了解西方文化。第一要看《圣经》，第二要看希腊的神话与悲剧。假如没有看过希腊的神话与悲剧而去读西方文学作品，根本不知道它在讲什么，里面是有典故的。

【3·16】子曰："射不主皮，为力不同科，古之道也。"

"皮"，在古代指箭靶。孔子说："射箭不只为了射中箭靶，征用劳役不能采用单一标准，这些是古代的作风。"

"为力不同科"，古时候征用劳力，按每家人口多少分为上、中、下三科。如果一家有三个壮丁就出一位，有五个壮丁就出两位，按照比例来。如果不分科，要求每家都出一个壮丁，没有儿子的人家没办法，女儿就要像木兰一样从军了。孔子感叹以前是比较公平的，到他那时候已经开始抓壮丁了。

【3·17】子贡欲去告朔之饩羊。子曰："赐也！尔爱其羊，我爱其礼。"

子贡想要废除告朔之礼所供的活羊。孔子说："赐啊，你不舍得那只羊，我不舍得那种礼。"

孔子很珍惜礼，子贡却认为，用于告朔之礼的羊是白白浪费的，不必那么重形式。什么叫"告朔"？天子每年颁给诸侯历法，规定每月初一就是朔日，必须告朔于祖庙，以示尊君与敬告祖先。因为古代没有方便的年历和月历，就由天子统一颁发。后来没有人在乎天子了，就不再举行这种仪式，诸侯只是每月初一到祖庙里拿月历，知道自己还属于周朝。周朝其实已经名存实亡了。

但是孔子认为，只要礼还在，每月初一大家就会想起来：虽然各国各自为政，我们还是同属一个周朝啊。礼本身虽然是形式，并非完全没有意义，可以提醒我们不要忘记内涵。

3.乐其可知

【3·20】子曰："《关雎》，乐而不淫，哀而不伤。"

这里的《关雎》不是指一首诗，而是几首，包括《关雎》《葛覃》《卷耳》等。孔子说："这几首诗的演奏，听起来让人快乐而不至于沉溺，悲哀而不至于伤痛。"

"乐而不淫，哀而不伤"八个字，与思想没有关系，而与情感的真诚有关。《诗经》是文学，重点不在于思想，而在于真实情感。但是真实情感要“发而皆中节”，能够协调，否则会“乐而淫”。“淫”，原指降雨太多，有过度的意思。“乐而不淫”，指快乐不要过度，而一般人往往会乐不思蜀、乐极生悲。“哀而不伤”，是说可以哀，但是不要伤到自己。

【3·23】子语鲁大师乐，曰：“乐其可知也：始作，翕如也；从之，纯如也，皦如也，绎如也，以成。”

这里讲一种音乐制作的形式。孔子告诉鲁国大乐官有关音乐的原理，他说：“音乐是可以了解的，开始演奏时众音陆续出现，显得活泼而热烈，接下去众音和谐而单纯，节奏清晰而明亮，旋律连绵而往复，然后一曲告终。”

【3·25】子谓《韶》，“尽美矣，又尽善也”。谓《武》，“尽美矣，未尽善也”。

一般人把美当做形式，把善当做内容。这是最简单的解释，但是有时候不见得很理想。美代表形式，譬如乐曲的演奏，只要有好的乐官，乐曲作得好，一定可以达到美的要求。善代表内容，还要看乐曲所表达的内容是不是尽善。

古代乐曲很多是歌颂帝王的。《韶》歌颂舜，《武》歌颂周武王。舜是尧的女婿，也是尧的代理者，替他摄政二十八年，尧死之后舜才接受位子，主政五十多年。古时候有种说法——“尧天舜日”，百姓都享福。《韶》歌颂舜，真是尽善尽美，让人想起了舜的各种作为，五十多年的教化，百姓都得到舜的照顾。可是周武王的功劳在于打仗，胜利之后没几年他就死了，所以《武》乐“尽美矣，未尽善也”。

儒家的艺术观不容易讲清楚。从这篇文字看，美是就乐曲的创作与演奏而言，善是就乐曲所描述的人物与成就而言。

4.君子之风

【3·7】子曰："君子无所争。必也射乎！揖让而升下而饮。其争也君子。"

孔子说："君子没有什么可争的，如果一定要有，那就是比射箭吧。比赛时，上下台阶与饮酒，都拱手作礼，互相谦让，这样的竞争也是很有君子风度的。"

"必也"，是一种说话的方式，构成假设语句。对"揖让而升下而饮"，有人在"揖让而升"后加逗号，其实不必。古时候的射箭比赛，选手必须上到台阶上规定的位置才能射箭。上下台阶和饮酒都要"揖让"，表示竞争时也有礼让的态度，这是一种君子风度。

【3·22】子曰："管仲之器小哉！"或曰："管仲俭乎？"曰："管氏有三归，官事不摄，焉得俭？""然则管仲知礼乎？"曰："邦君树塞门，管氏亦树塞门。邦君为两君之好，有反坫（diàn），管氏亦有反坫。管氏而知礼，孰不知礼？"

孔子说："管仲的见识与度量太小了！"有人问："他是不是节俭呢？"孔子说："管仲有三处公馆，手下人员从不必兼职，怎么算得上节俭呢？"这人再问："那么他懂得礼吗？"孔子说："国君在宫殿的大门内设影壁，管仲的公馆也设影壁；国君为了宴请友邦贵宾，在堂上设有放置酒杯的土台，管仲也安置了这样的土台。管仲这种作为如果算是懂得礼，那么还有谁不懂得礼呢？”

【3·26】子曰：“居上不宽，为礼不敬，临丧不哀，吾何以观之哉？”

孔子批评一些做官的人，说：“身居上位而不宽大，举行礼仪而不恭敬，参加丧礼的时候不悲哀，这种人我要怎么看他呢？”

五 里仁第四

1.里仁为美

【4·1】子曰："里仁为美。择不处仁，焉得知？"

孔子又谈美了。这不是美学意义上的美，而是指值得欣赏，美不指美丽，而是代表理想。很多好的行为都值得欣赏，美变成了一种道德评价。里仁为美，"里"是所居住的地方，"仁"指民风淳厚，显得很美。

孔子说："居住在民风淳厚的地方是最理想的；一个人选择住处而错过了民风淳厚的地方，怎么算得上明智呢？"现在很多家长都喜欢搬迁到好的学区，就是这种考虑，要学孟母啊。

2.仁者安仁

【4·2】子曰："不仁者不可以久处约，不可以长处乐。仁者安仁，知者利仁。"

孔子说："不行仁的人，没办法持久处在困境中，也没办法长期处在顺境中。行仁者是自然而然走上人生正道，明智者则是了解了人生正道的重要而作此选择。"

"不仁者"，我特别翻译成"不行仁的人"。不加"行"字，容易作二分法：有一种人是不仁的，那就没希望了；另一种人是仁者。孔子不作这种二分法。

仁包括三个层次，第二个层次是人之道，择善固执。假如一个人没有"固执"，在困境里就很容易放弃，在顺境里就很容易耽溺。所以孟子说，大丈夫要"富贵不能淫，贫贱不能移，威武不能屈"。

仁和智的差别是：仁者由内而发，通过真诚自然了解正道；智者需要了解，通过理性发现仁才是正道，利于自己做一个真正的人。

3.仁者无私

【4·3】子曰："唯仁者能好人，能恶人。"

孔子说："只有行仁者能够做到喜爱好人，厌恶坏人。"

为什么呢？因为他无私。一般人喜欢自己的朋友，厌恶自己的敌人。万一自己的朋友是坏人，你也很难讨厌他；万一自己的敌人是好人，你也很难喜欢他。要一个人没有私心，实在很难。

假如我们的朋友犯错了，怎么办？朋友希望我支持他，我问他，你有没有做过这件事呢？他说，你要相信我呀。我说，那受害者怎么办呢？这是人生中两难的问题。

千万不要以为孔子的理想容易实现。他关于仁者的标准很高。仁者要做到无私，将善作为唯一的考量：只要是好人，你就要喜欢他，不管他是不是政敌、情敌或者其他对手；只要是坏人，你就要讨厌他，不问是不是亲戚、邻居、同学。这真是很少人能够做到的。

4.立志行仁

【4·4】子曰："苟志于仁矣，无恶也。"

孔子说："一个人只要立志行仁，就不会做坏事了。"

仁和恶是相互矛盾的两个概念。"闲邪存其诚"（出自《易传》），说明防范邪恶才能保存内心的真诚。人性向善，只要真诚，一定会与邪恶势不两立。

5.研究方法

对《论语》这本书，可以自己细读，还可以看我的解读。因为我读《论语》有几十年了，读了上百家注解，这样比较放心。

不过恐怕将来还会有人质疑。比如"自行束脩以上"，我翻译为"长到十五岁以后"，别人会问什么理由。我们至少要能说服自己。这些和别人不一样的解释不多，有十一二处，其他都是大同小异。至于别人怎么讲，我其实没有什么看法，因为这些不涉及儒家思想的根本问题。

也有比较重要的问题，譬如，子曰："克己复礼为仁。"有两种翻译：一种是，孔子说，自己有问题也要克制；另一种是，孔子说，自己是主体，能够做主。两者是完全不同的理解，引起了许多争论。

读《论语》时，还要注意读音问题。读古文，读音很难做到完全标准，不过至少要按照大家的习惯方式来读。余秋雨先生曾经读"仁者乐（lè）山，智者乐（lè）水"，被人嘲笑，后来有记者问我，我说这其实没有什么好嘲笑的。我们小时候都是读"仁者乐（yào）山，智者乐（yào）水"，到底如何理解呢？假如理解为仁者以山为乐（lè），智者以水为乐（lè），为什么一定要读成乐（yào）呢？有些人不以为然，认为我是为余秋雨辩护。我为什么要辩护呢？只是就学术论学术。我们不可能要求现代人和古人读法完全一样，另外，孔子是山东人，他的发音会和你一样吗？

词语的读音本来就是约定俗成，大家能听懂就好了。当然，如果把虚与委蛇（wēi yí）读成虚与委蛇（wěi shé），那就太离谱了。大家都知道这个词是破音，有不同读法。我们要知道一般读法。

譬如［4·9］，"士志于道，而耻恶衣恶食者，未足与议也"，要读"恶（è）衣恶食"，"恶"表示丑陋、简陋。但是"恶"作动词时，就不能客气了，读"恶（wù）"，厌恶。

［4·9］中提到了"道"。我把"道"翻译为人类理想，代表人类共同的路。儒家经典中很多名词意思很接近，孔子志于道，也志于仁，也志于学，所以说他的"志"有三点内容。

道和仁都作为立志的对象。道是人类共同的正路，只要是人，就一定要走上正路；也可以翻译为人生理想，希望这个社会越来越完美，个人越来越完美。仁是个人的人生正路。孔子说，仁离我很远吗？"我欲仁，斯仁至矣"。他可以杀身成仁，并且说"朝闻道，夕死可矣"。

可见，道和仁有相互重叠的地方，个人的正路一定要符合人类的正路。不过人类的正路太宽泛，不能体现个别的处境，比如活在不同的环境中，遇到特殊的状况，个人的抉择就不一样。譬如，道相当于马，仁相当于白马，也说不定是黑马或者黄马。这就是道和仁的区别。

学习哲学，首先需要澄清概念，仔细分辨哲学家用的每一个词，才会产生经过思虑的行为表现。

[4·10]中讲："君子之于天下也，无适（dí）也，无莫（mù）也，义之与比（bì）。""适"，指排拒，与他人为敌；"莫"，指贪慕。"比"，代表比肩而行，譬如与朋友相处得好，相互投缘。这句话意思是：君子不是非要怎样，也不是非反对什么，而是与道义并肩而行。

孔子说"君子周而不比"，"小人比而不周"，这里的"比"字不一样，解释为：我只偏爱我的少数几个朋友，不像君子普遍尊重每一个人。一般人都喜欢老朋友，觉得亲切可靠，让他用同样方式对待陌生人，则不太可能。但是因缘巧合，陌生人也可以成为朋友；因缘不凑巧，陌生人也有可能成为敌人。所以应该尊重每一个人，这是君子的立场。

可是孔子也说过，如果父亲偷羊，儿子会替他隐瞒，这和仁者的做法是不是矛盾呢？其实仁者是一种普遍理想，行善避恶，没有私心，而父子是特定关系。儒家强调：如果忽视人的这种亲情，只剩下社会正义，人与人之间就没有任何情感，个个刻薄寡恩；情感不能泛滥，只有父母子女之间的情感是唯一、特别的。人间只有这一种情感是不可逆的，儒家从来不质疑这一点。

什么叫不可逆的情感？兄弟可以打架，朋友可以绝交，夫妻可以离婚，但是如果子女与父母反目成仇，儒家完全不能接受。父亲打儿子，儿子不能还手，只有这种关系不可逆。有人说不公平，其实有什么不公平可言呢？是父亲生了儿子，不然做儿子的就没有了。做儿子的不要着急，将来自己也会做父亲，不可逆的原则仍然有效。

如果说人生的所有关系都是可逆的，就变为纯粹的个体主义。西方人可以用“大义灭亲”这个词，因为他们奉上帝的命令，大家都是上帝创造的，生命是独立的，父母只是生养儿女的因缘。中国人不是，我们强调每个人都在生命的网络中慢慢成长，其他可以缺少，父母绝对不能少。

有个向来争论不休的大问题。假如父母生下儿女，却把他们丢到孤儿院，看他们长大后有了成就，又要相认，这时儿女还应该孝顺吗？不一定。因为这种情况违反人的自然情感。因为父母没有养育儿女一天，只是提供精子、卵子生下了儿女，只是血缘关系；而孤儿院的保姆把这儿女养大，相当于真正的父母。对于给予身体的亲生父母，可以要求儿女用钱财赡养，要让儿女发自内心地去爱他们，不容易做到。因为情感需要真诚，是勉强不来的。

在希腊悲剧中，安提戈涅（Antigone）的哥哥死了，她如果埋葬哥哥，就违反了舅父（国王）的决定，如果不去埋葬哥哥，哥哥就要暴尸荒野，这个做妹妹的该怎么办呢？最后她宁可自己死也要埋葬哥哥，从而演变成了大悲剧。长辈这样对付晚辈，从人伦角度讲是最可怕的。

《孟子》里有一段故事。孟子和一个人做朋友，这人叫匡章。学生们都问孟子，全国人都说匡章不孝，你干吗跟他做朋友呢？孟子说，匡章并没有一般所说的五种不孝。

第一种不孝，“惰其四支，不顾父母之养”（出自《孟子·离娄下》），手脚懒惰，不去赚钱，却不管父母的生活；第二种不孝，“博弈好饮酒，不顾父母之养”，喜欢赌博饮酒，不管父母的生活；第三种不孝，“爱货财，私妻子，不顾父母之养”，喜欢钱财，爱护自己的妻子儿女，不管父母。前三种不孝，都涉及父母的赡养问题，说明古人有养儿防老的观念。第四种不孝，“从耳目之欲，以为父母戮”，在外面吃喝玩乐，放纵耳目之欲，做了坏事，甚至被抓被关被嘲笑，使父母遭受耻辱。第五种不孝，“好勇斗狠，以危父母”，子女好勇斗狠，与别人打架，让父母承担危险，因为别人被打败后可能放火烧他的房子，那不是置父母于危险之中吗?

这五种不孝，匡章完全没有。他父亲是贵族，他自己是齐国的大将军，曾经带领齐军打入燕国。后来很不幸，家里发生了悲剧，他母亲不知犯了什么错，被他父亲逼死了。父亲把母亲埋在马厩下，不让人安葬她。做儿子的该怎么办呢?匡章一直对他父亲说，母亲已经死了，安葬了她吧!他这样说了几次，就被父亲赶出家门，断绝了父子关系。没办法，匡章就把自己的夫人、孩子送回岳父家。他想，我既然不能侍候我父亲，就不能让我的夫人、孩子侍候我，不然我心里更加不安。孟子了解匡章，照样和他做朋友，因为他不是不孝，只是方法不对。

父母子女之间怎样做才对呢?四个字“不相责善”，不要以善来互相责备。譬如，父亲做了一件事，匡章认为不好，但是做儿子的没有权利和资格对父亲说你必须改，只能建议。

孔子说，“事父母几谏，见志不从，又敬不违，劳而不怨”(出自《论语·里仁第四》)。“几”即委婉，“谏”即劝阻。服侍父母时，发现他们将有什么过错，要委婉劝阻。父母也是平凡人，也会有过错的。

譬如，一个人小时候不知道，长大受了教育之后发现，父亲做走私生意，就对父亲说，你怎么做走私生意呢?父亲说，不做这些生意，怎么养活你?供你读大学的学费就从这儿来的!这时做儿女的不能对父亲翻脸，应该委婉地劝阻，假如自己的心意不被接受，还得恭敬相对而不触犯他，内心忧愁但是不去抱怨。这是儒家的立场。

从孔子开始，就明白父母很平凡，可能犯错。有一句话讲“天下无不是的父母”。孔子、孟子会这么说吗?当然不会，这话是宋代学者说的。有些人讲了很多话却不知道自己在说什么。天下怎么会“无不是的父母”呢?对子女而言，天下没有不爱护子女的父母，这有可能成立，但也不是儒家的想法。

儒家希望，子女发现父母有问题，要直言进谏，劝父母不要做坏事，但要适可而止。匡章不懂儒家思想，不知道对父母要求不可过度。

孟子为他感到可惜。

《孟子》谈到《诗经》中的两首诗，第一首叫《小弁》，第二首叫《凯风》。对于《小弁》一般的解释是，周幽王宠爱褒姒，褒姒生了儿子，周幽王就要把长子废掉甚至杀掉，大家说这实在不应该。这首诗是写儿子对父母的抱怨，因为父母做的事情太可怕了，将来会受世人的唾弃。

《凯风》之诗呢？是讲春秋时代的卫国淫风大盛，淫风指社会比较开放。有一个母亲生了七个儿子，还在谈恋爱。古时候女子十六岁就结婚了，两年生一个孩子的话，生了七个也不过三十几岁，还很年轻。《凯风》之诗就描写七个孩子多么孝顺，希望母亲觉悟，既然孩子这么孝顺，理应好好过家庭生活，何必去谈恋爱。这首诗中的儿女没有抱怨。不过现代人听了，还是觉得有点荒谬：母亲也是独立个体，孩子孝不孝顺与母亲要不要谈恋爱，根本是两回事，难道做父母的不能追求自己的幸福吗？

儒家认为，如果父母的罪过很大，一定要抱怨，不然就等于让父母犯错，将来被人家嘲笑；如果父母过失很小，不要抱怨，如果不能稍稍忍耐，只要父母有点错就立刻吵架、翻脸，就是不孝。儒家所谓的孝顺，也需要判断的智慧。

说到智者，为什么以水为乐呢？水遇山就绕过去，遇到低洼处就溢满，最能配合外在环境来调整自己。我们要增长智慧，光有仁德是不够的。

孟子区分得很好，他说，和孔子一样有仁德的人很多，但和孔子一样有智慧的人几乎绝无仅有。他称孔子为“圣之时者也”，“时”就是适当的时机。孔子总是该怎样就怎样，善于判断和变通。

天下努力做好人的真有很多，并不是都懂得变通。譬如伯夷，只是清高，不够随和；柳下惠，只是随和，表现不出清高；伊尹很负责任，但是太累了点。孔子不一样，该清高就清高，该随和就随和，该负责就负责。这是儒家最精彩的地方。

这也涉及“义”字。“义之与比”，一切要依义。一般讲，“义”代表适宜、适当性、正当性，配合时空的特定条件。任何事是否具有正当性，都要视情况而定。譬如，对于信用问题，孟子说过“大人者，言不必信，行不必果，惟义所在”，可见他得了孔子的真传。如果守信对别人没有好处，造成灾难，这时候就不必守信。但也不能随便不讲信用，要以“义”为主，来作合理判断，结果自己负责。只要有正确的判断，不怕别人说我不守信，因为我避开了更严重的问题，更可怕的后果。

真正的学者很少被同时代的人了解，就如庄子所说，我希望将来千载之后有人了解，就如“旦暮遇之”，从早上到晚上就了解了自己一样。何必在乎时间呢？从司马迁开始，哪一个人没有误会庄子？开始有人讲庄子接近自然，一切顺其自然。其实顺其自然的人多了，隐居山中的都是。后来有人认为庄子消极，在魏晋时代讲到老、庄、易三玄，甚至说“其罪浮于桀纣”，罪过比夏桀、商纣还大。太离谱了！庄子一个人笑傲山林，而夏桀、商纣杀了那么多人，难道都要庄子负责？后来的朝代崇尚清谈，不务实际，到最后“五胡乱华”，天下大乱，又怪罪某个思想家。试想，庄子真是消极无为吗？庄子只知道批评儒家、墨家吗？当然不是！

再说儒家，现代人还在讲“人性本善”，认为是儒家思想。《三字经》第一句“人之初，性本善”，假如被孔子、孟子听到，他们也不能接受。这完全不是儒家思想。第一个把孟子的“性善”解释为“性本善”，并加以严厉批判的，是荀子。《性恶篇》至少有四次指出孟子曰“性善”，并讲成“性本善”，还批判其荒谬之至。荀子讲，如果人性本善，为什么还需要教育呢？他的逻辑是对的，但是误解了孟子。

宋代朱熹也说孟子讲的是“性本善”，并且责怪孔子讲“性相近”是讲错了。朱熹的注解看了让人生气。宋代学者欺人太甚，竟然说“性相近”是乱讲。程颐说孔子讲得不到位，根本没讲清楚；性就是理，理无不善，所以人性本善，一定相同，“何‘相近’之有哉？”这种对孔子的诬蔑，让读《论语》的人难以接受。

孔子不是神，说的话不见得每句都对，但是孔子作为哲学家，有他的哲学体系，不可能说“人性本善”这么愚蠢的话。现在全中国几千万小孩子又念“人之初，性本善”，但是打开报纸可能会有杀人放火的新闻，上网可能会遇到骗钱的人，这种教育有什么意义？为什么要教孩子错误的思想？从小学“性本善”，长大了更难理解这个社会，更容易产生失望甚至绝望的想法。

宋代末期的学者讲“人性本善”，是受朱熹的影响套上了桎梏。难道我们今天还要受这种影响？《三字经》的第一句“人之初，性本善”错了，第二句“性相近，习相远”才对，这两句确实相互矛盾。我认为只有一个办法，把第一句话改为：人之初，性向善。这是我个人的解释，还是真正符合孔孟的思想，大家可以判断。

我希望全国的学者进行辩论，凭什么说“人性本善”呢？两千六百多年的西方哲学史，没有一个哲学家说“人性本善”，难道西方人都愚笨，都不用功吗？他们的哲学是乱讲吗？其实西方哲学家观察人生比我们还要深刻、完整。中国宋代学者大声疾呼“人性本善”，殊不知这句话不是一种思考，而是一种信仰。可以说人性本善，可以说人有原罪，都是一个水平的信仰，信就是好的，不必讨论。但是孔子讲的是哲学，如果把哲学说成信仰，实在无可原谅。

如果讲儒家主张“人性本善”，请定义“本”和“善”？没有人讲得清楚。新儒家的首要代表牟宗三先生说，所谓“人性本善”，并不是指人生来就是善的，而是指人与动物的差别在于，人有分辨善恶的能力以及行善避恶的要求。这叫做“人性本善”吗？这叫做“向善”嘛！这只是表明人有道德的自觉，并不等于人有道德。学逻辑学的牟先生很清楚，将“人生下来就是善的”这一论断拿到西方哲学界论证，会发现根本不成立。对外国哲学家讲“人性本善”，说：Human nature is born with goodness. 他们听了会疯掉。人性怎么会生来善良？这是非常严重的混淆。人性是一个事实，每个人生来就具有人的本性；但是“善”是一种价值，必须经过自由抉择才能呈现。把人性与价值混淆，等于把价值变成事实。假如有人说，人性有善端，到一定年纪时就表现出善了，也是不合理的。

良知是善的吗？大家平时想当然，其实上当了。良知本身不是善，而是对善的要求。明代王阳明就说：“知善知恶是良知，为善去恶是格物。”善恶是要“为”的，良知只是知道善恶，知道行善的要求。王阳明是很了不起的，古人的书不可以不读，更不能只读朱熹不读王阳明。

王阳明也有他的问题，就是受佛教影响太深了。著名的天泉论道留下心学四训：“无善无恶心之体，有善有恶意之动；知善知恶是良知，为善去恶是格物。”第一句“无善无恶心之体”，明摆着是佛教思想。他认为心的本体是空的，不具有任何实际、执著的对象，根本没有任何行动，所以无善无恶。不过他认为善恶不是与生俱来的，而是一种需要在行动上实现的价值，这一点是对的。

6.超越自我

【4·11】 子曰：“君子怀德，小人怀土；君子怀刑，小人怀惠。”

孔子说：“君子关心的是德行，小人在乎的是产业；君子关心的是规范，小人在乎的是利润。”“刑”在这里不是刑法，而是规范。

我把儒家的价值观分为三个层次，第一为自我中心，第二为人我互动，第三为超越自我。譬如，“君子周而不比”，超越自我了；“君子和而不同”，超越自我了；“君子泰而不骄”，“君子坦荡荡”，这都是超越自我。儒家君子的典型一定要超越自我，不能只在人我互动中打转。

7.一以贯之

【15·3】 子曰："赐也，女(rǔ)以予为多学而识(zhì)之者与？"对曰："然，非与？"曰："非也，予一以贯之。"

读《论语》一定要前后联系，整体理解。《论语》的编排显然有问题，翻到后面发现，序曲在这里。

子贡是言语科的高才生，很聪明。孔子说："赐啊，你认为我是广泛学习并且能记住各种知识的人吗？"子贡回答说："是啊！难道不是这样吗？"孔子说："不是的，我有一个中心思想，用来贯穿所有的知识。"

子贡的了解很表面化。他看到孔子对《诗》《书》《易》等经典很熟悉，讲课时倒背如流，就以为孔子是"多学而识之"。可是孔子是哲学家，他的思想一定有一个核心，有一个系统，有一个一以贯之的中心思想。否则，他的学说必有矛盾之处，凭什么教别人呢？大家提问的方式不一样，角度不一样，他的回答就可能自相矛盾。

我在浙江图书馆演讲，有一个人问我对荀子的评价。我对荀子从来没有好感。荀子号称儒家，对孟子严厉批评，这属于学派内部的竞争，但是他教出的两个学生无可原谅，第一个是李斯，第二个是韩非。假如荀子是真正的儒家学者，两个学生怎么都是法家？李斯当过秦始皇的宰相，做了很多坏事；韩非是法家的集大成者，思想整个儿变调了。

我认为荀子不值得特别推崇，他的思想不成系统。一方面，他是儒家，懂得孔子的教育与孔子的原则；另一方面，他接受了老庄思想，尤其是老子的思想。

老子是道家，道家的道与孔子的道完全不同。孔子的道是人文主义的，以人为核心，所以我们常说孔子的道是人类共同的理想。而老子的道是一个比较超越的概念，代表宇宙和人生的来源与归宿。孔子的天是最高的概念，所以他要“五十而知天命”；老子的道也是最高的概念。

荀子受到两方面影响，却无法整合，就把道当做礼。礼就是一种标准，在生活中用以衡量善恶、是非。他说“百王之所同”，历代帝王都尊奉相同的礼，但是“未有知其所由来者也”，没有人知道礼是怎么来的。按荀子所说，每个人都性恶，圣人怎么会出现？荀子说圣人比较聪明，通过经验和观察逐渐获得教训，从中找出方法来制礼。

孟子不一样，他归之于天。我认为，宁可一个哲学家有一个天，概念不必太清楚，但是不能没有来源。在孟子看来，只要真诚，人的本性就有向善的力量。孟子说：“待文王而后兴者，凡民也。若夫豪杰之士，虽无文王犹兴。”(《孟子·尽心上》等待周文王出来才振作的是平凡百姓，真正的豪杰即使没有周文王，自己照样振作。孟子又说“人人有贵于己者”，每个人身上都有可贵之处，即使一字不识也没关系。这是真正的儒家思想，即人性向善。

后来发生了宋代陆象山和朱熹的辩论。朱熹认为，一个人要好好格物穷理，好好读书，书读得不够就不可能懂理，就没有希望成为君子和圣人。而陆象山说，我即使一字不识，照样可以做一个堂堂正正的人。这话讲得多么直接，只要真诚，文盲怎么就不能堂堂正正呢？

陆象山和后来的王阳明合称“陆王学派”，可惜，他们讲不出“向善”这两个字。我实在觉得遗憾，只好自己来讲了。为什么讲不出来呢？因为他们不太敢于思考什么叫做本质，什么叫做动力。

一般人的思考都是本质观，马有马的本质，人有人的本质。受过西方哲学训练的人，了解经过康德一直到存在主义，把人当做一种有选择的可能性，动态的抉择。萨特讲，存在先于本质，是选择成为自己的可能性，本身是动态的。我可以选择成为自己，也可以选择不成为自己，我有什么样的选择，将来就有什么样的本质。读存在主义的书，就知道不能讲人具有某种本质，因为本质是固定的，一旦去掉就没有了。

我学习了西方哲学之后，回头看孔孟思想，才明白他们了不起，真是天才啊！孟子没有讲出“向善”的“向”字，但是他有很多比喻：水向下流，火向上烧，野兽奔向旷野。“向”字在他的比喻里。

后代学者中有“陆王学派”，即陆象山与王阳明；还有“程朱学派”，即程颐和朱熹，朱熹掌握了这一学派的发展，因为他学问大、学生多。王阳明开始是读朱熹的书，后来与朱熹分道扬镳了。他曾按朱熹说的去“格物”，十八岁时，格竹子格了几天就生病了，说光竹子就格了几天，如果像朱熹所说要格万物，格完我还有命吗？什么时候才能做君子呢？后来他认可陆象山，因为陆象山简单直接，认为每个人的内在都有尊贵的部分。

每个人尊贵的部分是什么呢？

孟子讲“心”，他说：“心之官则思，思则得之，不思则不得，此天之所与我也。”（《孟子·告子上》）这样完成了他的理论。心的功能是思考，一思考就知道人生该怎么走，不思考就不知道该怎么走。这是上天给我的。

回到这一章，子贡以为孔子只是“多学而识之”，孔子很不满意，“非也，予一以贯之”。这件事情同学们肯定都知道。后来孔子又拿这个问题问曾参，想做一个教学示范，却找错了人。这是一个失败的案例，但是特别重要。

【4·15】子曰：“参乎！吾道一以贯之。”曾子曰：“唯。”子出，门人问曰：“何谓也？”曾子曰：“夫子之道，忠恕而已矣。”

孔子本来想，我今天上课，找一个最笨的年轻学生来提问，他肯定会问我“何谓也”。求知的最好方式就是问“何谓也”，不懂就问。比如樊迟，从“迟”字可见他也比较迟钝，但他是一个不懂就问的好学生。

孔子说：“曾参，我的人生观是由一个中心思想贯穿起来的。”曾参说：“的确如此。”糟糕了，孔子的反应多激烈啊，“子出”——孔子立刻噌地离开了教室。我的翻译还算温和的。孔子想，连你都懂了，我还教什么呢？

孔子离开教室后，别的学生就问曾参，老师所指的是什么？这问题本应该由曾参请教孔子，现在变成学长们请教曾参了，真是悲剧啊！曾参就乱讲了：“老师的人生观只是忠与恕罢了。”（It's nothing but Zhong and Shu）是不是让人感到奇怪？老师这么严肃看待的人生观，竟然被曾参说成“忠恕而已矣”。孔子明明说“吾道一以贯之”，你竟然讲出“忠”和“恕”两个字，自己不觉得奇怪吗？再说，这两个字怎么讲得尽呢？

曾参比孔子小四十六岁，比子贡小了十五岁，是子贡的小学弟，假设此事发生在孔子六十六岁时，曾参才二十岁。曾参十六岁开始跟孔子学习，当时孔子六十二岁（孔子周游列国是在五十岁到六十八岁之间），正好到了楚国，曾参的父亲曾点知道老师说过“自行束脩以上”（十五岁以上的人他没有不教的），就叫曾参去楚国。这个年轻的学生背着行李带着干粮，来找孔子学习。到二十岁时曾参在孔子门下才学习了四年，而且是有名的鲁钝的人，“参也鲁”，IQ（智商）低。要知道子贡是言语科的第二名，高才生，那么聪明都被老师直接点名，曾参凭什么了解孔子的一贯之道呢？

这是悲剧啊！两千五百多年来读书人都把自己当成曾子，考试时把曾子的话当成标准答案，理由是《论语》里面有。书里虽然有，也要看怎么读，要分辨讲话的人当时的年龄、有什么水平，这样才能得到读书的益处和趣味。

对于曾参我还是很肯定的，因为他到晚年就觉悟了，可以被原谅。但是很多人读书读不到后面。

【8·7】曾子曰："士不可以不弘毅，任重而道远。仁以为己任，不亦重乎？死而后已，不亦远乎？"

曾子说："读书人不能没有恢弘的气度与刚毅的性格，因为他承担重任而路途遥远。以行仁为自己的责任，这个担子还不沉重吗？直到死时才停下脚步，这个路程还不遥远吗？"

"仁"翻译为"行仁"，表示一种需要靠实践来完成的任务。曾子终于觉悟了——仁，才是孔子的一贯之道，死而后已都要行仁，并且可以杀身成仁。

读书时不要盲目崇拜古人，也没有标准的注解版本，什么书都是自己直接去读，去思考当时的情况。如果认为我的也不一定是标准版本，那就自己考虑吧，可以冒险相信我，也可以提出疑问让大家参考。

【4·5】子曰："富与贵，是人之所欲也；不以其道得之，不处也。贫与贱，是人之所恶也；不以其道得之，不去也。君子去仁，恶（wū）乎成名？君子无终食之间违仁，造次必于是，颠沛必于是。"

孔子说："富有与尊贵，是每一个人都想要的；如果不依靠正当的途径加于君子身上，他是不会接受的。贫穷与卑微，是每一个人都讨厌的；如果不依靠正当的途径加于君子身上，他是不会逃避的。君子如果离开了人生正道，凭什么成就他的名声？君子不会有片刻的时间脱离人生正道，在匆忙急迫时坚持如此，在危险困顿时也坚持如此。"

这段话说明，儒家对于贫贱，反而比较可以接受，对于富贵，反而担心。因为富贵容易让人耽溺于物质享受，而贫贱使人没有外在依靠，容易走向内心的修养。

儒家讲富贵和贫贱两种境遇，绝不是等距离的，对于平凡人尤其如此。当我们贫贱的时候，比较容易做一个真实的人；当我们富贵的时候，容易被表面的东西迷惑。常见某些所谓领导或企业界的有钱人，有时候因为富贵而装腔作势，不容易与别人真诚互动。富贵本来是好事，使他们有能力照顾很多人，让自己的善扩展到更大范围。很遗憾，很多人因为富贵失去了真诚的心态，得不偿失。我平常与别人来往，假如他有点凭借，或者富，或者贵，或者富贵都有，我心里就有非常深刻的同情啊！

【学　生】傅老师，“贫与贱，是人之所恶也，不以其道得之，不去也”，反过来，不就是说“以其道得之，去也”吗？“以其道得之”，为什么反而要“去”呢？

【傅佩荣】你的逻辑能成立吗？不能这样推理。从“不以其道得之，不去也”，不能推出“以其道得之，去也”。何谓逻辑？若P则Q，非Q则非P，这是最简单的，一个公式就进入了逻辑的世界。譬如，天下雨草地湿，可以推出草地不湿天没下雨，但是不能说天没下雨草地没湿，因为浇水后草地也会湿。

【4·6】子曰：“我未见好仁者，恶不仁者。好仁者，无以尚之；恶不仁者，其为仁矣，不使不仁者加乎其身。有能一日用其力于仁矣乎？我未见力不足者。盖有之矣，我未之见矣。”

孔子说：“我不曾见过爱好完美人格的人，或厌恶不完美人格的人。爱好完美人格的人，已经达到最好的极限；厌恶不完美人格的人，他追求完美人格的办法，是不使邪恶的行为出现在自己身上。有没有人会在某一段时期致力于培养完美人格的呢？真要这么做，我不曾见过力量不够的。或许真有力量不够的，只是我未曾见过罢了。”

【学 生】对第一句话，老师的翻译是，我不曾见过爱好完美人格者。爱好只是一种趋向，并不说明他是完美人格的人，为什么孔子连有这种向往的人都没见过呢？

【傅佩荣】先讲《孟子》里的一个故事。孟子有一个学生叫乐正子，鲁国准备让他当大官，当卿，由他来负责政治。孟子听到后“喜而不寐”，高兴得睡不着觉。他似乎从没有这么高兴过，其他学生就问了，乐正子很刚强吗？孟子答，不，他并不刚强。学生问，乐正子学问很好吗？孟子答，不，他学问也不怎么好。学生又问，乐正子的见识广博吗？孟子答，不，他见识也不广博。学生纳闷了，那老师高兴什么呢？乐正子连这三个优点都没有，他执政了有什么可高兴的？孟子说，乐正子只有一个优点，好善。他又说，“好善优于天下”，天下最好的优点就是好善。

好善，就是喜欢听取善言。执政者千万要避免刚愎自用，假如认为自己比别人聪明，那就完了。天下人的聪明加起来，还比不上你吗？执政者只有一条路可以走，就是开放心胸，让天下善的言论通通过来！

同样，所谓爱好完美人格的人，要“念兹在兹”，一天到晚想什么是完美人格。这样的人，孔子没见过。他说“吾未见好德如好色者也”，没见过一个人喜欢美德像喜欢美色一样。大家都喜欢美色，喜欢美德的人很少啊！孔子接着说，只要是不完美的人格他就厌恶，这样的人我也没见过。

孔子没见过两种人，第一种是爱好完美人格的，第二种是厌恶不完美人格的。这话并不极端。真的爱好，一定是“念兹在兹”。孟子真正了解孔子的精神。他说，“鸡鸣而起，孜孜为善者，舜之徒也”，听到鸡叫就起床，拼命行善的，是舜这类人；“鸡鸣而起，孜孜为利者，跖（zhí）之徒也”，听到鸡叫就起床，拼命求利的，是盗跖这类人。

孔子接着说，有没有人会在某段时间致力于培养完美人格呢？真要这样，我不曾见力量不够的。这又是他的一种肯定！但是他讲的爱好，需要一直保持孜孜不倦的态度，而不是一时一日。

六 公冶长第五

1.特殊才能

【5·1】子谓公冶长，“可妻也。虽在缧绁之中，非其罪也”。以其子妻之。

【5·2】子谓南容，“邦有道，不废；邦无道，免于刑戮”。以其兄之子妻之。

孔子谈到公冶长，说：“可以把女儿嫁给他。虽然他曾有牢狱之灾，但并不是他的罪过。”孔子把女儿嫁给了他。

孔子谈到南容，说：“国家政治上轨道，他不会没有官位；国家政治不上轨道，他可以避免受刑与被杀。”孔子把哥哥的女儿嫁给了他。

传说中，公冶长是因为听得懂鸟语而被冤枉入狱的。有一次在回鲁国的路上，公冶长听到鸟说，青溪有人肉可吃。后来遇到一位老太太，说她的儿子没有回家。公冶长说，你儿子这么几天没回来，恐怕是在青溪。老太太跑到青溪一看，真是她儿子死在了那里。她就去报官，说公冶长有嫌疑，因为是他让我去青溪的。公冶长被官府抓了，辩解说自己懂鸟语，但是大家都不相信他。再后来，公冶长又听到鸟说，莲水边有玉米可以吃，有一辆装玉米的车翻了。公冶长对狱卒说，我又听到鸟语了，莲水边有装玉米的车翻了，你去看看吧。狱卒去了，看到果然如此，才知道公冶长真的懂鸟语，就把他放了。

【学　生】这是个传说吗？古代真有这样的人吗？

【傅佩荣】这个肯定是传说，但是古时有没有这种人呢？不要以为一定没有。比如有人问，有外星人吗？千万不要以为一定没有，但也不能说一定有。我个人认为有，就说一下理由。

英国著名物理学家史蒂芬·霍金，行动极为不便，整个人只有嘴巴可以传达意思。有一次，一个日本记者访问霍金，问："霍金先生，有没有外星人存在？"霍金讲话比较权威，说："宇宙这么大，你怎么知道没有呢？"这个回答最好，以问题回答问题，让他自己去想。记者问："如果有，为什么不来造访地球呢？"一般人都知道外星人的科技水平远远超过地球人，比如飞碟，现在地球人还制造不出来。霍金说："你怎么知道外星人没来造访过？"接着又说："当一种星球的文明发展到现在的地球文明水平以上，这个星球的生物就会毁灭自己。"大家知道，目前原子弹的存量可以毁灭地球七次，将来地球很可能就是人类自己毁灭的。假如外星人已经毁灭了自己，他们之前有没有造访过地球呢？霍金认为是有的。

第二个资料，在五六年前，美国国防部发布了一份资料，包括很多影像光盘，以及见过外星人的四百个见证人。把这些综合起来，下面是我解释的版本。

在一个星球上有外星人，科技远远超过我们，领先几百年，所以他们很早就自相毁灭了，引发爆炸通通死光了，只有几只飞碟逃出来，在宇宙中寻找落脚处。外星人来到地球上一看，哎呀，这么落后！我们早就用科技方法复制人了，地球上还靠两性交配，太愚蠢了，并且要慢慢相处，太没效率了。他们有时候抓人用来做实验。

英国有一家保险公司规定，被外星人绑架可以得到理赔，后来很多人宣称自己被外星人绑架过。譬如，家门全部上了锁，经保险公司确认没人打开过，这个人睡觉时还好好的，经过一个晚上，早上醒来发现肚子上有一道疤，还不知道怎么被切开和缝合的。这种情况可以申请理赔。外星人不需要触动地球人的安全装置，使得地球人的高科技全部失效，他们抓人去解剖，研究生理结构，之后再缝合好，在整个过程中当事人不会有任何感觉。这些事例说明有些人真的被外星人抓去过。

外星人的形象都一样，因为全是复制而成。他们不需要手脚等器官，一根手指头就够了，用来按动机器；不需要吃东西，每人每天一颗维他命，通通搞定。外星人研究过地球人之后有所考虑，如果将自己的科技教给地球人，地球人会更早遭遇自我毁灭的命运，所以他们就不来打扰我们了，继续坐在飞碟里围绕地球转动，等到飞碟的能源消耗光了，掉下来落在地球的不同地方，外星人死光了，故事也结束了。

这是我根据史蒂芬·霍金的观点和美国国防部的资料所作的解释，无论别人同不同意，这是个合理的解释。宇宙多么大，千万不要武断地说一定没有外星人。为什么西方国家不公布外星人的消息呢？那样会遇到很大的问题。人类该怎么办还是小问题，首要问题是：上帝和外星人是什么关系？到现在为止没办法解释。

《圣经》中记载上帝造人，如果上帝也造外星人，那么上帝和外星人会是什么关系呢？我上高中时读过一本书，作者是瑞典学者冯·邓肯，写了《上帝就是外太空人》这本书。我读的时候感觉太可怕了！书中引用了很多证据，来解释金字塔、南美洲玛雅文明。有些建筑的建造过程，除非有高科技来提供动力，不然没办法解释。还有一些奇怪的布置，比如从高空看有提示停下的石碑，指示飞碟降下，停落在高原之上。《圣经》中描写上帝出现，有一次是三个人一起出现，头上都有光圈，好像宇航员的氧气罩。这本书，引起我很多思考。

以上都是可能的解释。我们只能说，人类现在没受什么干扰，大家都平常过日子。幸好外星人的价值观跟我们不一样，不会觊觎我们的什么东西，他们完全看透了，知道一切都算不了什么。这是现代人的一种理解。

2.仁的判定

【5·8】孟武伯问："子路仁乎？"子曰："不知也。"又问。子曰："由也，千乘之国，可使治其赋也，不知其仁也。""求也何如？"子曰："求也，千室之邑，百乘之家，可使为之宰也，不知其仁也。""赤也何如？"子曰："赤也，束带立于朝，可使与宾客言也，不知其仁也。"

这段话涉及三个学生，子路、冉有与公西华。孟武伯请教孔子，问这三个人是否达到了仁的标准。三个学生各有专长，做官都不成问题，但是孔子一直强调"不知其仁也"。因为孔子认为，仁是一辈子的事情。

仁的三个层次是"人性向善"、"择善固执"、"止于至善"，没到"止于至善"，怎么知道一个人是不是合乎行仁呢？人生在世，有专长就可以做事，做官也不成问题，但是行仁是一辈子的事情，不到盖棺不能论定。

【学　生】傅老师，孔子说颜渊是仁的，是不是因为颜渊早死？

【傅佩荣】孔子从来就没有说颜渊是仁的。他说："回也，其心三月不违仁。""三月"，指长时间。颜渊的心长时间不背离仁的要求，之后还是背离了；别的学生"日月至焉"，有人几天，有人几个月，就背离了行仁的要求。

3.教学特色

【5·9】子谓子贡曰："女（rǔ）与回也孰愈？"对曰："赐也何敢望回？回也闻一以知十，赐也闻一以知二。"子曰："弗如也；吾与女弗如也。"

孔子对子贡说："你与回，谁比较优秀？"子贡回答说："我怎么敢和回相比？回听到一个道理可以领悟十个相关的道理；我听到一个道理只能领悟两个相关的道理。"孔子说："是比不上，我与你都比不上。"

从这段话可见孔子的教书风格。子贡很客气，说自己闻一知二，这是最基础的，而颜渊闻一知十，说明他领悟力很高，能够全部了解。孔子认为，每个人都有特色，就颜渊的特别之处而言，有时候连自己也比不上。孔子的性格是非常温和的，总是给学生适当的鼓励。听老师这样说，子贡也不会难过了。

不过，颜渊到底有什么特别之处呢？

【7·11】子谓颜渊曰："用之则行，舍之则藏，惟我与尔有是夫！"子路曰："子行三军，则谁与？"子曰："暴虎冯河，死而无悔者，吾不与也。必也临事而惧，好谋而成者也。"

孔子对颜渊说："有人任用，就发挥抱负，没人任用，就安静修行，这只有我与你可以做到吧！"颜渊比孔子小三十岁，但是孔子了解颜渊和自己是一样的境界，所以才讲这话啊！

可是子路听了受不了，当然不服气了，就说："老师率领军队的话，要找谁同去呢？”子路的意思是，当然得是我啊。孔子说：“空手打虎，徒步过河，这样死了都不后悔的人，我是不与他同去的。假如一定要找人同去的话，就找面对任务谨慎而恐惧，仔细筹划以求成功的人。”

“临事而惧，好谋而成”，这八个字是我长期的座右铭。

4.宰我其人

【5·10】宰予昼寝。子曰：“朽木不可雕也，粪土之墙不可杇（wū）也；于予与何诛？”子曰：“始吾于人也，听其言而信其行；今吾于人也，听其言而观其行。于予与改是。”

宰我在白天睡觉。孔子说：“腐朽的木头没有办法用来雕刻，粪土砌成的墙壁没有办法涂得平滑。我对宰我有什么好责怪的呢？”孔子又说：“过去我对待别人，听到他的说法就相信他的行为；现在我对待别人，听到他的说法，还要观察他的行为。我是看到宰我的例子，才改变态度的。”

看这一章，发现原来孔子是很天真的，听别人说了就相信他会做。或者说宰我口才特别厉害，是言语科第一名，子贡才排第二。“三人行，必有我师焉。择其善者而从之，其不善者而改之。”孔子从宰我那里得到一个很好的教训。

为什么白天不可以睡觉呢？因为古代晚上点油灯很费钱，不大可能晚上念书，所以需要日出而作、日落而息，才合乎养生的原则。学生们只有生病了，才可以在白天睡觉，否则说明这人没志气，累了就去睡觉，惹老师不高兴。平常宰我一定讲了很多好话，让孔子相信他会努力，结果证明他没有做到。

不可小看宰我，他是一位很特殊的学生。宰我在《论语》中共出现五次，除了这次，还有［3·21］［6·26］［11·3］［17·21］。除了［11·3］中孔子说言语科有宰我和子贡，另外四次宰我都是挨骂。尤其是［17·21］中宰我质疑孔子的“三年之丧”有问题，质疑得好，孔子也骂得好，真是精彩之至。当老师的就怕学生不质疑，学生如果有问题就提出来，逼着老师把理论全部讲出来。

我对宰我非常肯定，他是一个调皮的学生，却非常了不起。如果没有这种学生，老师就没有挑战，“教学相长”就不容易做到。后面会逐次讲到这一点。

5.性与天道

【5·13】子贡曰：“夫子之文章，可得而闻也；夫子之言性与天道，不可得而闻也。”

“文章”，“文”指文献，对书本文献方面的了解和解释；“章”指修养上的表现。

子贡说：“老师在文献与修养方面的成就，我们有机会听到。老师关于人性与天道的说法，我们就没有机会听到了。”

子贡说得不错。孔子讲人性，就只有一句话：“性相近也，习相远也。”孔子讲到天，“天何言哉”，“知我者其天乎”，这时候身边往往就是子贡。子贡也听老师说过“五十而知天命”，很想知道天道到底是怎么回事。

后代学者认为，《孟子》发挥了人性论，《易传》发挥了天道论。很多人对此作过研究，这种说法部分准确。《孟子》中的《告子篇》，以谈人性为主，确实发挥了孔子的人性论。

6.君子之志

【5·26】颜渊季路侍。子曰："盍各言尔志？"子路曰："愿车马衣裘与朋友共敝之而无憾。"颜渊曰："愿无伐善，无施劳。"子路曰："愿闻子之志。"子曰："老者安之，朋友信之，少者怀之。"

这段话内容非常丰富，特别重要。

孔子坐着，颜渊与季路站在他身边。孔子说："你们何不说说自己的志向呢？"君子一定要有志向。子路说："我希望做到：把自己的车马衣服与朋友一起使用，坏了都没有一点遗憾。"可见，子路对朋友道义的重视远远超过对财物的重视，天下有几个人能做到？子路很了不起。不过这种志向有限制，就是他只对朋友好。我们都有朋友，假如只对朋友好，境界还是有限的。

颜渊说："我希望做到：不夸耀自己的优点，不把劳苦的事推给别人。""劳"，指劳苦的事；"施"，指加于别人身上。一来一往之间说明颜渊的无私。一个人必须没有私心，才能够超越朋友的限制，对天下人都好，成为所谓的君子——和而不同，周而不比，泰而不骄，矜而不争，群而不党，坦荡荡。

颜渊的目标是做君子，不只对朋友好，要对每一个人都好。怎样做到呢？化解自己的私心。为什么颜渊在孔子的弟子中排第一？从这里看，他明显比子路境界高，他对每个人都一样好，这是更难做到的。

魏晋时代有个人叫阮裕，他想学子路，并且想超过子路。他在县城中算是很有钱了，就特别制造了一辆豪华马车，堪称全县最好的马车。他宣布：任何人借马车我都借给他。因为他一心要超过子路，子路的车只借给朋友，他就要借给所有的人。很多人向他借车，他确实都借了。有一个人因为母亲过世了，办丧事时想向阮先生借马车，又想，我跟他不认识，他的五星级马车怎么可能借给我呢？想来想去就没借。这件事传到阮裕耳中，他立刻把车烧掉了。他烧得好啊！这一烧，就使自己被写入《世说新语》。他说，我有马车，但是别人不向我借，那要马车有什么用呢？

子路和颜渊谈完志向之后，要下课了，这时子路恰到好处地发挥了自己的勇敢。子路说："希望听到老师的志向。"如果子路不问，孔子一定不会讲。古时候的老师都很矜持的，犹如敲钟，不扣则不鸣，小扣则小鸣，大扣则大鸣。孔子见子路问了，立刻回答了十二个字："老者安之，朋友信之，少者怀之。"翻译为："使老年人都得到安养，使朋友们都互相信赖，使青少年都得到照顾。"他没有说鲁国人，没有说我家乡的朋友，讲的是天下人。

这十二个字是人类在地球上最伟大的理想。

［3·24］中有一句话"天将以夫子为木铎"。说这句话的不是孔子的学生，而是一个第一次见面的人，叫做仪封人。封人是古代的官名，即边疆官员。守仪城的封人请求与孔子相见，并且说："有名望的君子（即有名的读书人）来到这里，我从来没有不见的。"古时候守关的人都很聪明，因为他阅人无数，来来往往什么人都见过。随行的学生安排他们会面，仪封人出来之后说："你们为什么担心失去官位呢？天下没有正道已经够久了，天将以你们的老师作为教化百姓的木铎。"

故事发生在孔子周游列国的阶段，当时他已经在顺天命。一个见多识广的边疆官员跟他面谈之后，居然出来替他说话，说天将以他作为木铎。木铎是金口木舌，金铎是金口铜舌。所谓金铎，外面的金口是铜，里面的铃铛也是铜，这样敲起来声音很尖厉，说明要打仗了，像空袭警报一样；木铎是金口木舌，里面的铃铛是木头做的，敲起来比较温和，咚咚咚，代表有人来宣传教化，说书、讲古，等等。后来，木铎就成了老师的代称。仪封人公开说天，一定是通过与孔子的谈话，发现孔子在顺天命。这也是孔子顺天命的重要论据。

但是孔子的理想有没有实现呢？当然没有。使老年人得到安养，使朋友们都互相信赖，使青少年都得到照顾，历代有没有人做到呢？没有！孔子为什么提出一个从来没人做到的志向呢？是他喜欢吹嘘吗？是显示英雄气概吗？

【学　生】孔子是要不断接近，往那个志向努力。

【傅佩荣】说得不错。不过这只是一种外围理解。志向本身就是还没达到、要努力接近的事情。为什么他选择这种不切实际，听起来难以实现的志向？

【学　生】顺天命，知其不可而为之。

【傅佩荣】这是他的行为作风。答案我一再地讲过，孔子认为人性向善，真诚由内而外引发力量，促使自己去行善。善是我和别人之间适当关系的实现，而天下人都是别人。孔子有这样的人性论，必定有这样的志向，不了解这一点，会认为孔子的志向是一句大话。

第二点，孔子的志向是他个人的志向吗？不是，是每一个人都应该有的志向。只要真诚，任何人都会有同样的志向。只不过要根据条件，由近及远地实行。孟子了不起，讲出了“老吾老，以及人之老；幼吾幼，以及人之幼”。孔孟就是这样紧密联系的。

孔子能做老师，靠的就是这个志向。一般人说“各言尔志”，没有高低之分，是因为没有标准。其实对所有人来说，衡量志向高低，标准来自人性论。使老年人都得到安养，使朋友们都互相信赖，使青少年都得到照顾，这就是天下大同啊。

孔子胜过其他各家，靠的也是这个志向。这个志向可能是空话，也确实是空话，因为从来没有实现过。但是它有根据，那就是人性论，来自对人性的规定，来自对善的理解。这就是学习儒家的关键问题。对于《论语》如果只是摇头晃脑朗诵一下，是完全不能领会的。

七 雍也第六

1.心之修炼

【6·7】子曰："回也，其心三月不违仁，其余则日月至焉而已矣。"

孔子说："回的心可以在相当长的时间内，不背离人生正道；其余的学生只能在短时间内做到这一步。"

仁就是人生正道，代表善。这段话说明孔子认为人的心不等于仁，可见人的心绝对不是本善。人的心是有选择能力的，有可能违背仁。孔子进一步说"七十而从心所欲，不逾矩"，说明七十岁以前的孔子，如果"从心所欲"偶尔会"逾矩"，所以他也需要修炼。这都说明，孔子不认为心是本善的。

在《朱子语类》里，学生问朱熹，孔子对心有什么看法。朱熹说，《论语》并没有谈到心。其实《论语》中有六处谈到心，我们可以联系起来思考，会有收获。

2.哲学深意

【6·18】子曰："质胜文则野，文胜质则史。文质彬彬，然后君子。"
【6·19】子曰："人之生也直，罔之生也幸而免。"

这两段很有哲学含义。

第一段，孔子说："质朴多于文饰，就会显得粗野；文饰多于质朴，就会流于虚浮。文饰与质朴搭配得宜，才是君子的修养。""质"，质朴、淳朴，指天生的自然状态，即真诚；"文"，指后天的学习。读再多的书，都不应该忘记真诚；仅仅是真诚也不够，因为不读书会表现粗野。文与质配合起来，才是君子，称得上"文质彬彬"。

第二段，孔子说："人活在世间，本该真诚，不真诚而能够活下去，是靠侥幸来免于灾祸。"

"人之生也直，罔之生也幸而免"，这句话可以印证"性相近也，习相远也"。没有真诚而能够活下去，说明了"习相远"的可能，后天的习染确实会让不同的人有不同的表现。大家的人性固然有共同点，否则不能称为人，不过只是"相近"，如果人性相同，人性就成为本质的、固定的，就不能附加善恶价值。

所谓"直"，是指人本来应该真诚，这样才有力量由内而发，自我要求做该做的事。但是很多人不能真诚地活下去，他们考虑外在的利害关系。譬如，大部分人为了活得比较舒服，就设法按照社会上的普遍想法生活，可能就偏离了人的真诚这个路线。

不走人生正道的人，要靠运气活下去，这让我很感叹：这个世界不是到处都有碰运气的人吗？真诚的人不是常常上当受骗吗？不过不要以为儒家的真诚是和受骗联系在一起的，那样就太小看孔子了，他绝不是那么容易受骗的。来看很精彩的一段：

［17·8］子曰："由也，女闻六言六蔽矣乎？"对曰："未也。""居！吾语女。好仁不好学，其蔽也愚；好知不好学，其蔽也荡；好信不好学，其蔽也贼；好直不好学，其蔽也绞；好勇不好学，其蔽也乱；好刚不好学，其蔽也狂。"

孔子说："由，你听过六种品德和六种流弊的说法吗？"子路答道："没有。"孔子说："你坐下，我告诉你。爱好行仁而不爱好学习，那种流弊就是愚昧上当；爱好明智而不爱好学习，那种流弊就是游荡无根；爱好诚实而不爱好学习，那种流弊就是伤害自己；爱好直率而不爱好学习，那种流弊就是尖酸刻薄；爱好勇敢而不爱好学习，那种流弊就是胡作非为；爱好刚强而不爱好学习，那种流弊就是狂妄自大。"

孔子告诫子路，你要有德行，千万不要忽略了学习，要了解世间的规范。要记得"六言六蔽"。"言"，指值得去说的德行；"蔽"，指后遗症。"六言"包括：好仁，好知，好信，好直，好勇，好刚。这都是好的德行，但是如果不学习会导致脑袋不清楚，缺乏智慧判断，一定会出问题。可见儒家的真诚绝不是天真，而是了解人情世故的。

再如《论语》的第一句话"学而时习之"，学习之后在适当的时机去实践，增加了能力，就不会受骗。

那么应该学习什么呢？孔子讲学，一方面要学习古人的经验集合，即五经，包含古人智慧；另一方面强调随时学习世间的各种规范。

【19·22】卫公孙朝问于子贡曰："仲尼焉学？"子贡曰："文武之道，未坠于地，在人。贤者识其大者，不贤者识其小者。莫不有文武之道焉。夫子焉不学？而亦何常师之有？"

卫国的公孙朝请教子贡说："孔仲尼在何处学习过？"子贡说："周文王和周武王的教化成就，并没有完全失传，而是散落在人间；才德卓越的人把握重要的部分，才德平凡的人把握末节的部分。没有地方看不到文王与武王的教化成就啊！我的老师在何处不曾学习过？他又何必要有固定的老师呢？"

孔子的好学是大家都肯定的。

【5·28】子曰："十室之邑，必有忠信如丘者焉，不如丘之好学也。"

孔子说："十户人家的小地方，一定有像我这样做事尽责又讲求信用的人，只是不像我这么爱好学习而已。"

这说明，孔子不限于学习书本，他广泛学习人间各种道理，了解人情世故。

3.教育理想

【6·21】子曰："中人以上，可以语上也；中人以下，不可以语上也。"

"中人以上"，一般翻译为"才智中等以上的人"。这就有问题了。通常情况下，才智上等的人只占百分之十，才智下等的也占百分之十。如果说可以与前者谈论高深的道理，不可以与后者谈论高深的道理，那么占百分之八十的才智中等的人，卡在中间不上不下，又该怎样对待呢？

"以上"，在这里作动词用，而上。这段话翻译为：才智中等的人愿意上进，可以告诉他们高深的道理；才智中等的人自甘堕落，就没办法告诉他们高深的道理。把大多数看做才智中等的人，这才是教育家的理想。再看：

【17·3】 子曰："唯上知（zhì）与下愚不移。"

孔子说："只有最明智与最愚昧的人是不会改变的。"

如果强调［6·21］的分法，这句话意思就是：中人以上就是最明智的，无须改变；而中人以下是最愚昧的，怎么教都没有用。这种解释肯定不对。

最明智的人为什么不会改变呢？因为他对人生已经有正确的理解，走上了正道，就无须改变。最愚昧的人缺少真知，一切仅凭侥幸，不能改变也不肯改变。前者不必"移"，因为他有智慧，已经走对了；后者不肯"移"，因为他很愚昧，不知道什么是正路。

［6·21］和［17·3］两段对照看，才能得出正确的解释。

4.樊迟问仁

【6·22】 樊迟问知（zhì）。子曰："务民之义，敬鬼神而远之，可谓知矣。"问仁。曰："仁者先难而后获，可谓仁矣。"

这是很有名的一段话。樊迟三次问仁，这是其中一次，另两次是［12·22］［13·19］。

樊迟问老师，什么叫明智。孔子说："专心为百姓服务，做好该做的事，敬奉鬼神但是保持适当的距离，这样就算是明智了。"这证明孔子肯定鬼神的存在，并认为应该敬奉它，但要保持适当距离。不要一天到晚麻烦鬼神，该祭拜就祭拜，祭拜完毕你还要尽人事，叫做“务民之义”。

“民”指现在活着的百姓，“鬼神”是已经死去的祖先。“义”，就是指应该做的事。参见［2·24］第二句话，“见义不为，无勇也”。

孔子特别地将“民”和“鬼神”相对照。可见，当时所谓的明智是“不问苍生问鬼神”。譬如，发生了旱灾，现代人会设法修沟渠，改善水利，而古代人就会设坛求雨。我们不反对“问鬼神”，不过，如果鬼神可以解决问题，人何必努力呢？放弃了活人的责任，去麻烦死人，这是非常不适合的。对于鬼神我的看法是，它们是过去的祖先，已经尽了责任，让它们安息吧！我们现在要尽自己的责任，活着的人不要想什么灵异事件，应该自己面对困难，设法解决问题。

对此，孔子的态度是非常理性的。每一次谈到鬼神，他几乎都会拿“民”与“鬼神”对照，强调活人与死人的异同。最有名的例子是子路问“事鬼神”的问题，孔子说，“未能事人，焉能事鬼”，不能和活着的人好好相处，怎么和鬼神相处呢？因为鬼神是以前活着的人啊。

很多人批评孔子，既然“敬鬼神”，为什么又要“远之”？应该多亲近啊。“远之”，又怎么表示尊敬呢？他们想用这种两难法难住孔子，实在可笑。“敬鬼神而远之”，是指以适当的方式，如每个月祭拜一次祖先，而不是每天拜，否则鬼神也受不了，不得安宁。

樊迟接着请教什么是行仁，具体怎么做。孔子说：“先努力耕耘，然后才收获成果，这样就是行仁了。”

这话听着太简单了。农夫好好耕耘，然后收获，这就是行仁吗？如果不，又该怎样做呢？这是孔子典型的因材施教。答案很适合樊迟这个学生，他是一个很务实的人，没有太深刻的思考力。

5.宰我问仁

【6·26】宰我问曰："仁者，虽告之曰'井有仁焉'，其从之也？"子曰："何为其然也？君子可逝也，不可陷也；可欺也，不可罔也。"

宰我这个学生实在调皮，问孔子："行仁的人，如果告诉他'井里有仁可取'，他是否跟着跳下去呢？"孔子说："他怎么会这么做呢？对一个君子来说，你可以让他过去，却不能让他跳井；你可以欺骗他井里有仁可取，却不能诬蔑他分辨不了道理。"孔子提到了君子，因为君子是有志向和修养的理想人格典型。孔子不认为谁能达到仁者境界。

孔子的学生没有一个清楚什么叫"仁"的，所以颜渊问仁，仲弓问仁，司马牛问仁，樊迟也问仁。宰我也不清楚，但是他懒得请教什么叫"仁"，因为老师把"仁"讲得这么美好，才提出上面的问题。他不了解，一个人行仁是在内不在外，是以真诚为出发点，主动产生行为力量的。

这段话充分显示了宰我的聪明，他故意举例来问，使老师讲了很精彩的一番话。

6.子贡问仁

【6·30】子贡曰："如有博施于民而能济众，何如？可谓仁乎？"子曰："何事于仁！必也圣乎！尧舜其犹病诸！夫仁者，己欲立而立人，己欲达而达人。能近取譬，可谓仁之方也已。"

子贡问："如果有人广泛地照顾百姓，又能真正救助众人，如何？可以称得上仁者吗？""博施济众"四个字多么好。子贡这么问，说明他不清楚什么叫仁，就提出一种最理想的情况。

孔子说："这样何至于仁者，一定要说的话，已经算是圣德了，连尧舜都难以做到呀！所谓行仁，就是在自己想要安稳立足时，也帮助别人安稳立足；在自己想要进展通达时，也帮助别人进展通达。能够从自己的情况来设想如何与人相处，可以说是行仁的方法了。"

孔子为什么说"博施济众"难以做到呢？古代的圣王都很照顾百姓，但是百姓生生不息，圣王照顾好这一代，未必能照顾到下一代，而且圣王除了让百姓吃饱喝足，还应该让他们受教育，要代代都有好老师才行。老百姓这么多，总有一些是光线也照不到的，所以尧舜也觉得自己做不到。

"博施济众"是孔子的理想，儒家的理想。孔子如此肯定"圣"的含义，正因为人性向善，善是我和别人之间适当关系的实现，只要有能力就要"博施济众"。

孔子曾经讲过八个字"己所不欲，勿施于人"，我不希望别人怎样对我，就不要那样对别人。这次他讲："夫仁者，己欲立而立人，己欲达而达人。"前者告诫人们不要做没有水准的事，是消极的；更积极的是后者，劝告别人做正当该做的事。

孟子讲得好，一个人行仁就是"善推其所为而已"。儒家就是一个"推"字，推己及人。不只我一个人要站稳，别人和我一样也要站稳；不只我一个人要发达，别人和我一样也要发达。"仁"这个字从"人"从"二"，我和别人两个人才能成为"仁"，才能实现我的生命要求。这是做人的更高层次。

孔子讲行仁，用了"能近取譬"四个字，即根据自己的情况来设想如何与人相处。没有别的，行仁就是设身处地替别人着想。譬如，我和别人来往的机会很少，就是上课、演讲，我坚持做到从不迟到，就是因为我替学生着想。学生准时来了，等了半天老师不来，这不行，老师不能找借口说下雨堵车，只要不让这种情况发生就好了。

八 述而第七

如果我们能用来读书的时间不多，该挑选《论语》中哪一篇来读呢？我推荐第七篇。因为这一篇中，孔子几次描写自己生命的一些特质，比起其他篇章有更加集中的资料。

1.何有于我

【7·2】子曰：“默而识之，学而不厌，诲人不倦，何有于我哉？”

孔子说：“把所见所闻默默记在心里，认真学习而不厌烦，教导别人而不倦怠，这些事情我做了多少？”

“何有于我哉？”有两种解释。第一种，这对于我有什么困难？我们平时可以这么用。有人说“登这座山很难啊”，我说“何有于我哉？”

表示我很有信心，我有能力做到，口气有些狂妄。第二种，我到底能有什么呢？我好像什么都没做到。这两种解释都不合理。

从孔子的语气考虑，“何有于我哉”应该翻译为“我做到了多少”。第一，如果认为“默而识之，学而不厌，诲人不倦”这三点毫无难度，孔子不会提；第二，如果他都做得到，就不必说“何有于我哉”。所以这三点是一直要做下去的。

《论语》中，孔子两次提到“何有于我哉”。对照一下：

【9·16】子曰：“出则事公卿，入则事父兄，丧事不敢不勉，不为酒困，何有于我哉？”

“出则事公卿”，在外服侍有公卿身份的人。根据古代制度，一个做官的人退休之后回老家，可以穿特定的服装，大家看到了，就知道他以前对国家有功劳。怎样服侍他呢？见他拿包就帮他拿一下，走路让他走在前面，这就是“出则事公卿”。

“入则事父兄”，回到家里侍奉亲人长辈。孔子的父亲，在孔子三岁时就过世了，孔子的哥哥孟皮，也在孔子年轻时就过世了，所以“父兄”二字不只是指父亲和兄长，是指家族中的长辈。

“丧事不敢不勉”，为人承办丧事，不敢不尽力而为。这句话证明孔子的职业是主持丧礼，而且他总是尽力把工作做好。“不为酒困”，喝酒从来不会造成困扰。三冬很冷，每天要喝点酒，但是孔子不会喝醉。联系上下句，可知孔子经常主持丧礼，这是他主要的收入来源。这种工作待遇很好，因为古人重视丧礼，有公卿身份的人、富贵人家尤其重视。一个人从死亡到埋进坟墓，要经过五十几道手续，这些手续只有孔子这样的专家清楚。

《论语》[7·9]中，有“子食于有丧者之侧，未尝饱也”的说法。孔子经常在死了亲属的人旁边吃饭，不曾吃饱过。“未尝”两个字在哲学逻辑上是全称否定的，说明根据学生统计，没有例外。孔子主持丧礼，一待至少一个星期，他的学生有时候就来帮忙助丧，后来也学会了主持丧礼。学生都知道孔子平常的饭量，他身高一百九十二厘米，每顿饭至少吃四碗，但是为别人办丧事的时候，他刚吃半碗就吃不下了。这一段也说明孔子经常主持丧礼。

总之，孔子确实以主持丧礼作为正式职业，从而得到一定的待遇。我们不用担心他的生活问题，也不用勉强他吃肉干（束脩）。

2.德行修养

【7·3】子曰："德之不修，学之不讲，闻义不能徙，不善不能改，是吾忧也。"

这一章讲了孔子的修养，特别值得我们借鉴。

德行不好好修养，学问不好好讲习，听到该做的事却不能跟着去做，自己有缺失却不能立刻改正。这不是在讲我们吗？可这就是孔子的忧愁啊，他每天担忧，就不会犯这些错。我们好像没有这样的忧愁，所以永远得不到改善。

真正伟大的人，常常觉得自己有错，有不足。一个人常常注意到自己的缺点，他就不会犯相关错误。如老子所说："圣人不病，以其病病，夫唯病病，是以不病。""病"即缺点。圣人没有缺点，因为他把缺点当缺点；正因为他把缺点当缺点，所以他没有缺点。老子的意思和孔子完全相通。

3.道德仁艺

【7·6】子曰:“志于道,据于德,依于仁,游于艺。”

到曲阜参观孔子研究院,一进大门,就看到四根大石柱,上面写着这四句话。它的含义不见得有多少人能讲清楚。

有三个字看起来意思相近。“道”可以解释为人生理想,即人类共同的正路。“德”一向是获得的“得”,表示做好事久了,对修养、德行有些心得;“据”指确实把握,有些人不肯继续实践、继续把握,德行就会退步。“仁”是一个人的正路;“依于仁”指绝不背离人生正道。“游”字用得好,是庄子逍遥游的“游”;“游于艺”,孔子每天都讲人生理想,这么严肃枯燥,幸好他还可以涵泳艺文活动。

孔子说:“立志追求人生理想,确实把握德行修养,绝不背离人生正道,自在涵泳艺文活动。”这四句话说明了孔子的生命形态。

4.孔子唱歌

【7·10】子于是日哭,则不歌。

孔子为什么经常哭呢?因为他常常主持丧礼,看到别人哭得伤心,他也跟着哭。学生发现,老师这一天哭过,就不再唱歌。

这里有个逻辑问题。是不是孔子有一天不哭,就会唱歌呢?不一定。孔子这一天哭过就不再唱歌,只能推出,他某一天没哭,很可能唱歌。古代人不像现代人生活丰富,又看电视又上网,他们在漫漫长夜做什么呢？唱卡拉 OK！《论语》中就有证据。

［7·32］中讲："子与人歌而善，必使反之，而后和之。"老师跟别人一起唱歌，唱得开怀时一定请人再唱一遍，然后自己又和一遍。孔子唱和声啊！可见他的生活自得其乐。人生在世不能选择时代，也很难选择社会，但是一定要让自己过得快乐，孔子就是一个例子。我喜欢《述而》这一篇，因为其中有好几处表现了孔子的这种真性情。

5.无神论者？

【7·13】子之所慎：齐（zhāi），战，疾。

这七个字很重要。孔子最谨慎的三件事，有确定的排序：第一是斋戒，第二是战争，第三是疾病。

孔子最谨慎的事，排第三的是不要生病。因为古代医药水平不太发达，一个人一旦生病恐怕就要"呜呼哀哉"，所以要小心，千万不要生病。为什么孔子这个不吃那个不吃呢？因为病从口入，乱吃东西就会生病。甚至在他生病的时候，季康子送药给他，他也不吃，说这种药的药性不了解，就不吃。一种药说不好是良药还是毒药，如果不对症就成毒药了。

排第二的是战争。因为战争是一种群体行为，很可能造成大量伤亡，伤亡者大多是年轻人，受难的大多是老百姓。所以孔子认为对待战争一定要谨慎。

但是孔子认为最重要、最谨慎的事，是斋戒。斋戒就是为了祭祀，祭祀是宗教行为。可见孔子当然有宗教信仰，还有宗教行为，不然为何把斋戒当做第一慎重的事呢？

第十篇谈到孔子有关斋戒的事情。譬如［10·11］，“虽疏食菜羹，必祭，必齐如也。”翻译为：即使吃的是糙米饭与小菜汤，也一定要祭拜，态度一定恭敬而虔诚。古人在开始吃饭之前，每样菜夹一点放在桌子上，用来祭拜发明熟食的人，表示感谢。可见，孔子每顿饭都要祭拜一下。

孔子祭拜时态度一定非常严肃，他才不赞成“祭如不祭”。

我有时候开会遇到一些学者，他们总要证明孔子是无神论者，我会与他们争辩起来。有人还说：说孔子是无神论者是看得起孔子，因为马克思是无神论者啊。当时我听了真的很无奈，这是什么理论呢？孔子怎么会是无神论者呢？他经常会谈论到鬼神呢。

事实上，真正的无神论者是很少的。好歹我们总得认为，自己的祖先以某种方式存在嘛。“我祖先会保佑我”，这就不是无神论。

有一个人是真正的无神论者，他的话有明确的立场，这个人叫吴稚晖。民国初年成立中央研究院，吴稚晖是第一届中央研究院的院士。我喜欢这个人，因为他诚实。吴稚晖是无神论者，写文章公开说：我是无神论者，所以我的人生观只有四个字可以描述，叫做“漆黑一团”。他很诚实。无神论者必须承认他的人生观是漆黑一团，否则绝不能说自己是无神论者。

何谓无神论？认为没有鬼神，没有任何一种神明，个人也不存在灵魂的问题，人死了就跟灯灭掉一样，尘归尘、土归土，一切归于虚无。这是标准的无神论。吴稚晖是研究科学的，他说，怎么可以证明神的存在呢？最后他很诚实地写文章，白纸黑字地写，我是无神论者，长期的思考告诉我，我的人生观是漆黑一团。不过呢，我想了半天，还是有三件事可以做：第一个吃饭，第二个生孩子，第三个交朋友。

吃饭和生孩子是标准的食与色，动物也会。所以吴稚晖先生对交朋友特别重视。四海之内，不同肤色、不同信仰的人都可以做朋友，比动物要丰富复杂得多了。这样一个人是值得尊重的，因为他诚实。

最怕有一个人说自己是无神论者，然后对各位说，你们好好奋斗，未来是光明的。什么是光明？未来有什么光明？这是欺骗别人。一个人只要诚实，别人就会尊重他。吴稚晖就能一以贯之，无神论到底，漆黑一团。干吗活着？吃饭，生孩子，交朋友。无神论者觉得人生结局就是死，死就是什么都没有了，这一生当然就剩四个字：得过且过。为什么奋斗，为什么那么累呢？说实在的，这样的人生观非常无奈，值得同情。

我们不要随便说自己是无神论者。你可以说，我没有信仰任何宗教，因为时机还不成熟，不觉得人生有什么必要去信仰宗教。人往往在遇到危难时才会信仰宗教，因为不信仰就会觉得无所依靠。

汶川大地震就告诉我们，人非常脆弱，一不小心就走了。晚上睡觉时会想，大地一片漆黑，还会有明天早上吗？我睡着了明天还会醒来吗？如果醒不了的话，我这一生算怎么回事呢？人生的意义到底何在呢？人生根本不能被理解。无神论者到最后一定有一种悲凉的心情。

我不太喜欢读历史，读了就看到“悲惨”二字，惨不忍睹。哪一个好人得到好报，哪一个恶人得到恶报了？写《史记》的司马迁是第一号历史学家，没有人否认。《史记》中排第一的列传是《伯夷列传》，伯夷这么好的人死得这么惨，怎么谈天道呢？司马迁忍不住感叹：“天道，是也，非也？”没有鬼神存在，没有来世，没有另外一种生命的话，人活在世上到底做什么？司马迁也不知道，但是他还要努力，把他的作品“藏诸名山，传之其人”。

但是孔子的立场总是很坚定，为什么？他是有神论者。这是正常的理解啊！

什么叫神？神的定义有广义和狭义之分。广义的“神”是指，宇宙里有更高的力量存在，比人更高，很难猜测它的安排是什么，也可以把它叫做宇宙智慧。狭义的“神”就是一个神，像基督教的上帝，或者佛教的觉悟境界。再如中国的帝王称天子，他明明“号令天下，莫敢不从”，为什么还要做天的儿子呢？因为大家都相信天。

孔子只是接受他传统的信仰，相信天。得天命者为天子，天命本来只有天子一个人可以得到，但是孔子“五十而知天命”，从他开始，天命成为每个人普遍可以体验的。什么天命呢？人性向善，择善固执，最后要止于至善，这是每一个人的天命。怎么做到呢？一个人是什么角色就做什么事，尽全力把它做好，就合乎天命了。

6.生活态度

【7·16】子曰：“饭疏食饮水，曲肱（gōng）而枕之，乐亦在其中矣。不义而富且贵，于我如浮云。”

孔子讲述了自己的一种生活态度。我们以为只有颜渊“一箪食，一瓢饮，在陋巷”，原来孔子也差不多。他说：“吃的是粗粮，喝的是冷水，弯起手臂做枕头。这样的生活也有乐趣啊！用不正当的手段得来的富贵，对我好像浮云一样。”

应该读一读《圣经》。耶稣说，狐狸有它的洞穴，天上的飞鸟有它的巢穴，人子（耶稣）到处向别人讲道，却没有放枕头的地方，没有自己的家可以休息。孔子弯起手臂做枕头，不是一样吗？这是东西方圣人相通的地方。圣人绝不追求生活上的安逸，而是立志向别人宣传人生的理想。一个人可以不赞成耶稣的宗教，却不得不佩服他那种耐得住贫穷的态度。

一个人耐得住贫穷，说明他的力量在内不在外。一个人富贵，他的力量往往源自外在凭借，而没有外在凭借的人，只能靠内在的修炼。孔子说，“乐亦在其中矣”，这样的生活也有乐趣啊！穷得不得了却还能快乐，这就不一样了。他又说："不义而富且贵，于我如浮云。"浮云飘来飘去，一点都不实在。

孟子说得好，"人人有贵于己者"，每个人都有的"心"很可贵；后面接着说"赵孟之所贵，赵孟能贱之"。赵孟就是赵盾，晋国的三卿之一，权力很大。赵孟可以一天就让你当了上大夫，也可以一天就把你贬为庶人。这就是贵贱由人。做人的真正立场是，贵贱在我自己。每个人的内在都有可贵的部分，"弗思而已"，自己没去想而已。如果没有自觉，身上有可贵的部分也没用。

王阳明有句诗写得好："抛却自家无尽藏，沿门托钵效贫儿。"抛弃自己家里本来就有的无尽宝贝（指的是儒家思想），到处跟别人要，给我点佛教道理吧，给我藏传佛教的道理吧，给我西方哲学吧。

王阳明的生平很特别，他年轻时什么都学。他打坐的时候，能知道第二天谁来看自己，有点神通了。学生问，老师怎么会知道呢？王阳明说，不要管，明天早上会有人来的。果然到时候有人就来了。因为他打坐的时候心思很澄明，好像镜子一样。朋友来看他是周期性的，有的半年来一次，有的几个月来一次，而他最近常常想到某个人，有一种感应。王阳明是文武全才，学禅宗，练武艺，最后发现都不是办法，经过"五溺三变"，他回归儒家。

如王阳明那首诗所说，到处向别人要东西，却不知道自己家里有好东西啊。《论语》里面无所不包，人生、鬼神、天命都在里面，问题在于能不能读得出一贯的系统。因为孔子的思想是一以贯之的。

7.孔子其人

【7·19】叶公问孔子于子路，子路不对。子曰："女奚不曰：其

为人也，发愤忘食，乐以忘忧，不知老之将至云尔。”

叶，古代读叶（shè），但是大家习惯读叶（yè），也无所谓了。

叶公问子路有关孔子的为人，子路没有回答。孔子对子路说：“你为什么不说：‘他这个人，发愤用功就忘记了吃饭，内心快乐就忘记了烦恼，连自己快要老了都不知道，如此而已。’”

这是孔子的“三忘主义”：忘食，忘忧，忘老。这么讲自己，多么简单，孔子就是这样的人啊！“发愤忘食”，说明他有目标，或是念书，或是做事。“忧”，指外在的各种挑战；“乐以忘忧”，说明他的快乐在内不在外。孔子有许多事情要去做，许多困难要去克服，但是快乐由内而发，可以让他想不到这些烦恼。最后“不知老之将至云尔”，他活在当下。

8.怪力乱神

【7·21】子不语：怪、力、乱、神。

“语”，指和别人讨论；“言”，指自己说话。睡觉时不说话，吃饭时不讨论，叫做“寝不言，食不语”。

这一章很重要。孔子不讨论“怪、力、乱、神”这四点，并不代表它们不存在。怪、力、乱、神自古以来一直存在，到今天社会上还有，但是我们不必去谈论。谈论只会造成人心惶惶，反而让人忽略了什么叫做正常。学新闻的人都知道，狗咬人不算新闻，人咬狗才算新闻。所谓新闻，大半是反常的事。我们每天看报纸，都觉得刊登的反常的事很多，都在心里想，哎呀，这社会多么可怕。其实我们身边还是正常的人多，反常的事少，新闻媒体的夸张让大家产生了错觉。

要特别注意“神”字，不是鬼神的神，而是代表灵异事件，这是孔子不谈的。

9.顾諟天命

【7·23】 子曰：“天生德于予，桓魋（tuí）其如予何？”

孔子说：“天是我这一生德行的来源，桓魋又能对我怎么样呢？”

孔子有两次把天抬出来，都是在自己差点被杀的时候。这说明孔子确实相信天。一个人面临死亡威胁时就不需要隐瞒了，说出了自己的信仰。孔子认为，如果我现在死的话，天是要负责任的。孔子在五十五岁到六十八岁之间周游列国，正处在“六十而顺”，顺天命的过程。他是信奉天命的，并且“知其不可而为之”，被誉为“天之木铎”。

【2·4】 子曰：“吾十有五而志于学，三十而立，四十而不惑，五十而知天命，六十而[耳]顺，七十而从心所欲，不逾矩。”

孔子说：“我十五岁的时候，立志于学习；三十岁时，可以立身处世；四十岁时，可以免于迷惑；五十岁时，可以领悟天命；六十岁时，可以顺从天命；七十岁时，可以随心所欲，不越出规矩。”

10.圣人与仁

【7·26】子曰："圣人，吾不得而见之矣；得见君子者，斯可矣。"子曰："善人，吾不得而见之矣；得见有恒者，斯可矣。亡而为有，虚而为盈，约而为泰，难乎有恒矣。"

孔子说："圣人，我是没有机会见到了，能够见到君子，也就不错了。"君子努力的目标就是成为圣人。

孔子又说："善人，我没有机会见到了。能够见到有恒的人，也就不错了。明明没有却装作有，明明空虚却装作充实，明明穷困却装作豪华；要做到有恒，是多么困难啊！"

为什么孔子连善人也见不到呢？一个人能做善的儿子，善的女儿，善的大臣，善的国君，但是做善人的话，全方位都要做到，那是不可能的。这是严格意义上的善人。跟这种善人有关的是"有恒者"。有恒者择善固执，一直努力行善，才有可能成为真正的善人。

【7·30】子曰："仁远乎哉？我欲仁，斯仁至矣。"

孔子说："行仁离我很远吗？只要我愿意行仁，立刻就可以行仁。"

这一章说明"仁"不是与生俱来的，可"欲"可不"欲"。只要"欲仁"，任何时候开始真诚，立刻就可以觉悟。

"仁"可理解为真诚引发的力量，让我们做该做的事。这是一个动态过程。我坐在车上，看到一位老人家上来，我可以不让座，那是因为我不真诚，不欲仁。我欲仁，就立刻让座，行仁的机会立刻就出现了，"斯仁至矣"。

【7·34】子曰："若圣与仁，则吾岂敢？抑为之不厌，诲人不倦，

则可谓云尔已矣。”公西华曰：“正唯弟子不能学也。”

孔子坦白说了：“像圣与仁的境界，我怎么敢当？如果说以此为目标，努力实践而不厌烦，教导别人而不倦怠，那么或许我还可以做到。”公西华说：“这正是我们学生没有办法学到的。”

孔子认为，圣的境界很高，只有圣王，尧、舜、禹、汤以至文、武这些人可以达到。仁呢？需要盖棺论定。孔子绝不会说我已经成仁了，只会说以仁为目标努力实践，或许可以做到。

孔子不把自己当做圣人看，把他当圣人的是孟子。孟子说，孔子“学而不厌”叫做智，“诲人不倦”叫做仁，合乎智和仁就是圣。

在第七篇中，孔子好几次真情流露，他真是一位很可爱的长者啊！

九　泰伯第八

1.人文教化

【8·8】子曰："兴于《诗》，立于礼，成于乐。"

《泰伯第八》没什么特别的，因为曾子的水平有限，前面连续几章都没什么精彩的。这一句是孔子的话，比较重要。

"兴"，指一个人开始出发；"立"，指立身处世，一辈子怎么走路；"成"，指完成。《诗》、礼、乐这三者都是人文教化，对孔子来说不可或缺。他的目标是文质彬彬。

孔子说："启发上进的意志，要靠读《诗》；具备处世的条件，要靠学礼；达成教化的目的，要靠习乐。"

"《诗》三百，一言以蔽之，曰思无邪。""思无邪"，一切出于真诚的情感。读《诗经》让人振作，因为人生在世一定要有真诚的情感，才可能找到出发的动力。

“立于礼”，不依靠礼仪，在社会上怎么与人相处呢？

“成于乐”，乐指音乐，也代表和谐。在任何地方，都可以用音乐来调节自己的情绪、情感、情操、情调。情感活动离不开音乐，只有通过音乐，内心才能得到一种情感的协调。最伟大的人类发明绝不是科学，而是音乐。假如情感不能协调，科学再发达也没有用，人类照样会患抑郁症，说不定更加严重。音乐是没有国界的，通过音乐来协调情感，真是千古不变之理啊！

2.守死善道

【8·13】子曰：“笃信好学，守死善道。危邦不入，乱邦不居。天下有道则见（xiàn），无道则隐。邦有道，贫且贱焉，耻也；邦无道，富且贵焉，耻也。”

孔子说：“以坚定的信心爱好学习，为了完成人生理想可以牺牲生命。不前往危险的国家，也不住在混乱的国家。天下上轨道，就出来做事；不上轨道就隐居起来。国家上轨道时，要以贫穷与卑微为可耻；国家不上轨道时，要以富有与高位为可耻。”

“善道”，指完成人生理想。“守死善道”，为了完成人生理想，可以牺牲生命。这是“杀身成仁”的另一种说法，因为道与仁有相通的地方。

【学　生】这样说，应该有兼济天下的情怀才对。

【傅佩荣】“危邦不入，乱邦不居”，是说我保留自己的生命，准备将来天下有道的时候来服务社会。要知道，培养一个人才是很难的。

就如颜渊，正是可以为国家所用的时候，他却死了，没办法实现志向了。这让孔子哭得多么伤心，说“天丧予”。

孟子给予颜渊很高的评价。孟子说，“禹思天下有溺者，犹己溺之也。稷思天下有饥者，犹己饥之也。”大禹治水，后稷教老百姓种植五谷，这两人都了不起！这就是现在说的“人饥己饥，人溺己溺”！孟子又说：“禹稷颜回，易地则皆然。”“易地则皆然”，指交换了地方就是一样的。孟子用五个字给颜渊平反了，认为只要给颜渊机会，他就是古代的大禹和后稷。可惜颜渊早死，如果他地下有知，听到孟子这样讲，不是要痛哭流涕吗？孟子不以成败论英雄，把这些圣贤提升到历史上的一种平等地位。

【学　生】傅老师，对[8·13]我有个问题。这里讲“危邦不入，乱邦不居”，岂不是说国家一有事儒者就逃跑，不是与“守死善道”的精神相违背吗？儒家岂不是消极的，一有问题就要逃避？

【傅佩荣】问得好。我们要了解，一个人的力量很有限，要选择时机和方式把自己的心得或才学表现出来，才能有益于社会，真正帮助百姓。

【15·7】子曰：“直哉史鱼！邦有道，如矢；邦无道，如矢。君子哉蘧（qú）伯玉！邦有道，则仕；邦无道，则可卷而怀之。”

孔子说：“真是正直啊，史鱼这个人！政治上轨道时，他的言行像箭一样直；政治不上轨道时，言行也像箭一样直。”但是史鱼的结局是死于非命。他向卫灵公这种昏君拼命进谏，牺牲了生命而没有任何效果，只留下一个名声而已。

孔子又说：“真是君子啊，蘧伯玉这个人！政治上轨道时，出来做官；政治不上轨道时，可以安然隐藏自己。”蘧伯玉为的是等待机会。

有人说，难道不用负责吗？古代的政治状况是，如果君主听信几个小人的话，忠臣耗尽力气也没用的，只会白白牺牲自己。所以君子要有智慧的判断。

什么叫做智慧的判断，什么又叫做贪生怕死？没办法，这个要自己去考虑了，因为每个时代都有具体情况。儒家只是教人真诚，把握一些原则，针对具体处境经常自我反省。

譬如，谭嗣同等“戊戌六君子”就很了不起。谭嗣同劝梁启超，“不有行者无以图将来，不有死者无以酬圣主。”没有人离开，将来就没有希望；可是光绪皇帝这么信赖我们，没有人牺牲就不足以回报天子。你远走，我赴死，这样两全其美。后来梁启超活下来，发挥了很大的作用。而谭嗣同的死让很多人受到震撼，大家前仆后继，维新运动有了后续发展。如果问，到底是谭嗣同做得对，还是梁启超做得对？都对！儒家的思想意义就在这里，原则是不要作无谓牺牲。

3.圣明之君

【8·19】子曰：“大哉尧之为君也！巍巍乎！唯天为大，唯尧则之。荡荡乎，民无能名焉。巍巍乎其有成功也，焕乎其有文章！”

孔子说：“伟大啊，像尧这样的天子！真是崇高啊！只有天是最伟大的，只有尧是效法天的。他的恩泽广博啊，百姓没有办法去形容。他的丰功伟业令人景仰，他的典章制度也辉煌可观。”

“章”指展现出来，“文章”指典章制度辉煌可观。“唯天为大，唯尧则之”，可见孔子真的相信天，认为做天子的就要效法天，照顾百姓。

【8·21】子曰:“禹，吾无间然矣。非饮食而致孝乎鬼神，恶衣服而致美乎黻(fú)冕，卑宫室而尽力乎沟洫(xù)。禹，吾无间然矣。”

孔子说:“禹，我对他没有任何批评啊。他吃得简单，对鬼神的祭品却办得很丰盛；他穿得不好，祭祀的衣冠却做得很华美；他住得简陋，却把全部力量用在沟渠水利上。禹，我对他没有任何批评啊。”

“鬼神”指祖先，否则不能用“孝”这个字。孔子称赞大禹“致孝乎鬼神”，可知他肯定鬼神的存在。

十　子罕第九

1.行为修养

【9·4】子绝四：毋意，毋必，毋固，毋我。

孔子完全没有以下四种毛病：他不凭空猜测，他不坚持己见，他不顽固拘泥，他不自我膨胀。

这是孔子的风格，太难做到了，需要把自我整个消解掉。正因为这样，他才会不断地学习，才能胜过别人。

2.受命于天

【9·5】子畏于匡，曰："文王既没，文不在兹乎？天之将丧斯文

也，后死者不得与（yù）于斯文也；天之未丧斯文也，匡人其如予何？”

孔子被匡城的群众所围困，他说：“文王死了以后，文化传统不都在我这里吗？天如果要废弃这种文化，后代的人就不会有机会学习这种文化；天如果还不要废弃这种文化，那么匡人又能对我怎么样呢？”

匡城曾经遭到鲁国阳货的掠夺和残杀，后人猜测因为孔子的相貌与阳货有些相似，使匡人以为孔子是掠夺匡城的人，拘禁了他。其实，孔子的相貌与阳货不太可能相似。首先，他们的身高相差太多，孔子身高一百九十二厘米；第二，孔子生来额头中间是凹的，很明显，所以名字才取为“丘”；第三，据说阳货有重瞳，也比较特别。

到底是怎么一回事呢？读《史记》就知道了。孔子带学生到了匡城，为他驾车的叫颜刻。到了城门口，颜刻说，当初我们就是从这个城门缺口进去的。他指的就是阳货带人镇压匡城的那一次。这话被旁边的匡人听到了，就说，哎呀，阳货又来了。匡人连夜将他们围起来，围了三天三夜，内外信息不通。匡人都很兴奋，认为逮到他们就可以报仇了。

庄子把这段故事讲得更生动，说，孔子的学生被围困了，各个都准备兵器，就如子路这种人，不管是不是误会，就准备和外面的人决一死战。孔子说，不要急。他拿出琴来，开始弹琴唱诗。外面的匡人一听，觉得这不像阳货的作风，阳货不可能这么文雅，就打听里面到底是谁，才知道是鲁国的孔丘。于是带头大哥就来了（《庄子》中说是带刀大哥），说，我们误会了，以为你是阳货，所以把你们围起来，既然是孔丘你们就走吧。

对于这次劫难，孔子说什么呢？他说，文王死了之后，文化传统不都在我这里吗？这是孔子的夸张吗？不是，是孔子的自信，因为他太用功了，比任何人都好学。并不是每个人都需要那么谦虚的。譬如，我现在教学生《论语》，当然有我的信心了，如果没有看过上百家注解我怎么敢开口？

孔子说了，天如果要废弃这种文化，后来的人就没有机会学习这种文化了；天如果还不要废弃这种文化，那么匡人又能对我怎么样呢？孔子顺天命，才会讲这样的话。

朱熹的《朱子语类》，是按照他说的话分类编纂的。其中有一部分专门谈《论语》，记述了他讲课时的师生交流。学生问，老师，那时候月黑风高，如果匡人冲进来把孔子杀了怎么办呢？这是假设性的问题。朱熹说，孔子有天命在身，应该没有问题。学生又问，假如真的有人冲进来把他杀了，怎么办呢？朱熹说，那也只好认了。我读到这里就想，唉，朱熹这个人很有学问，书读得很多，这没有什么问题，但是他为《论语》作的注解，有时候不见得很理想。

［6·28］中，孔子又一次把天搬了出来。

子见南子，子路不说（yuè）。夫子矢之曰："予所否者，天厌之！天厌之！"

孔子应邀与卫灵公夫人南子相见，子路对此很不高兴。孔子回来之后，子路脸色很难看，对孔子爱答不理的样子。在《论语》中敢给孔子脸色看的，只有子路一个，因为子路只比孔子小九岁而已。孔子还向他发誓，说："我如果做得不对，让天来厌弃我吧！让天来厌弃我吧！"这样一来，子路就没话说了，因为老师那么相信天，能拿天来发誓，就知道真的不能怪老师了。

南子是卫国国君夫人，但是名声不好，身为夫人还交男朋友，又在搞政治斗争。卫国当时有两派势力，南子这一派叫宫廷派；另一派王孙贾和弥子瑕属于实力派，负责实际的政务。两派不断斗争，都想拉拢孔子。这些孔子都知道，可是他不能不赴南子的约。子路反对说，那个女人名声不好，你不要去，不然会被利用。孔子说，她是有名分的国君夫人，是主人，我是来宾，发帖子给我，我怎么能不去呢？按照礼仪我还是要去。

南子见他的时候有个特点——不直接相见，两人之间隔着帘幕。南子戴上所有的饰品，孔子隔着帘幕只听得一个女生讲话，同时环佩之声丁零当啷，好像一棵圣诞树。他们并没有谈什么，孔子就出来了，之后就被利用了。卫灵公说，孔先生坐马车吧，带你观光一下市区。灵公和夫人坐在最前面的车上，孔子坐第二辆车，招摇过市。灵公想让卫国人看到，孔子跟在我的车后面，听我的。

孔子回去后很狼狈。子路的脸色很难看，意思是，看到了吧，叫你不要去你还去，果然被利用了。孔子就对子路发誓，说自己做的是对的。听起来很新鲜，孔子还会对学生发誓。

另一派是有实力的大臣王孙贾和弥子瑕。现在男同性恋被称为“断袖之癖”，就是从弥子瑕那里来的。卫灵公有断袖之癖，喜欢弥子瑕。有一天，两个男人在睡午觉，卫灵公的袖子被弥子瑕压住了，却因为疼爱他舍不得把他叫醒，就用剑把袖子割断，这叫做“断袖之癖”。卫灵公是双性恋，一方面有南子，一方面有弥子瑕。古代很多故事现在都变成成语了。

3.学习感悟

【9·11】颜渊喟（kuì）然叹曰：“仰之弥高，钻之弥坚。瞻之在前，忽焉在后。夫子循循然善诱人，博我以文，约我以礼，欲罢不能。既竭吾才，如有所立卓尔。虽欲从之，末由也已。”

我们很希望听到颜渊讲话，因为他难得说话，这一章值得好好读。

颜渊感慨道："越抬头看，越觉得崇高；越深入学，越难以透彻。看起来是在前面，忽然又到后面去了。老师很能循序渐进地带领学生，他以文献知识广博我的见解，又以礼制规范约束我的行为，使我想停下来都不可能。我尽了全力之后，好像学会了立身处世的本领。但是当我想要进一步追随老师，却又找不到路可以走了。"

可以说，颜渊达到了"三十而立"，但是没达到"四十而不惑"，还有迷惑。颜渊也承认自己不了解老师的一贯之道，才会这样说，才会一直学下去。孔子真像一个会"迷踪步"的武林高手啊，这是最好的学生对孔子的印象。

孔子有他教学的方法，也有一定的效果，但是他的境界学生实在是赶不上。颜渊总觉得老师的学问那么好，就是因为他还没有办法完全掌握。譬如，颜渊可能体会不到我们讲的"人性向善"的道理。懂得人性向善，就明白人的价值由内而发，整个生命就有内在的定位。

4.天不可欺

【9·12】 子疾病，子路使门人为臣。病间，曰："久矣哉，由之行诈也。无臣而为有臣。吾谁欺？欺天乎！且予与其死于臣之手也，无宁死于二三子之手乎！且予纵不得大葬，予死于道路乎？"

又一次出现了"天"，孔子强调不能欺骗天。

孔子病得很重的时候，子路组织了学生治丧委员会。古时候大夫以上级别的人生病了，有人来看望他，需要签名，送鲜花等慰问的礼物。治丧的人会穿特别的服装，有特别的头衔，名义上是公务机关在做这些事。

中间孔子醒来了，说：“哎呀，由的做法太有偏差了。不该有治丧的组织却一定要有，我想欺骗谁呢？难道要欺骗天吗？我与其在治丧人的手里过世，不是不如在你们几个学生手里过世吗？我就算得不到隆重的葬礼，难道会死在道路上没人管吗？”孔子相信天，他说可以骗得了人但不可能骗天。

子路是想摆场面，他觉得老师曾经做过大司寇，有过这样的身份。可是现在没有就是没有，不能按以前的情况来做。孔子很讲究礼仪，不想自己快死了，学生用一种不合乎礼仪的方式来给自己抬高身价。

5.师生情谊

我想起了我的老师方东美先生。方东美先生有四个儿女，全部在美国留学。在他的晚年，是我们这些学生陪他上课下课，在他生病的时候，是我和另一个同学把他抬进救护车，因为我是他学生里面最年轻的几个之一。因为他老人家病得很重，要有人轮流守夜，我又是第一个陪他过夜的。那时候我父母还年轻，他们生病我都没有陪过。师生之间的感情很特别，不是像父母，像朋友一样。就拿西方大哲来对照好了。在苏格拉底死的时候，柏拉图就说：“老师死了，我们都成了无父的孤儿。”这话表明老师是我们精神上的父母。在释迦牟尼死的时候，他的弟子就像死了自己的父亲一样。这种伟大的老师和杰出的学生，历史上多得很。孔子就是这样的老师，能够让学生们主动为他守丧三年，了不起。我也很幸运，遇到了方东美老师，做学生的都心甘情愿为他办丧事，出殡的时候，我还捧着他的照片走在最前面。这些事情都历历在目，如在昨日。

但是，不管我对我的老师怎样感恩，他也是老一辈的学者，对有些问题没有进一步去思考。方老师写书，也直接说，人性是本善的，全善的，至善的……这是我不能接受的。这种话代表的是一种信念，但是经不起验证。他老人家以为这是真的。不过我们年纪差太多，不敢跟他讨论。要是对他说，老师，人性怎么可能是本善呢？他也不回答你，可能会说，念书去！不像现在，我说人性向善，任何人都可以跟我讨论或者辩论。只要你有理由讲出来，讲得比我好，我就接受。在理性前面，人人平等，这是基本原则。

十一 乡党第十

《乡党第十》，只是说明孔子生活的细节。不过，我年轻的时候喜欢孔子，就是从这一篇开始的。

1.人文精神

【10·17】厩焚。子退朝，曰："伤人乎？"不问马。

孔子的马棚失火了，他从朝廷回来，问："有人受伤了吗？"没有问到马。

马棚失火，谁可能受伤呢？是马车夫、工人、用人。在古代阶级社会中，这些人是完全不受重视的，而马很贵重，想知道一个人的财产多少，就看他有多少马。但是对孔子来说，人人平等，而且人最重要，马不重要。在那个时代，孔子的这种人文主义思想是难以想象的。我读到这一段，就觉得孔子真了不起！

2.与朋友交

【10·22】朋友死，无所归，曰："于我殡。"

遇到朋友过世，没有人来料理后事，孔子就说："我来负责丧葬。"这是一死一生啊，乃见交情。

【10·23】朋友之馈，虽车马，非祭肉，不拜。

这一章讲怎么跟朋友相处。朋友送的礼，只要不是祭肉，即使是车与马，孔子也不作揖拜谢。

祭肉，是家里祭祀祖先时用的肉。如果在现代，孔子的做法是，你送我一辆奔驰，我收到就用；你送我一块用来祭祀的猪肉，我要向你作揖拜谢。我们却不一样。有人送我一辆奔驰，我都快跪下来了；有人送我家里祭拜祖先的旺旺仙贝，这个会拜谢吗？做不到。

读《论语》时我们要常问一句，自己做得到吗？我们为什么崇拜孔子？仅凭这几句话就足够让人崇拜的吧！我们就做不到。

【9·30】子曰："可与共学，未可与适道；可与适道，未可与立；可与立，未可与权。"

交朋友要注意什么呢？可以参考这一章。

首先，可以一起学习的人，未必可以一起走上人生的正道。毕业之后，人生的路途就不一样了，不只是职业，包括做人处世的态度都不见得一样。

其次，即使一起走上人生正道的人，也未必可以一起立身处世。遇到考验的时候，未必每个人都一样站得稳。

最后，可以一起立身处世的人，未必可以一起通权达变。做人最难的，就是结交到有事可以一起商量的朋友。孔子讲的“权”，是指人生的重大抉择。比如一个人要不要出国念书，要不要出去做官，做什么行业，这些很难找到人商量。

十二 人性向善

1.研究方法

我们讨论“人性向善论”，不见得每个人都赞成，但是有些重点应该能够把握。一方面，要问它与“人性本善”有什么差别，与“人性向恶”又有什么差别。通过了这两个检验才行。另一方面，要通过对文本的探讨，才能证明这是儒家思想。个人可以采取任何主张，参考很多现代生物学、心理学的研究，那是另一回事。既然学习儒家，应该掌握儒家的文本。

首先，界定“向”和“善”两个字。我对“向”的定义是“真诚引发的力量”，而“善”是我和别人之间适当关系的实现。如果说人性本善，“本”怎么界定？没有人可以界定。因为现在不是谈宗教，不然可以说有原罪；现在是谈哲学，需要根据客观的经验材料，经过合理思维。“善”怎么界定？可以定义为任何一种东西，如孝悌忠信吗？不可以。没有人原本就是孝悌忠信的，如果本来就是，那么孝悌忠信就不成其为价值，并且难以说明为何有人不孝、不悌、不忠、不信。

现在我也不清楚，“本善”应该怎么定义。首先，是谁先用的？从张载开始，宋代理学家把人性分为“天地之性”与“气质之性”，这种划分本身就有问题。他们说，人有两种性，一种是天地之性，或称为天理；一种是气质之性，或称为人欲。他们只说天地之性是本善的，而不谈气质之性，那么讲的就不是人性。明明承认人有两种性，对第二种又闭口不谈，在理论上怎么说得通呢？

其次，当代学者中有没有讲本善的？有人提到牟宗三等前辈。牟先生是怎么说的呢？他说“本善”是指人与动物的差异，这只是一种表面描述。接着说，人对于道德有一种分辨和实践的要求。这怎么能叫本善呢？只是一种要求而已，不表明人已经做到善了。

如果不能够对“本善”提出明确定义，就不要勉强再用了。在《孟子》和《论语》里，都没有这样的想法。

2.人性向善

几个月大会爬的婴儿，看到别人有困难，也愿意来帮忙。对此有人理解为人性向善，甚至有人说这是本善。其实婴儿基本上没有分辨能力，只是很容易感通到同样的人的困难，当感通的能力和生存需求发生冲突时，他恐怕会毫不犹豫作出对自己有利的选择。如果有人以此为证，那是只看到了现象，却不懂得什么叫做哲学家的作为。

哲学家要冒一个险，看透人类现象背后的人性是什么——这是吃力不讨好的事。比较讨巧的说法是，人性是一张白纸，受后天环境的影响。但是，你为什么要行善避恶？有人说原因在于外在环境，这样一来，人就不存在人格价值，人格尊严也谈不上了。也有人认为，本来就不必谈，因为我从生物学的立场出发，只求生存就好。

“人性本善论”的主张者，很难用到《论语》里的某些材料。譬如孔子对管仲的称赞。虽然管仲的德行很差，器小、不俭、不知礼，但是他通过外交手段避免战争，造福天下人，就被孔子称为“合乎仁者”。因为他的仁建立在和别人之间适当关系的实现上，并且超越了齐国宰相的职责范围。从这个例子，可知善是一种行为。孟子讲到“为善”与“为不善”，即做出善的行为与做出不善的行为，这是对善恶的基本界定。既然善是行为，那么人性本来是什么，根本不重要。

《卫灵公第十五》中有：“无为而治者其舜也与？夫何为哉？恭己正南面而已矣。”道家也讲无为而治，不过是按照道的规则，什么都不要刻意去做，最后自然上轨道了。而儒家的无为而治是有条件的。“恭己正南面”，就代表道德条件，之所以能够无为而治，是因为人性向善。

懂得了人性向善，相当于解码，一个密码解开，其他所有奇怪的地方，通通讲得通；相反，如果人性本善，又何必去治理，领导者何必“恭己正南面”呢？这一来，儒家思想就变得窒碍难行了。

【15·6】子张问行。子曰：“言忠信，行笃敬，虽蛮貊之邦，行矣。言不忠信，行不笃敬，虽州里，行乎哉？立则见其参于前也，在舆则见其倚于衡也，夫然后行。”子张书诸绅。

子张请教怎样可以行得通。孔子说：“说话真诚而守信，做事踏实而认真，即使到了南蛮北夷这些外邦也可以行得通。说话不诚实而无信，做事虚浮而草率，即使在自己本乡本土，难道可以行得通吗？站的时候，要好像看到这几个字排列在眼前；坐在车中，要好像看到这几个字展示在横木上。这样才能够行得通。”子张把这句话写在衣带上。

所谓“蛮貊之邦”，那里的人没有接受过儒家或者华夏文明的教化，但是只要是人，一样向善。我们只要行善，别人怎么会不欢迎呢？

孟子说过“仁义礼智，非由外铄我也，我固有之也”（出自《孟子·告子上》），很多人以此来反对“人性向善”的观点。他们认为，孟子既然说“仁义礼智不是外部加于我身的，而是固有的”，说明他主张人性本善。但是读书不能只读这一句。孟子还讲过，“人之有是四端也，犹其有四体也。”（出自《孟子·公孙丑上》）孟子把四端比喻为四体，即四肢，是与生俱来的。他说四端，而不是四善，做出来之后才是四善。

有人认为，孟子所说“人性之善也，犹水之就下也。人无有不善，水无有不下”（出自《孟子·告子上》），还不足以证明人性向善。孟子喜欢以身边的现象，来比喻看不到摸不着、需要洞见才能理解的人性状态。水向下流，但是用手泼水，水就可以向上，这是多么简单清楚的比喻！

“民之归仁也，犹水之就下，兽之走旷也”（《孟子·离娄上》），翻译成白话都要加一个“向”字：水向下流，火向上烧，野兽奔向旷野。难道孟子不是主张“人性向善”吗？

为什么不说“向恶”呢？向善、向恶怎么分辨呢？向善的话，为恶心不安，为善心安；向恶的话，为恶心安，为善心不安。哪一种是正常普遍的现象？很明显是前者。有后者那种人吗？有，黑道中人。

【学　生】我是倾向于“人性向善论”的，这个观点更积极。但是我有个比较幼稚的疑惑：我们讨论的向善和本善，究竟是局限于推测圣人原本的意思，还是讨论一个普遍的哲学问题？

还有一点，我同意应该有善和恶的分辨，但是为什么一定把人性与善恶联系起来？现在有一种观念，认为人性有几种本能，一是利己，一是利他，还有利他惩罚。假如我们想利他，也未必是善，因为对别人好，是我和别人之间适当关系的一种实现。

【傅佩荣】很好。第二个问题比较简单。利己，就是我要真诚；利他，就是对方对我的期许；利他惩罚就是社会规范。这样概括，架构不会差太远。

关于第一个问题，我们所讲的人性向善，主要是研究孔孟的文本中对人性的看法。这个观点如果普遍用于生活，没学过儒家的人是否接受呢？问题比较复杂，很难做实验，需要与不同背景的人谈论。

不过，孔孟思想绝不限于儒家内部，讲出来当然具有普遍性，天下人都会懂得。《论语》和《孟子》里有很多处谈到天下人，像“为政以德，譬如北辰”，还有“无为而治者，其舜也与！夫何为哉？恭己正南面而已矣”，都是说有德有善的人，天下人自然归向他。

用儒家学说可以说服西方学者吗？这是很大的挑战。我在比利时教书的时候，教外国研究生，我讲人性向善，让他们思考，一个学期下来同学们都认为很有道理。我问他们，你坐车的时候有位老太太上来，你不让座，心里是否不安？他们说，我们坐车不需要让座，因为规划得好，不会有老太太站着。假设有呢？他想了半天说，确实会不好意思。年轻的学生坐着，有祖母一样年纪的老太太站着，外国人也会觉得不好意思。这样就可以讨论儒家人性论了。

可以明确说，如果你主张“人性本善”，离开中国到任何其他地方，没有人理你，除非是受中国文化影响的地方，因为那里的人受儒家影响太大，不过只是宋明理学而已。譬如，日本人主要受到王阳明的影响，韩国人主要受到朱熹的影响，而且都接受了，因为他们没有那么高的文明和那么大的系统，就没办法评价这两个人对不对，只说这个是真理，儒家的真理。

如果有人到欧美，用外语对欧美人讲“人性本善”，相信听的人都头晕。因为他们已经习惯原罪的观念了，现在说“人性本善”，他们会问，难道我不是人吗？有一次我在台北参加会议，有很多外国学者，包括白人、黑人。有位老教授讲“人性本善”，很多外国人自觉有原罪，听了很惭愧。我参会只是去评论别人的论文，我说，这位教授讲“人性本善”，是一种诠释，并不是孔孟真正的意思。儒家原典没有任何地方讲“人性本善”，讲“性恶”的倒有，是荀子。孟子是讲“性善”，没有讲“性本善”。我讲完后发生了有趣的情况，外国学者五六个排成一排跟我握手。外国学者对我说，我们最怕同中国人开会，因为你们最喜欢讲“人性本善”，我们听了就很惭愧。

这让人家多委屈啊！如果他们问什么叫“人性本善”，某个人就会举出一些中国古代人的例子，外国人也相信权威，又没有研究过儒家，只能是那人说了算。

那一次我印象深刻，外国学者向我道谢，说第一次听中国学者讲人性不是“本善”，他们放心了，也不自卑了。我们中国人喜欢在口头上让别人自卑，有意思吗？把善做出来再说嘛。人性本善，这话完全不合逻辑，也不合经验。

有必要了解世界范围的学术思潮，了解西方人的哲学思辨。近代以来，西方人就将原罪归于宗教信仰。如果谈哲学的话，他们认为，为人的天性附加善恶这些道德属性，是自然主义的谬误。人就是一种高级生物，如果非说人生来就有善恶，就不是哲学。哲学需要根据经验来反省，而且西方人偏重于外表，讲人性是一张白纸。我们也有类似说法：“染于苍则苍，染于黄则黄”（出自《墨子·卷一》）；人性有善有恶，有人善多有人善少。这些说法没问题，但不是儒家思想，不是哲学。我们为什么要行善避恶？我今天没有行善，我就说很抱歉，我父母把我生下来，我的人性就比较混杂，我就是恶多一点。可以这么讲吗？美国的罪犯被抓了，律师说不能怪他，他的血型就是比较邪恶，有暴力倾向。把善恶归咎于血型是不合理的，我们不能接受。

【学　生】傅老师您好，我也倾向于“人性向善论”。您对善的定义是人与人之间适当关系的实现，我有个问题，在爱情里的适当关系是怎样的？我感觉儒家没有仔细论述爱情，虽然他们讲夫妇伦理，只是讲夫妇有别，讲角色。我想问的是，假设爱情中的两个人都真诚，但是他心安的时候我不一定心安，我心安的时候他又不一定心安。老师怎么解释呢？

【傅佩荣】爱情是一个特别题材，现代社会每个人都会碰到，当然也涉及人与人之间的适当关系。在爱情中要特别注意自己的真诚与对方的期许，至于社会规范方面的压力要小一点。一般人谈恋爱不太注意社会规范，因为恋爱不会伤害其他人。很多人说相爱容易相处难，其实也有适当的模式可以参考。

爱情是因人而异的。我认为，有什么样的人格就有什么样的爱情，爱情不会使人格变得高尚。人格不够高尚的人，爱情表现为很快陷入某种低层次；人格高尚的人，爱情表现为牺牲奉献。

我的父母生了七个孩子，我从来不觉得他们有什么伟大的爱情，不像罗密欧与朱丽叶，但是他俩相依为命。我母亲患半身不遂长达三十年，父亲提前退休照顾我母亲，每三小时要帮她翻身一次，不分日夜，一直照顾了二十三年，结果比我母亲早三年过世，这中间我从来没听他抱怨过一句。有一次我问，你每天这样照顾母亲，这么累，怎么从来没有抱怨呢？我父亲说，假如是我生病的话，你母亲也会这样照顾我的。他只有这么简单的一句话。

什么是爱情呢？爱情只是一个阶段。很多人不了解爱情，一辈子都在幻想爱情、追逐爱情，实际上是喜欢爱情的感觉，却不一定愿意承担爱情后面的责任。那不是真实的人生，那种爱情也是虚幻的，琼瑶式的爱情。

恋爱中的两个人需要多多沟通，没别的，价值观最好是接近的。什么叫做价值观？一个人认为人生什么最重要，什么是次要的，什么根本不重要。这些观念要常常沟通，否则两个人貌合神离。

譬如，英国查尔斯王子和戴安娜王妃，从外表看非常相配，但是查尔斯从不曾真正喜欢过戴安娜。他喜欢的是卡米拉。任何人第一次见到卡米拉都会吓一跳，她属于不化妆不能出门的。很多人说查尔斯王子太笨了，放弃那么美的戴安娜，选择那么老的卡米拉。这究竟是为什么呢？因为他和戴安娜的价值观完全不一样，而跟卡米拉在一起，不说话他也觉得开心。爱情不需要我们从外部判断，自己觉得快乐就好了。我相信，他们一定有很真诚的沟通方式。

这是我们对爱情的一种理解。年轻人对爱情有很多憧憬，不过有过经历才会真正了解。

3.真诚由内

我们容易混淆两个概念。请问：良知是善的吗？不是，良知是对善的要求。这要求从何而来？真诚。善是我与别人之间适当关系的实现。什么叫适当？判断时注意三点：内心的感受要真诚，对方的期许要沟通，社会规范要遵守。三者冲突时，以真诚为主。

孟子说："诚者，天之道也；思诚者，人之道也。"（出自《孟子·离娄上》）"诚者，天之道"是说原本如此，叫做"实然"，不会有变化的可能；"思诚者"的"思"，指自我想有要求。"思诚者，人之道"，表示人可以选择要与不要"诚"。

《中庸》讲："诚者，天之道也；诚之者，人之道也。""天"代表万物，它的规则只有一个版本，叫做"诚者"；"诚之者"，让自己真诚，人是唯一可以不真诚的生物，选择让自己真诚，才是人生的正路。

人是动物之一，人性本来没有特别的地方，除非真诚。对动物不必谈是否真诚，你不吃它它就吃你。但是对同类的人，如果我不真诚，我不会把他当成与我一样的人，而是把他当成工具，利用他，伤害他。如果我真诚，就会想，虽然我现在正当盛年，我以前也很小，我将来也会老，如果别人伤害我，该怎么办？所以我对老人、孩童要特别关心。

这可以靠教育实现。孟子说，人不受教育，和禽兽很接近。但是很多人受过高等教育，照样不真诚。这说明人是非常特别的生物，一生能发现的事实只有一个——他是自由的。自由有某种内在要求，就看是不是真诚。如果不真诚，他纯粹是生物的一分子，表现出社会达尔文主义。在社会上、学术界也有生存竞争，不真诚的人好比在进行某种实验。如果真诚，他的内在就会产生一种自我要求，一旦达成，内心就会产生快乐。

【13·4】樊迟请学稼。子曰："吾不如老农。"请学为圃。曰："吾不如老圃。"樊迟出。子曰："小人哉，樊须也！上好礼，则民莫敢不敬；上好义，则民莫敢不服；上好信，则民莫敢不用情。夫如是，则四方之民襁负其子而至矣，焉用稼？"

"上好礼"、"上好义"、"上好信"，意思是为政者行礼、行义、有信用，这都是行善。四方的百姓都会背负着小儿女来投奔。为什么呢？正因为人性向善。不然这句话怎么会成立呢？

也许有人说，人性好利，因为为政者对百姓有利，所以百姓才投奔而来。没错，谁会认为善和利要分开呢？问题是，基本上善大于利，善可以带来利。有人说，行善是最好的策略，一定给自己带来最大的利益。这是另一种看法即效益主义，并不是儒家思想。

儒家思想讲的是真诚由内而发的力量，并不注意外在的功利。孟子会说："王！何必曰利。"（出自《孟子·梁惠王上》）仁义就够了，由内而发。计较外在功利，如果下次做坏事更有利，又该怎么选择？

柏拉图的《理想国》第二卷，讲一个牧羊人的故事。吕底亚国的一个牧羊人，有一天在牧羊的时候地震了，他发现地面裂开了，地下有个棺材，比一般棺材豪华多了。牧羊人下去打开棺材，发现里面有一个骷髅，手上戴着一枚戒指，他就取下戒指戴在自己手上。后来这个国家召开牧羊人大会，讨论有关牧羊的事，这个牧羊人坐在会场上玩弄戒指。这时他发现了一个秘密：当他把戒指的戒面转向自己时，别人就看不到他了，挥挥手也没人理他，讲话别人也听不到，原来自己可以隐形了；他再把戒面转向外面，发现一切恢复正常。牧羊人就开始考虑，如果一个人做了坏事不用负责不会被抓，为什么不做呢？——这是《理想国》讨论的根本性问题。这个牧羊人后来想办法诱奸了皇后，并且谋杀了国王，自己当了国王。

美国人作过一项民意调查，问如果可以隐形，你会做什么事。百分之八十的被调查者说要抢银行。不要说美国人不好，我们这边可能也差不了太多。不要说自己绝对不会做坏事，有这样的机会真的不做吗？如果做不做一件事要以是否被人发现来考量，这样还有人格尊严吗？

儒家讲“慎独”，认为人的价值在内不在外，即使做坏事不用负责我也照样不做，不投机取巧，不找借口。

【学　生】这个民意调查的例子，怎么用人性向善来解释呢？

【傅佩荣】注意三点：第一，肯定人性向善；第二，要择善固执；第三，择善需要知善。

学习人性向善的思想，是为了应对生活上所有的问题——只要跟人有关的问题都适用。我们应该时刻提醒自己，要真诚。

第二点和第三点不容易做到。择善的问题比较复杂，因为昨天这样做合适，今天这样做不见得合适。譬如，对一个朋友，昨天你跟他随意讲两句话，他就很开心；今天他心情不好，你跟他讲再多话他也不开心。所以我们要随时保持警觉，用灵活的智慧判断何时该怎么做，对何人该怎么做。

知善有两种情况，一种是闻见之知，我受教育，听到看到而知道的；另一种是内心天生就知道的，譬如，不应该欺负别人，不应该占人便宜。我们可以发现自我是否真诚，是否合乎社会规范。有人说，很多人认为抢银行不会妨碍别人，因为里面有很多呆账，不过这里的“别人”是抽象的，这个例子就没有说服力。

人际关系的复杂性难以想象。懂得了儒家思想，还要经常反省，慎独。要做到内心真诚，不管外在的得失成败，内心永远快乐，问心无愧，坦坦荡荡，这是一种修炼。有人觉得这是说大话，其实人们经历了生命的长期检验，会发现很多东西生不带来，死不带去，最后都要放下。

【学　生】孔子说：“生而知之者上也，学而知之者次也；困而学之，又其次也；困而不学，民斯为下矣。”（《论语·季氏第十六》）“生而知之者”是什么样的人，品行方面是否有一定基因？

【傅佩荣】问得好。“生而知之者上也”，跟品行有关。也许有这样的人，所以孔子这样分类。

孔子说：“我非生而知之者，好古，敏以求之者也。”（出自《论语·述而第七》）孔子喜欢古代的道理，很快认真地去学习。所以他属于第二种——“学而知之者”。学的是做人处世的道理，尤其指道德方面的实践。

孔子认为，有些人生来对于做人处世的道理（从孝顺开始）不用教就会。“仁”，左边是“人”，右边是“二”——表示我对别人的“真诚”和“感通”。“感通”二字多用于《易经》，指自己的感受与别人相通，把别人当做自己看待。有些人非常聪明，尤其在道德方面，很小就能感通与别人之间的互动关系。譬如，对父母，这种人能够自然知孝，自然行孝。

不过，连舜都不是“生而知之”。《孟子》中讲：“舜之居深山之中，与木石居，与鹿豕游，其所以异于深山之野人者，几希。及其闻一善言，见一善行，若决江河，沛然莫之能御也。”（出自《孟子·尽心上》）舜以前住在山里，和树木、石头在一起住，和野猪、野鹿一起玩，跟深山的野人没有什么差别。“几希”指一点点，在《孟子》里出现了三次，譬如“人之所以异于禽兽者几希”（出自《孟子·离娄下》）。“野人”不是野蛮人，指没有受过教育、很淳朴的乡下人。

按孟子的说法，舜生来也不太知道怎样做人处世，但是“及其闻一善言，见一善行，若决江河，沛然莫之能御也”（出自《孟子·尽心上》）。孟子用了个非常生动的比喻！舜只要听到善言，见到善行，人性本来的状态就像江河决口无法阻挡，舜就立刻觉悟了。这叫做人性向善！需要老师教导，需要有人示范，才发现这个人的作为与我内心的向往完全配合。没见到有人行善，就不知道有什么必要行善；看到别人有善的行为，听到别人有善的言论，向善之心若决江河。

如果孔子和舜都不是“生而知之”，谁会是呢？我也不知道了。

【学　生】孔子承认有这种人存在吗？如果有些人天生就有这种资质，他是不是“人性本善”？如果有些人从来没有真诚的力量，他能否向善呢？是不是说，绝大多数人有真诚的力量，经过学习才行善的？

【傅佩荣】“人性本善”这个词要慎用。所谓“生而知之者”，懂得了善，也不见得去做。

孟子认为，每个人都有良知，“人之所不学而能者，其良能也；所不虑而知者，其良知也”（出自《孟子·尽心上》）。所谓“良能”，没有学就能够做到；所谓“良知”，不经过考虑就知道。尽管如此，一切还需要去实现，不然就不叫“善”。“生而知之”和人有“良知”，与“人性本善”并不是一回事。

很多人对荀子和孟子作区分，说荀子讲究自然属性，孟子强调社会属性。这种二分法很冒险。对于人性，为什么哲学家一定要谈论善恶？因为万物之中只有人类涉及善恶问题，动物不涉及。对于一条狗，我们会说它真好，不会说它很善良。而人类社会从古至今都在辨别善恶，所以说善恶具有普遍性，必然与人性有某种关联。

如果讲“本善”，就成为西方哲学所谓“自然主义的谬误”。人性本善，就如人生下来就有手脚一样，每个人都是善的——这种说法没有评价作用，也无法将“善”区别于“恶”。正如基督徒“人有原罪”的说法，等于没讲，因为假如每个人都有原罪，那么原罪就不是坏事了。西方哲人擅长这种逻辑，两千六百多年的哲学史没有哪一个讲“人性本善”。他们认为人生来就是人，“善恶”作为道德价值不能附加其上。

注意分辨什么叫良知，什么叫道德意识，后者才是相对的。

有人说，善恶是社会性的，因为人与人互动才有善恶之辨。不同时代和不同社会对道德的认知和理解（即道德意识）是不一样的，而且因人因时因地而异。譬如，我小时候认为，拿别人铅笔盒是了不得的大罪，长大后发现算不了什么。在原始社会，多打猎物就是善，对别人稍微好点就是善，瞪别人一眼，说不定就是恶。

相对地，良知是分辨善恶以及行善避恶的要求，任何社会都有这种要求。

【13·24】 子贡问曰：“乡人皆好之，何如？”子曰：“未可也。”“乡人皆恶之，何如？”子曰：“未可也；不如乡人之善者好之，其不善者恶之。”

子贡请教说：“全乡的人都喜欢他，这样的人怎么样？”孔子说：“还不可取。”子贡就赌气了，问：“全乡的人都讨厌他，这样的人怎么样？”孔子说：“也不可取；比较可取的是全乡的好人喜欢他，坏人都讨厌他。”

任何乡村都有大家公认的好人和坏人，说明任何社会都需要分辨善恶，否则不算人类社会。

把“善”界定为我与别人之间适当关系的实现，是最容易讲通的。

善本来就具有社会性，孟子也说“善”在于实践，这样就避开了所有的先天论证和本质论证。如果有人觉得没有“本善”，讲“向善”总觉得不太放心，就想想“真诚”二字。假如不真诚，我们只是生物之一。譬如，我们走进餐厅，只是因为肚子饿，这时我们只是饥饿的动物。为什么排队呢？因为我们受过教育，知道排队的效果比较好，大家都能吃到饭，乱抢大家都吃不到。让长辈先吃，是因为我们后天受了教育，要求自己遵守社会规范。这是出于真诚的觉悟。

【学　生】真诚的力量是不是与生俱来的？什么样的表现说明了真诚的力量？动物有没有真诚的力量？

【傅佩荣】《易经》里有两句话，“闲邪存其诚”和“修辞立其诚”，说明真诚与了解的邪恶势不两立。真诚不是简单的事。

儒家的功夫在于慎独，就需要真诚的力量。我们平常与别人接触时，可能来不及反应，或者反应有偏差，而独处时需要特别小心，随时注意自己与天、地、人各层面的关系。我一个人在房间里待着，自然会想最近自己做人处世如何，或者明天要见谁，过一会儿要和谁吃饭、喝咖啡等。这样一来，我对自己与别人的互动关系能看清楚。所谓慎独，不是什么都不做，而是设法了解自己在人群中的位置，自己有没有达到别人的期许。

怎么衡量自己对待别人的真诚？宋代学者说得不错，真诚可以理解为“公心”。真诚就是我不为自己的利益着想，而去注意别人对我的期许，我以怎样的角色和身份与他互动，这样的思维模式就不是以自我为中心了。讲真诚，不能忽略社会规范。社会规范教给我们，跟什么人在一起要有什么态度，等等。真诚，并非指心思完全单纯、完全透明，并非与其他事物毫不干涉。

真诚是一种自我要求，所以孔子说，仁离我很远吗？只是自己要不要而已。与别人来往时持有公心，与了解的所有邪恶势不两立，毫不妥协，我们就开始进入真诚状态。

真诚不是一个单纯动作。《中庸》里提到“自诚明，谓之性，自明诚，谓之教”，把“性”和“教”合在一起，但是方向不一样。

提问的同学可能想证明，真诚的力量在根本上就是“善”。我问你，如果把真诚当做善，善该如何定义？不能说善就是真诚，那是康德的思想，他认为：唯一的善就是善的意志，我做任何事只要有善的意志，就是绝对的善。问题是怎样做，如果手段不对，谁能欣赏这种善呢？我自以为善就可以吗？希特勒杀犹太人，也以为自己善，那真是发疯了。

4.善与追求

【学　生】傅老师，苏格拉底曾和一个女人讨论此人对美的看法。人为什么追求美，是因为人本身没有美，但是人喜欢美，所以才去追求。能否作个类比，儒家讲“人性本善”或“人性向善”，是因为人性本来没有善，但是人性很喜欢善，所以才去追求善？

【傅佩荣】跟苏格拉底谈话的是狄俄提玛（Diotima）。这是一位女祭司，就如宗教界的女先知一样，苏格拉底说她给予自己很多启发。

对于美，苏格拉底有很多探讨。我本身没有美，所以我才要追求美；但是如果我完全没有美的话，怎么知道什么是美以至要追求美呢？原来，人对于美天生有某种向往，只是并未了解什么叫美。

为什么西方人说：“Philosophy begins with wonder.”（哲学起源于惊讶）。一朵花今天开了，明天谢了；昨天还在的，今天不在了。为什么呢？这让人惊讶。一个人今天相比于昨天不一样了，为什么还是同一个人呢？这让人惊讶。变化是一回事，按说变化后应该完全不一样了，为什么还有不变的地方呢？这也值得惊讶。所以人爱好智慧，是源于惊讶。

柏拉图认为追求美有几个层次：首先，从感官入手。看到一只手，注意到手之美，会说这只手很美，任何一只手都可能是美的。其次，是手本身美吗？当然是在人身上才很美，所以看出这个人很美，这是从美的局部到美的整体。再次，只有这个人是美的吗？不是，每个人都有美的部分，这就从个体的美提升到普遍的美，汇集成美的海洋。

这就是西方哲学的辩证关系，从局部现象提升到整体。西方人讲智慧，把真善美放在一起构成一个整体，强调不要执著于个体事物，否则会为现象所迷惑，掌握不了理型。柏拉图不是唯心论，他是理型论。希腊时代没有单纯的唯心或唯物，他们的思想是整体观。

第一位希腊哲学家Thales（泰勒斯）认为，宇宙的起源是水。很多人说他是唯物论，其实不是，因为他还有第二句话："一切都充满神明。"这表明他眼中的水具有某种神性，而非物质性，而且他绝对不知道水的分子式是H_2O。这就是希腊哲学的特色，想获得真正的知识，一定要闭上眼睛，以理性来看待，这样才能理解真实永恒的所谓理型。

我们借助于两个词来思考。唯心论是什么？我发明我认识的对象。理型论是什么？我发现我认识的对象。发明和发现不一样。柏拉图属于发现而非发明。讲唯心论用发明这个词比较方便，不过真正的唯心论不见得是发明。

康德的唯心论，认为我所认识的并非世界本身，而是被我认识的世界。世界本身是什么我并不知道，那是另外一回事；我所认识的世界，是能够被我认识而确实被我认识的世界，要配合我的认识能力。离开我的认识能力，谁知道世界到底是什么样的？所以康德认为本体是不可知的，能够认识的是现象，因为依靠人的认知结构只能掌握现象。

唯心论讲"万法唯心所造"（佛教的话），认为一种事物本身如何，要配合我的心（指认识能力）。心的结构允许它怎样出现，它就怎样出现。我提供一个框儿，适合这个框儿的事物才能进来，否则不能被我认识。不能被我认识的事物，我何必在乎它呢？

【学　生】想问傅老师，古人一开始是怎么认识到善，然后决定去追求善的？

【傅佩荣】这问题非常好。任何社会，都有关于善恶的泛泛的区分。自古以来，每个地方都有善人和恶人。《论语》中讲，一个人最好的情况是，全乡的好人喜欢他，坏人讨厌他。

孔子为什么必须提出“仁”字？善人和仁者有什么区别？仁者，一定有特别的地方。“苟志于仁矣，无恶也。”一个人立志求仁，就不会做坏事。这代表仁与恶对立，与善有关，仁者自然要行善。但是孔子为什么不直接讲善人呢？这个问题值得考虑。

【学　生】傅老师您说人性向善，是说向善是人的一种先天本性，但是我觉得向善更多是后天教育的结果，人刚出生时并不知道善恶，学习之后才明白什么是善恶，应该做善事不应该做恶事，这样才是“向善”。

【傅佩荣】分辨两个词：良心和道德意识，西方人的 conscience（良心）和 moral consciousness（道德意识）。每个人的道德意识都不一样，譬如什么叫孝顺，什么叫友爱，每个人的回答都不完全一样。这说明，每个社会教给我们的道德意识不同。而良心每个人都有，良心是对善的要求，要求分辨善恶，要求自己有道德意识。人有良心不等于是善，只能说他有对善的要求。

这位同学认为，向善是后天教育的结果。要知道，后天教育提供的只是道德意识，告诉你什么是善与恶。讲人性向善，却要强调真诚二字。人本来就可能真诚和不真诚。当我不真诚的时候就没有道德问题，把自己当做生物之一，不涉及人性。一旦真诚了我就发现，我是一个人，开始有力量由内而发，让我做该做的事。

良心是对善恶的分辨要求，由此带来行善避恶的压力，这是普遍的。这是有关仁的基本观点。

【学　生】“向善”既然是一个过程，或者是一种趋势，那么此前的状态是什么？人性既不是本善，也不是本恶，那么人性本是什么？

【傅佩荣】不存在人性本是什么的问题，这代表了本质论，即认为一个人没做任何事，就具有了某种道德价值。善恶属于道德价值，经过自由选择才能呈现，而非与生俱来。任何非自然的东西都是后天的。

不过，只有人类才有善恶，善恶必定与人性有某种关联，所以不完全是后天的。我们需要吃饭、居住，需要行动，一开始真诚马上就有力量，问自己跟父母、跟别人关系如何，这时候才有行善的动力和要求。

我到耶鲁大学的第一周，就去拜访一位神学院教授。我有天主教背景，对他们的东西很熟。当时我也像很多人一样，很天真，以为人性本善。我与那位教授讨论，说基督徒主张人有原罪，一个人刚出生还没做什么事，就有原罪了，这未免太消极了。中国讲人性本善，比较好，积极。这位外国教授也不懂中国人讲什么，只问了一句话，中国人会做坏事吗？我回答，当然会的。中国有坏人吗？我回答，也不少。他说，如果人性本善，为什么会有坏人做坏事呢？讲“本善”或“本恶”根本没有意义啊。

这样看，人性本善论不但不能解释现实，反而制造困扰，纠缠不清。哲学是要解决问题，不是要制造问题。我就问他，基督徒主张人有原罪，那么人会做好事吗？他说，会啊！既然人有原罪，那么善从何而来？他答道，善从上帝那里来的啊！所以你信上帝吧。

当时（1980 年）我就下定决心，这一生一定要研究清楚，无法再容忍儒家讲“人性本善”。这种观点我们中国人关起门来讲，没有问题，可是同西方人一讲，别人一戳就破，一句话就问倒了。我们总不能说，“本善”只是个信仰，根本与现实生活脱节。信仰是个人的一种因缘，而哲学不需要谈信仰，是非常理性的，没有任何喜不喜欢的情绪。

如果有人还讲“人性本善”，请先定义“本”和“善”。讲得出来就好；如果讲不出来，就不要勉强说自己不懂的话。

【学　生】傅老师，儒家说“仁者无敌”，我觉得从现实世界来看，仁者根本不可能无敌。请教一下您对这个问题的看法。

【傅佩荣】好。这四个字出于《孟子》。孟子告诉梁惠王、齐宣王等人“仁者无敌”，希望国君要做仁者。这位同学认为“仁者无敌”根本不能成立。同学们谁替我回答，反驳他的说法？

【学　生】可能是因为真正的仁者非常少。

【傅佩荣】很好，这是第一个原因。孟子这个理论好像不能成立，但是他可以把标准定得很高。第二个原因是什么？

【学　生】可能与环境有关。孔孟的时代看重仁者，是要营造一种人人都向仁的环境，那样仁者才有存在意义。如果在一个暴乱社会中，强调仁的人，可能生存都有困难。

【傅佩荣】这位同学讲得有点关系，但是重点不在这里。

【学　生】因为人性向善！

【傅佩荣】对，这是最简单最根本的回答。因为每个人都向善，大家都支持真正的仁者，谁还会与他为敌呢？如果孟子不是主张人性向善，他不可能说仁者无敌。

那时是战国时代中期，有个很年轻的国君梁襄王，遇到孟子时闹了段笑话。孟子说：“望之不似人君，就之而不见所畏焉。”这位梁襄王远远看去不像国君的样子，站没有站相，坐没有坐相，有点猥琐。接近后又没有看出他尊敬什么。一个人一定要有所收敛，有所敬畏，不能太狂妄嚣张。

孟子又说，梁襄王忽然问我一句话，天下怎么安定？我就回答，“定于一”，统一就能安定。他继续问，谁能统一天下？我回答，“不嗜杀人者能一之”，不喜欢杀人的人就可以统一天下。

统一天下原来这么简单啊。这说明当时的诸侯不会做别的，就喜欢杀人。而且不只是孟子那时的诸侯喜欢杀人，回溯到一百多年前孔子的时代，也是一样的。

孔子六十八岁时回到鲁国，担任国家顾问。当时的执政者是季康子，他问孔子："如杀无道，以就有道，何如？"意思是：我把坏人都杀光，来接近好人，先生认为怎么样？在春秋时代末期，执政者认为把坏人通通杀光，国家就好了。听着很可怕！我们要是生在古代，被贴上坏人的标签，随时都有被杀的可能。季康子不懂坏人是由好人慢慢变的，也不知道坏人觉悟之后可以慢慢变成好人，而是好人坏人一刀切。这是很恐怖的执政方式。

其实人性是一个趋向，是慢慢变化的。譬如，天下有道与无道，是二分法吗？不是！天下无道，表示天下在走向无道；天下有道，表示天下在走向有道。判断天下有道还是无道，不能像六十分算及格、五十九分算不及格，不是天壤之别。对于人的世界要看趋势。譬如，你们现在很年轻，要问自己，对未来抱有希望吗？有方向吗？趋势如何？

在孔子和孟子的时代，杀戮现象太普遍了。所以儒家讲仁政、仁者，希望执政者"己所不欲，勿施于人"。没有人喜欢被杀，所以不要随便杀人；没有人喜欢被打骂，所以不要随便打骂人。做到这一点，别人自然就会支持你！讲"人性向善"，不要忘记善对每一个人都有利。

孟子不主张"本善"。人性本善，指人有一种静态的本质，这个本质不能少！孟子说，人和禽兽的差别只有一点点，老百姓把它去掉了，君子把它保存下来。假如这点差别是静态的本质，那么一旦去掉就永远失去，不可能恢复。孟子用牛山之木作比喻。一座山上的树木花草全部被砍光了，到下午下了雨，早上有了朝露，又会发出新芽，这代表什么呢？向善！山的本质不在于有花草树木，也不在于是一座秃山，在于两个字——“能够”。能够长出花草树木的就是山。

孟子苦口婆心地讲了一大堆比喻，后代读书人却说他讲的是“人性本善”，不能更动，太冤枉了。

《孟子》中提到“本心”，很抱歉，是说有些人“失其本心”。可以失去的本心，还叫做本质吗？今天失去了，明天早上因为真诚觉悟了，本心又回来了。本心可失又可存，是动态的。

【学　生】西方哲学家没有提出“性本善”，但是很多人提出“性本恶”。

【傅佩荣】问得好。西方哲学家并没有人提出“性本恶”，因为他们知道性与善恶是两种概念，不能混淆。

“性”对应的英文词语是 nature，有两个意思，一个是自然，一个是本性，指自然而然，与生俱来。善恶即 good or evil，是经过一段时间自由思考，选择的结果。譬如，做了一件善事或恶事。所有西方哲学家认为，nature 绝不能够和 good or evil 混在一起。

西方哲学家不讲“人性本恶”，他们认为人性自利、利己。人是动物之一种，总会追求对自己有利的事，后来发现光讲利己不行，对付自然界的灾难需要大家合作，所以考虑到利他。西方哲学家谈人性，就在利己与利他之间挣扎。他们不讲善恶，只是讲一种倾向，对我有利吗？对别人有利吗？对大家有利吗？这里的“利”是利害关系，并且以能否生存作为唯一标准和最后标准。所谓有利，让我活着就是有利，杀害我就是有害。

西方人的善恶，一定落在人的社会性上，涉及人与人之间的某种规范。他们讲人性习惯于偏向利己这一方面，也是受了原罪观的影响。

西方有一千三百多年的中世纪，那时人们大都信仰天主教。直到十六世纪，1517 年马丁·路德贴出九十五条问题后，基督教新教才出现。西方人认为人生不能离开宗教，而《圣经》就是真理的标准。

十七世纪，西方近代哲学之父笛卡儿出现了。他第一个说真理的标准不是《圣经》，而是理性。他说，人一生中至少要有一次，要怀疑所有能被怀疑的东西。笛卡儿的伟大就在这里。此语一出，千古震撼！以前以《圣经》为唯一标准，现在以理性为唯一标准。

以理性为标准，人容易变成纯粹的理性主义，忽略生物性以及其他问题。西方近代走向唯心论，就是从笛卡儿开始，因为他提出“我思故我在”。何谓“我思故我在”？有三个层次：第一，“故”可理解为等于，我思等于我存在；第二，我思等于我；第三，我等于思。第三个是重点。

笛卡儿有个大问题：我的身体怎么办呢？其实，身体有什么重要性呢？假如少一只手，还是人吗？还是我自己嘛！当时认为身体有一种延展性，叫做 extension，即长宽高；而思想只有理解性。人的高矮胖瘦没有什么关系，是可以变化的，但是我的心不能变，思想不能变，否则我就不是我了。我等于我的思想，这发展之后当然是唯心论。

笛卡儿这样过于忽略物质世界，会出现其他问题。如果我是我的思想，可以非常丰富，但是我还要生活在现实世界，身心就分裂了。这是西方哲学的困境。西方当代哲学一直在讨论，body and mind（身与心），怎样协调身心的问题，就是从笛卡儿开始的。西方人的问题也是相当复杂。

受过西方哲学训练的人知道，谈中国哲学时讲“人性本善”，除了中国人，没有其他任何人能听懂。这是朱熹对儒家的解释。孔子没有这样说，而且他早说过，没人能了解他。第一个把孟子思想解释为“人性本善”，并加以批判的，是比孟子晚了六七十年的荀子。《荀子·性恶篇》点名严格批判孟子，荀子是第一个误解孟子“性善论”的人。

十三 先进第十一

1.用人之道

【11·1】子曰："先进于礼乐，野人也；后进于礼乐，君子也。如用之，则吾从先进。"

有人把"先进"当做商朝，把"后进"当做周朝，解释说，商朝与周朝的两种文化在培养人才方面有不同方法。与很多译注版本一样，他们不提官位。但是我们看了后面才知道前面说什么。孔子在后面说，"如用之，则吾从先进"，这就涉及孔子用人角度的问题，涉及官位爵禄。

我们翻译为：先学习礼乐，再得到官位，是淳朴的一般人。另外一种人先得到官位，再学习礼乐，是卿大夫的子弟，叫做君子（原意是君之子，生下来就有世袭的官位）。孔子认为，用人一定要用第一种，因为这种人一定会好好学习。第二种人生下来就有官位，相当于现在的保送名额，他们对学习不一定很用心。

2.孔门诸贤

【11·3】德行：颜渊，闵子骞，冉伯牛，仲弓；言语：宰我，子贡；政事：冉有，季路；文学：子游，子夏。

这儿列出了孔子十位有名的杰出学生。后来的《世说新语》，一开始就分类为德行、言语、政事、文学。

德行第一，是孔门最主要特色。不过很多人奇怪，言语为什么排第二呢？孔子很讨厌巧言令色的人，认为一个人最好是木讷的，不要太伶牙俐齿，否则会招人讨厌。注意这里的“言语”，是指一个人有正确观念，见解透彻，书读得好，说话还有根据。孔子对他的学生说“不学《诗》，无以言”，不学《诗经》的话，你说话就没有根据。古代做官的人需要把自己的想法说清楚，不然说明思想可能不够成熟。

在德行科中，人所共知，是颜渊排第一名。闵子骞第二，以孝顺知名。冉伯牛在《论语》中只出现过一次，“伯牛有疾”，孔子说，“斯人也而有斯疾也！”（出自《论语·雍也第六》）这个人不幸得了这种可怕的病，我们要失去这个同学了。仲弓是第四名，子曰“雍也可使南面”（出自《论语·雍也第六》），仲弓可以面向南方治理百姓，可以做卿大夫，执掌国家的政权。

言语科有宰我、子贡，宰我排前面。宰我每次出来都要挨骂，不过他的聪明才智让孔子非常欣赏。他总能提出与老师不同的意见，经过辩论孔子的思想得以展现。有关守丧三年的讨论，就是宰我的杰作，使孔子提出了生理、心理、伦理相贯通的观点。

印度有一个狼孩的故事，讲一个八岁的小女孩，被人们发现和狼一起生活。她回归人群后，无论人们怎么教，第一，她很难直立行走；第二，她很难学会说话。离开人群后一个孩童不可能顺利成长。我听到狼孩的故事特别难过，她也是人，人类社会却没给她相关帮助，她的人性就隐而不显。由此可见，很多人外表上顺利成长，内心的人性可能隐而不显。

西方心理学专家强调，人的痛苦多来自五岁以前的遭遇。这说明世界上几乎没有一个人完全正常。不过作哲学思考，还是要从正常的角度来看。

譬如孔子，他三岁失去父亲，一方面母亲给他很多关怀，另一方面他设法多体谅别人。孔子在《论语》里有八章讲过孝顺，《为政》有四章，《里仁》有四章，听了让人感动。如“父母之年，不可不知也。一则以喜，一则以惧”（出自《论语·里仁第四》），说父母年纪大了，我们一方面觉得父母高寿，替他高兴；另一方面担心，父母身体不好了。

言语科第二名子贡，当然很好了。对于孔子的学生，我一向认为到子贡为止，前面六位是高才生。但是高才生也有德行不好的，那就是宰我。他爱白天睡觉，还爱与老师针锋相对地去讨论。

政事，指政务与事务。冉有、季路这两个人最适合从政。

文学，指对文献知识的把握。今天的文学一般用狭义，指写文章。子游、子夏在文献方面做得很好。孔子曾经称赞道，启发我的人就是子夏啊。在《礼运·大同篇》里有关于子游的杰作。孔子参加一项祭祀活动，出来之后对子游说：“大道之行也，天下为公，选贤与能，讲信修睦。故人不独亲其亲，不独子其子。使老有所终，壮有所用，幼有所长。”（出自《礼记·礼运》）

【11·8】颜渊死，颜路请子之车以为之椁。子曰：“才不才，亦各言其子也。鲤也死，有棺而无椁。吾不徒行以为之椁。以吾从大夫

之后，不可徒行也。”

有人把“椁”解释为“内棺外椁”的椁。颜路是颜渊的父亲，也是孔子最早期的学生之一，他不可能对老师说，老师你把车卖了，让我给儿子做一个外面的棺材。买棺材可以借钱，何必让老师卖车呢？历代许多注解忽略了这种解释的不合理性。其实“椁”有其他用法，即送棺材的礼车。

颜路对孔子说，老师，我儿子过世了，我借你的车来运送棺材吧。孔子说：“不管有没有才能，说起来总是自己的儿子。鲤死时，也是只有棺材而没有礼车。”因为孔子的儿子鲤的身份是士，依礼不能用礼车运他的棺材，用人拉就可以了。虽然你儿子比我儿子杰出，也不应该违背礼法。孔子还说：“我并未自己步行而把车当礼车。因为我曾担任大夫，依礼不可以步行送葬的。”这是古代的规定。

颜渊死了，孔子说：“噫！天丧予！天丧予！”（出自《论语·先进第十一》）孔子在“五十而知天命”之后，认为他要回应的是天命，“六十而顺”是顺天命。颜渊一死，孔子认为上天交给他的使命无法完成了，相当于“天丧我也”。

看到这里，我会想到耶稣说的话。耶稣被钉在十字架上，说，天父，你为什么舍弃了我？有人会问，他不是神的儿子吗？明知道死后三天就会复活，为什么要讲这句话呢？其实这句话反映出他真的有人性。人面对死亡这个关口，肯定会感觉到莫名的恐惧，连耶稣也不例外，普通人更是这样。

人活于世上就有天命，只看我们能否掌握住。实现天命不是要摆脱日常的生活，而是一种修炼和修行，不然就不了解一般人的痛苦、烦恼了。

颜渊本来是继承孔子道统的人，帮助他实现天命，如果他不死，不需要等到孟子再来继承。所以孔子真应该伤心啊！

孔子有一种对生命的最高向往，有一种使命感，这使命感就是承礼启仁：把礼接过来，开创一个仁。这是对人性的全新理解，人的价值由外在转向内在，每个人的人格完全平等，人生的修炼责任是在自己身上，这是孔子最大的思想贡献——只要真诚，就有力量由内而发。

3.鬼神生死

【11·12】 季路问事鬼神。子曰：“未能事人，焉能事鬼？”曰：“敢问死。”曰：“未知生，焉知死？”

子路请教如何服侍鬼神，孔子说：“没有办法服侍活人，怎么有办法服侍死人？”因为人死为鬼，你与活着的人不能好好相处，怎么可能服侍好鬼神呢？

子路又问：“胆敢请教死是怎么回事？”孔子说：“没有了解生的道理，怎么会了解死的道理？”

很多人喜欢谈生死学，有一位前辈学者特别指出，孔子这句话讲得不够地道，因为他不太了解什么是死亡，好像在回避这个问题。海德格尔说，人要向死而生。这就讲得非常透彻。

这么说是冤枉了孔子。孔子善于因材施教，这个问题谁都可以问，就是子路不能问——因为子路属于行动派，对于思考、文学、艺术毫无兴趣。譬如前面讲过，子路弹瑟很难听，孔子说，我的门下怎么会有这种学生？其实子路是非常豪爽的人，以他的个性难以体会死亡。

在《论语》中，“生”这个字出现了十六次，“死”这个字出现了三十八次，如“杀身成仁”这样有关死亡的命题，在《论语》中出现过多次。譬如“朝闻道，夕死可矣”（出自《论语·里仁第四》），假如孔子不了解死亡，怎么可能讲出这种话呢？说孔子不懂死亡，实在冤枉了孔子。

这一章关于祭祀，讲的还是真诚的问题。《易经》里只要谈到祭祀，只有一个原则：虔诚。“东邻杀牛，不如西邻之禴祭，实受其福。”（出自《周易·下经》）牛是三牲之首，东邻杀了牛也没用，因为不真诚。只要内心虔诚，配合季节心意，哪怕祭品再微薄，也是有效的。

【11·15】子曰：“由之瑟奚为于丘之门？”门人不敬子路。子曰：“由也升堂矣，未入于室也。”

孔子说：“由所弹的这种瑟声，怎么会出现在我的门下呢？”其他学生听了就不尊重子路了，说明他们以前很尊重子路这个带头大哥。子路随身带着一把剑，没有人敢不尊重他。孔子说：“由的修养相当于登上了大厅，还没有进入深奥的内室而已。”这就是“登堂入室”一词的由来。

4.学生特色

【11·26】子路、曾皙、冉有、公西华侍坐。子曰：“以吾一日长乎尔，毋吾以也。居则曰：‘不吾知也！’如或知尔，则何以哉？”子路率尔而对曰：“千乘之国，摄乎大国之间，加之以师旅，因之以饥馑；由也为之，比及三年，可使有勇，且知方也。”夫子哂之。“求！尔何如？”对曰：“方六七十，如五六十，求也为之，比及三年，可使足民。如其礼乐，以俟君子。”“赤！尔何如？”对曰：“非曰能之，愿学焉。宗庙之事，如会同，端章甫，愿为小相焉。”“点！尔何如？”鼓

瑟希，铿尔，舍瑟而作，对曰："异乎三子者之撰。"子曰："何伤乎？亦各言其志也。"曰："莫春者，春服既成，冠者五六人，童子六七人，浴乎沂，风乎舞雩，咏而归。"夫子喟然叹曰："吾与点也！"三子者出，曾皙后。曾皙曰："夫三子者之言何如？"子曰："亦各言其志也已矣。"曰："夫子何哂由也？"曰："为国以礼，其言不让，是故哂之。""唯求则非邦也与？""安见方六七十如五六十而非邦也者？""唯赤则非邦也与？""宗庙会同，非诸侯而何？赤也为之小，孰能为之大？"

这一章很精彩，谈到孔子的四个学生的志向。

子路、曾点、冉有、公西华在旁边坐着。孔子说："我比你们虚长几岁，希望你们不要因此觉得拘谨。平日你们常说：'没有人了解我！'如果有人了解你们，又要怎么做呢？"

子路抢先说了："一千辆兵车的国家，夹在几个大国之间，外面有军队侵犯，国内又碰上饥荒；如果让我来治理，只要三年，就可以使百姓变得勇敢，并且明白道理。"孔子听了微微一笑。因为治理国家要靠礼让，子路总是抢先说，一点都不含蓄，不够礼让。

孔子接着问："求！你怎么样？"冉有胆子小，比较内敛，回答说："纵横有六七十里或五六十里的地方，如果让我来治理，只要三年，就可以使百姓富足。至于礼乐教化，则须等待高明的君子。"冉有后来的表现倒也不错。

孔子再问："赤！你怎么样？"公西华适合做外交官，他回答："我不敢说自己可以做到，只是想要这样学习：宗庙祭祀或者国际盟会，我愿意穿礼服戴礼帽，担任一个小司仪。"

孔子又问："点！你怎么样？"曾点，即曾皙，他的儿子是曾参。曾点在《论语》出现这一次就够了，永远留名。

曾点弹瑟的声音渐稀，然后"铿"的一声把瑟推开，站起来回答："我与三位同学的说法有所不同。"孔子说："有什么妨碍呢？各人说出自己的志向罢了。”其实曾点的志向实在不算志向，他说：“暮春三月时，春天的衣服早就穿上了，我陪同五六个成年人，六七个小孩子，到沂水边洗洗澡，在舞雩台上吹吹风，然后一路唱着歌回家。”这是生活态度嘛！

这是真正精彩的一段。孔子听了赞叹一声，说：“我欣赏点的志向啊！”

前面三个学生听了，反应很激烈，立刻离开教室。古时候上课不开心，老师可以跑掉，学生也可以跑掉。四个学生中，老师只称赞了一个，另外三个赶快走吧。

孔子为什么称赞曾点呢？因为曾点配合天时，暮春三月；配合地利，住在沂水附近，有舞雩台；配合人和，五六个大人，六七个小孩。人活在世上，当然希望成为人才而为社会所用，但是那要靠别人安排，不是想要就有的。如果你配合天时地利人和，自己可以随时掌握快乐。人真正的志向在内不在外，快不快乐要自己负责。我们不能选择时代，不能说本来想要过得好一点，时代不允许。

孔子称赞曾点，说明他心里也希望天下太平，大家可以过和谐快乐的生活，不用为政治问题烦恼。其实前面三个学生都有正常表现，希望得君行道，好好为社会服务。

三个人走了之后，曾点就露出了马脚。曾点太得意了，立刻乘胜追击，说：“那么三位同学的话怎么样？”他要老师点评。孔子说：“各人说出自己的志向罢了。”孔子希望他不要问了，这次你第一名了，还问什么呢？但是曾点还要问：“老师为什么对由的话微笑呢？”孔子说：“治理国家要讲礼，他的话却丝毫不谦让，所以笑他。”曾点又问：“难道求讲的就不是国家吗？”孔子说：“纵横六七十里或五六十里的地方，怎么见得不是国家呢？”曾点又问：“难道赤讲的不是国家吗？”孔子说：“有宗庙祭祀的诸侯会同之事，不是诸侯的大事又是什么呢？如果赤只做个小司仪，那谁能来做大司仪呢？”

孔子又把三个同学稍微抬高一点，避免曾点一路狂妄下去。曾点有比较之心，说明他没有那么超越。

曾点的境界并不是太高。他最有名的故事是打儿子，曾参被他打得很惨。孔子在楚国时，曾参十六岁了，曾点就对儿子说，你去跟我的老师学习吧，从十五岁以上的学生，我的老师没有不教的。曾参就跑到楚国拜孔子为师。他比孔子小四十六岁，太年轻了。他跟同学吹嘘，说我最孝顺了。同学们问为什么，他回答，每次我父亲打我，我都不跑，让父亲打到满意为止。孔子听了之后，把曾参找来问，听说你父亲打你，你都不跑？曾参说，是啊，这不是孝顺吗？孔子说，不对，这不是孝顺。曾参说，老师难道要我跑吗？孔子说，也不对。曾参说，该怎么办呢？孔子说，“大杖则逃，小杖则受”，你父亲拿粗棍子打你就逃，父亲拿细棍子打你就接受。孝顺不孝顺不在于被打，而要看棍子来决定跑掉还是挨打。因为你父亲拿粗棍子可能会打伤你，那样别人就会笑你父亲。以曾参的材质，听到这种话恐怕也难以判断。

有一次，曾参在田里锄草，不小心弄断了一根瓜藤，他父亲对他一顿痛打，打得他昏过去了，好久才醒过来。这是孔子的学生吗？孔子的学生怎么有暴力倾向呢？家庭暴力。所以曾点这个人，就是在那次问答中表现最特殊。《孟子》里也讲曾点，孟子讲狂者，就拿曾点举例。曾点开口就说“古之人，古之人”，代表他志向很高，要跟古人学；但是他言不顾行、行不顾言，说话和行为脱节，往往做不到。

但是朱熹对这一章作注解时，把曾点捧上了天。有时候学者讲话比较夸张，忽然把曾点说得非常了不起，恐怕曾点自己也看不懂了。读书切记不能断章取义。

【11·2】子曰：“从我于陈、蔡者，皆不及门也。”

孔子说：“跟随我在陈国和蔡国之间的学生，与这两国的君臣都没有什么交往。”

有人解释为：当时跟随我在陈国和蔡国之间的学生，现在都不在身边了，有的学生就业了，有的做官了。事实上，孔子的学生如颜渊、子路等，很多都跟随他到过世为止，并没有不在门下的问题。

《孟子·尽心下》中提到，“君子之厄于陈蔡之间，无上下之交也”，就是讲孔子在陈国、蔡国之间有困难，是因为“无上下之交”，他的学生们和两国的国君、大臣都没有交情。[11·2]中的“皆不及门也”，指的是陈国和蔡国的国君、大臣的门。

十四 颜渊第十二

1.颜渊问仁

【12·1】颜渊问仁。子曰："克己复礼为仁。一日克己复礼，天下归仁焉。为仁由己，而由人乎哉？"颜渊曰："请问其目。"子曰："非礼勿视，非礼勿听，非礼勿言，非礼勿动。"颜渊曰："回虽不敏，请事斯语矣。"

孔子最好的学生是颜渊，孔子最重要的核心观念是仁。颜渊问仁，值得注意。可惜，这一章向来被人误解。

颜渊请教如何行仁。孔子说："能够自己做主去实践礼的要求，就是人生正道。任何时候，只要能够自己做主去实践礼的要求，天下人都会肯定你是走在人生正道上。走上人生正道是完全靠自己的，难道还能靠别人吗？"颜渊说："希望指点一些具体做法。"孔子说："不合乎礼的不去看，不合乎礼的不去听，不合乎礼的不去做。"颜渊说："我虽然不够聪明，也要努力做到这些。”

“克己复礼”，有人解释为两层意思：约束自己而遵守礼的规定就是仁。那么“为仁由己”该怎么解释？修行仁德全靠自己？前面讲约束自己，后面讲全靠自己，是有矛盾的。自己不好才需要约束，又怎么全靠自己呢？

从孔子整体的思想来看，对于仁他只有一个简单原则，就是化被动为主动。我们从小就是被动的，被要求守规矩，被要求去行善，被要求好好读书。哪一天我们发现，自己愿意主动去做，生命就成熟了，人格就挺立了。这就是化被动为主动。

第一，“克己复礼”的“克”应该作“能够”讲。有人怀疑这种翻译，其实翻译得没错。在古文中，“克”经常作“能够”讲，《大学》里就有“克明俊德，以亲九族”（出自《尚书》）的话。

第二，如果“克己”翻译为“能够自己做主”，那么“己”为什么放后面？在《论语》中这种情况很多。如“子谓子产有君子之道四焉。其行己也恭”（出自《论语·公冶长第五》），“行己也恭”是说我自己要保持恭敬的态度，并不会说“己行也恭”；再如“行己有耻”（出自《论语·子路第十三》），是说我对自己的行为要有羞耻感；再如“恭己正南面而已矣”（出自《论语·卫灵公第十五》）。在这些地方，“己”其实是主词，说我本身要如何。

把“克己复礼”的“己”当做主词，“克”作“能够”讲，就要讲成一句话：能够自己做主，去实践礼的要求。我们以前都是被动的，现在能够自己做主。后面接着说“为仁由己”，走上人生正道完全靠自己。

在《左传》中也出现过“克己复礼”这个词，说明孔子的时代已经有这样的观念。但是，学哲学要考虑一点，就算当时这个词是说克制自己，实践礼的规范，孔子也可以有不同理解。颜渊“请问其目”，问孔子具体怎么入手，孔子讲了四个“非礼”如何。如果前面讲“克己复礼”是说克制自己而去做合礼的事，后面讲不合乎礼的事情都不要做，两者有什么差别呢？答案就太简单了。

还有一点，如果“克”是克制的意思，讲“克己复礼”对颜渊不公平。因为颜渊本身是最没有欲望的。颜渊听了这样的话也会吓一跳：我还不够克己吗？他的克己连庄子都知道。

颜渊在庄子笔下和在《论语》中完全不同，变得很喜欢做官，很喜欢做事。他想到卫国帮忙，因为卫国国君瞎搞，老百姓受苦受难。颜渊说，我要劝国君好好对待百姓。孔子说，你最好不要去，随时会有生命危险的。颜渊说，我有三个方法，内直、外曲、成而上比。内直，就是向自然看齐，国君跟我一样，大家都好像没有心机，很自然地有话就说出来；外曲，外表向别人看齐，别人跪我就跪，别人拜我就拜，别人有礼貌我就有礼貌，那国君会对我怎么样呢？成而上比，是向古人看齐，我处处引用古人的话来劝国君，如“这是尧说的”，“这是舜说的”，这样国君就不会怪我吧？孔子说，不行，还是有危险，你随时会被杀掉的。颜渊问，到底该怎么办呢？孔子说，你要守斋。颜渊吓了一跳，说，我已经三个月没有吃肉没有喝酒了，还让我守斋？孔子说，让你守的不是这个斋，是心斋。庄子的“心斋”就是从这里来的。可见，连庄子都同情颜渊穷得不得了，再没有什么好克制的了。

有谁敢说颜渊不够克制？没有人比他更能自我约束的了。对待这么重要的问题，如果孔子对颜渊讲要约束自己的话，就是没有因材施教了。而因材施教，一直是孔子标榜的目标。

在这里，孔子对颜渊讲他最主要的心传。儒家的心传就是，能够自己做主，实践礼的要求。化被动为主动，一生做到这一点就可以了。以前遵守规范做好事都是被要求的，有各种压力，现在做好事是自己真诚，由内而发产生力量，自己做主而合乎礼的要求，就是人生的正路。儒家的核心思想就这样展现出来。

颜渊“请问其目”。纲举目张，“目”字就代表入手的地方。孔子前面讲原则，后面告诉你具体怎么做，四个注意——“非礼”勿视、勿听、勿言、勿动。别忘了，孔子有一贯坚持的教育方法。子贡请教他：“贫而无谄，富而无骄，何如？”子曰：“可也。未若贫而乐道，富而好礼者也。”（出自《论语·学而第一》）孔子教人时，一向是从消极的“不要怎样”，到积极的“要怎样”。他所说的“非礼”勿视、勿听、勿言、勿动，是说不要违背礼。积极的该怎样呢？要主动去行礼。在此“仁”理解为“行仁”。孔子说，不论任何时候，只要能够自己做主去实践礼的要求，会得到天下人的肯定。这就是走在人生正道上，难道还能靠别人吗？

2.行仁之道

【11·20】子张问善人之道。子曰：“不践迹，亦不入于室。”

子张请教善人的作风如何。孔子说：“他不会随俗从众，但是修养也还没有抵达最高境界。”践迹，别人的足迹我再来踩，代表我随俗从众，别人这么走，我也这么走。

孔子对善人的评价不太高。善人虽然不会随俗从众，但是境界不算太高，不懂得什么是仁。

【12·2】仲弓问仁。子曰：“出门如见大宾，使民如承大祭。己所不欲，勿施于人。在邦无怨，在家无怨。”仲弓曰：“雍虽不敏，请事斯语矣。”

整部《论语》中，“己所不欲，勿施于人”出现过两次，这是一次，另外一次是对子贡说的。

仲弓请教如何行仁。仲弓是孔子很好的学生，适合做大官，当领导。孔子就对他说了："走出家门像是去接待重要宾客，使唤百姓像是去承办重要祭典（这是给他工作上的建议）。自己不喜欢的，就不要加在别人身上（这是给他个人修养上的建议）。在诸侯之国服务，没有人抱怨；在大夫之家服务，也没有人抱怨。"仲弓说："我虽然不够聪明，也要努力做到这些。"后面的事不容易做到，需要勤政爱民，对任何事都能秉公处理，不然一定有人抱怨。

这三点，都是从我与别人之间适当关系的实现这个角度去考虑。

不过对于颜渊，孔子从来没有说过他可以做官，他自己也不愿意做官。在《庄子》中有一段故事。孔子问颜渊，你为什么不做官？颜渊说，我不想做官。我城外分了五十亩地，可以供给我稀饭；城内有五亩地，可以种桑养蚕，做几件丝棉袄穿；同时还有老师的道可以让我快乐，所以我不想做官。

我们讲"贫而乐道"，为什么孔子的道让人快乐呢？宋代学者周敦颐收学生的时候，要求学生"寻孔颜乐处"，问孔子和颜渊的快乐在什么地方。贫穷就会快乐吗？贫穷会痛苦，怎么会快乐呢？颜渊所了解的孔子的道，到底是什么呢？

如果不了解人性向善，就没有答案了。真诚引发力量，由内而发，达到自我的要求。我的快乐也是由内而发，外在的成败得失不太重要。一般来讲，富贵荣华绝对比不上心安，比不上内心真诚的快乐。儒家思想的特色就在这里。

人性向善，择善固执，最后止于至善。孔子提到善的时候，从未离开过人群。"在邦无怨，在家无怨"，出门怎么样，使唤老百姓怎么样；"己所不欲，勿施于人"，也是讲人我之间。这里面就有向善的要求。

孟子认为，人生的快乐有三种，第二种叫做"仰不愧于天，俯不怍于人"。我与天下人都不一样，还能坚持原则，因为我了解什么是天命。这叫做超越界的力量。孟子引述孔子的一段话，"自反而缩，虽千万人，吾往矣"（出自《孟子·公孙丑上》)，我反省自己，觉得自己做得不错，那就算千万人跟我不同，我照样往前走。为什么要跟多数人作对呢？因为我反省自己是对的。

如果违背天下人的意思，如果坚持就要牺牲生命，该怎么办？没有人愿意碰到这种情况。但是孔子说“杀身成仁”，孟子说“舍生取义”，这里有一个选择的问题。

【学　生】“子贡问曰：‘有一言而可以终身行之者乎？’子曰：‘其恕乎！己所不欲，勿施于人。’”（《论语·卫灵公第十五》）子贡问，有没有一个字可以让人终身奉行。为什么孔子不说是“仁”，而说是“恕”呢？

【傅佩荣】因为“仁”是一个普遍原则，包括人之性、人之道、人之成等一大串问题。“有一言”，言也代表德，孔子讲了一个“恕”，这是一个具体的行为指标。如果讲“仁”，是很抽象的。

孔子对子贡有相当的认识，孔子对他讲，仁者“己欲立而立人，己欲达而达人”，这当然很好，非常积极、正面。但是如果选一个字而终身从之，就讲“恕”。如心为恕，将心比心，把别人想成自己，把自己想成别人，这也是“己所不欲，勿施于人”。

仁是一个普遍的大原则，像颜渊问仁，仲弓问仁，答案都不一样。讲“恕”就很直接，可以终身从之。

3.天道之辨

天，在古代是最重要的概念，非常丰富，古人用来解决宇宙和人生的来源问题，以及人生观终极标准的问题。我在美国读书时，听西方学者讲，在中国古代思想里，老子的道家是具有革命性的。我简直不敢相信，谁会把革命性和道家联系在一起？道家当然是无为，顺其自然，不争，逆来顺受，“知其不可奈何，而安之若命”（出自《庄子·内篇·人间世第四》）；谁跟你去革命呢？可是旁观者清，西方学者认为，老子把天去掉，换成了道，这不是革命吗？

老子认为，上有天下有地，这是相对的自然界，并不太重要；重要的是道。他用道代替天本来的意思。

天有什么不好呢？天命无常。《诗经》中有不少句子骂天，“视天梦梦”（出自《诗经·小雅·节南山之什》），看到天像做梦一样，为什么好人倒霉，坏人得意呢？骂天，说明原本相信天是正义的。古人讨论最根本的问题时，都会把天搬出来。天子代表天，是天的儿子，但是他往往锦衣玉食，作威作福，不顾老百姓的死活，所以老百姓对天失望了。但是没办法，不能没有政治组织或者民间信仰。

道家的革命性就在这里。他们的天变成自然界的天地，另外换了一个道。这个道是超越的道，具有革命性。这是道家思想的精彩之处。

在西方，上帝就是人们可以设想的最伟大的事物。所以上帝一定存在，如果不存在，可以设想一个存在的上帝。这只能说明两个字：自因——自己是自己的原因。

老子的道就是标准的自因，比天地万物出现得更早。庄子把老子的道讲得更清楚，在《大宗师》里他讲：道就是自本自根。西方人找了几千年，也是为了找这个答案。一定有一样东西是自本自根的，以自己为本，以自己为根，不需要依靠其他力量就可以存在，这样才能作为宇宙万物的起源以及归宿。

儒家为什么要讲天呢？非讲不可。道家为什么要讲道？不讲不行。否则思考就没有了来源和归宿，一切都变成相对的，浮生若梦。

【学　生】“死生有命，富贵在天”，这个命是不是指天命？

【傅佩荣】司马牛很忧愁，说：“别人都有兄弟就我没有。”子夏就说：“我听到的说法是（注意，凡是《论语》中学生听到的说法，都是指孔子的话）死生各有命运，富贵由天安排。”司马牛水平不高，而子夏的书读得不错，列于文学科。

命，一般理解为遭遇。譬如，一个人生于什么家庭，在什么地方成长，读书被分配到什么样的班级，碰到什么样的老师，这些都不是自己能选择的。“死生有命”，死与生是人生两个最大的问题。

古代讲天与命，有时候会放在一起，因为命来自天，天是所有一切的最终根源。个别的人有个别的命，最后都要推到天这个根源，由天安排。人们如果找不到命的来源，只说是天的意思。

如“五十而知天命”，“天命”有两个意思，一是命运，一是使命。讲命运的时候，偏重遭遇；讲使命的时候，偏重自我选择。孔子“五十而知天命”，同时知晓两个方面。他知道自己的命运，开始一直在鲁国，五十而知天命，可以做官了，出来做官几年后，发现在鲁国施展不了抱负。他的使命是什么呢？仪封人说“天将以夫子为木铎”，孔子是奉行天命的。

“死生有命，富贵在天”现在是成语，含义并不复杂，根源都是天。不过一般人把自己的遭遇称做“命”。

【学 生】既然道家讲道，儒家讲天，为什么儒家没有产生西方人那样绝对的标准和概念？比如法律，被西方人看得至高无上。儒家却会根据情况来调整。

【傅佩荣】你谈到西方人讲法律的原则，要知道法律不能违背良心原则。国家法律不能超越个人良心，因为个人良心是对神负责的，从罗马时代开始一直是这样。在希特勒时代，要求人们服从国家和领袖，要杀犹太人。有些人认为，杀犹太人是违背良心的，所以他们不做，法律也没办法判他们有罪。希特勒可以迫害他们，但不能说他们有错。

西方人绝不是法律至上。法律是死的条文，凭什么约束活生生的人呢？西方人喜欢讲判例，何种情况如何判断；以后就可以参照，第几号判例如何，这个案子又该如何，最终不能违背良心原则，不能只靠法律。只要有规则就有例外。

儒家讲真诚，与西方哲学有什么差别呢？“唯天下至诚，为能尽其性。”（出自《中庸》）当我真诚面对自己的时候，没有谁可以质疑、否定我，因为我完全出于公心，而非出于私心。我“公其心”，出于内心真诚的自我觉察，而不是扭曲自己去迎合别人的要求。

4.无信不立

【12·7】子贡问政。子曰：“足食，足兵，民信之矣。”子贡曰：“必不得已而去，于斯三者何先？”曰：“去兵。”子贡曰：“必不得已而去，于斯二者何先？”曰：“去食。自古皆有死，民无信不立。”

子贡请教政治的做法。孔子说：“使粮食充足，使军备充足，使百姓信赖政府。”子贡再问：“如果迫不得已要去掉一项，先去掉这三项中的哪一项？”孔子说：“去掉军备。”子贡又问：“如果迫不得已还要去掉一项，先去掉这两项中的哪一项？”孔子说：“去掉粮食。自古以来，人总难免一死，但是百姓若不信赖政府，国家就无法存在了。”

【学　生】孔子说先去兵，然后去食。然而孟子说“有恒产者有恒心”，古人也讲“衣食足而知荣辱”，如果没有粮食，会怎么样呢？

【傅佩荣】我们思考问题，有时候比较极端。譬如，“足食，足兵，民信之矣”，不得已的话去掉哪一个？你可能会说，当然去兵，先不要搞军备打仗，如果饭都吃不饱，有武器也拿不动。接下来比较麻烦，老百姓要信赖政府，国家才能存在；民以食为天，老百姓要吃饭才能活下去。选哪一个呢？思考时需要一点弹性，不能设想大家都不吃饭，通通死光光，就没有国家了。怎么会有这种情况呢？少吃一点瘦一点，减肥不是很好吗？或者是某些人饿死了，另外一些人继续活下去。孔子是讨论有关重要性的优先顺序。

有一次孔子到卫国去，冉有为他驾车。孔子说："庶矣哉！"（出自《论语·子路第十三》)人口真多啊。冉有马上就问，下一步该怎么办呢？"富之"，让他们发财，接着是"教之"。有人就说，孔子让我先发财再受教育，如果我一辈子都发不了财，就不要受教育吗？或者我觉得一辈子发的财不够，就永远不要受教育吗？让教育排第三，怎么算是儒家呢？简直变成经济学派了。

什么叫做逻辑上的先后呢？由逻辑二字，联想到理解，逻辑提供合理的方式，是有助于理解的。庶之、富之、教之，这不是时间顺序，而是逻辑顺序，说明教育是目的，有了目的，才能理解为什么人口要增多，而且要发财。孟子说，"饱食、暖衣、逸居而无教，则近于禽兽。"（出自《孟子·滕文公上》）不管人多人少，有钱没钱，教育是一个最根本的目标。这是逻辑上的理解。

如果认为发够了财再读书，像企业家赚了钱再去读EMBA班，难道一般老百姓没有赚多少钱，就不用念书了吗？当然，退一步说，现在赚钱之后知道读书的人已经是了不起了。

国家稍微减少一些军备，但不是完全不要，吃东西少吃一点，不是全都饿死，这些都可以。假如政府没有信用，得不到老百姓的信赖，天下一定大乱，大家吃得越饱天下越乱。"自古皆有死，民无信不立"，粮食减少一点，大家饿一点、辛苦一点、贫困一点，只要政府有信用，国家也会有希望。

十五 子路第十三

1.名正言顺

【13·3】子路曰："卫君待子而为政，子将奚先？"子曰："必也正名乎！"子路曰："有是哉，子之迂也！奚其正？"子曰："野哉，由也！君子于其所不知，盖阙如也。名不正，则言不顺；言不顺，则事不成；事不成，则礼乐不兴；礼乐不兴，则刑罚不中；刑罚不中，则民无所错手足。故君子名之必可言也，言之必可行也。君子于其言，无所苟而已矣。"

孔子到卫国，正赶上卫国内乱。卫灵公的儿子叫蒯聩，他是公子，可是得罪了卫灵公夫人南子，他曾试图谋杀南子，失败之后只好逃亡。卫灵公一过世，做儿子的已经逃到外国，做孙子的就当了国君，就是卫出公。公子蒯聩回国后，他说我还没有当国君，你怎么能当国君呢？但是卫出公当了国君，背后就有一批人支持他，他如果退位，这批人也要下来。这批人不肯放手，最后演变成父子争位，情况很糟糕。

这时候孔子正好来了。子路问他："卫国国君如果请您去治理国政，您要先做什么？"孔子说："一定要我做的话，就是纠正名分了。"子路听了，觉得纠正名分缓不济急，根本不切实际，因为他是搞实际政治的，认为要先做富国强兵或者礼乐教化的事。子路立刻说："您未免太迂阔了吧！有什么好纠正的呢？"他居然当面说老师迂阔，简直是不想混了。孔子说："你真是鲁莽啊！"你说我迂阔，我就骂你野，相骂就没有好话了。

孔子说："君子对于自己不懂的事，应该保留不说。名分不纠正，言语就不顺当；言语不顺当，公务就办不成。"你到底是君是臣，是父还是子呢？一国只有一个国君，你们还有父子关系，到底该肯定哪一个？"公务办不成，礼乐就不上轨道；礼乐不上轨道，刑罚就失去标准；刑罚失去标准，百姓就惶惶然不知所措了。因此，君子定下一种名分，一定要让它可以说得顺当，说得出来，也一定让它可以行得通。君子对于自己的言论，要求做到一丝不苟罢了。"

这一段非常重要，代表了儒家的逻辑，推理可知，天下政治都要从名正言顺开始。一个人有了身份，说出的话就有代表性。如果今天你当班长，你说话就代表一个班；不是班长，你说话再有道理，只代表个人。你是班长，你就可以代表一个班与别的班沟通，这就是名正言顺了。一个社会确实应该重视这种观念。

2.子为父隐

【13·18】叶公语孔子曰："吾党有直躬者，其父攘羊，而子证之。"孔子曰："吾党之直者异于是：父为子隐，子为父隐。——直在

其中矣。”

叶公是楚国的大夫，为什么称公呢？因为春秋时代楚王就称王了，与周王平等，所以周王以下的诸侯各国，见到楚国的官员都低了一级。楚称王，县长就可以称公了。周朝称公是很不容易的，必须是大夫以上，到诸侯的位置。

叶公说：“我们乡里有一个正直的人，名叫躬的。他的父亲偷羊，他就亲自检举。”孔子说：“我们乡里正直的人做法不一样：父亲替儿子隐瞒，儿子替父亲隐瞒。这里面自然就有正直了。”

古代人有个习惯，一个人很正直，就被叫做直躬。《庄子》里有个盗跖，哪家父母会给小孩取名“盗”呢？这个人本来叫跖，因为是有名的强盗，所以叫盗跖。《庄子·盗跖篇》中，孔子想感化盗跖，与他辩论，结果被辩驳得一句话都说不出。盗跖说，孔子你仁义道德挂在嘴上，整天欺世盗名，你应该叫盗丘。司马迁及以后很多人对庄子都很有意见，因为庄子批评儒家和墨家过分了点，这就是例子。不过这个故事印证了古代的习惯，一个人做什么事做久了，大家就把这件事加在他的名字上。

孔子可以教他的学生，不过叶公只是朋友，是其他国家的官员，孔子没有必要表达意见，但他就是要表达。根据儒家对善的理解，对人性的认识，不能容许这种父母子女互相检举的行为。

父亲替儿子隐瞒，儿子替父亲隐瞒，孔子并不说这是正直，而是说这里面有正直了。“直”代表真诚而正直，从内到外很直接。我父亲做坏事了，我不希望别人知道，这是最自然的情感，是人的天性。如果父亲违法了呢？父亲被抓到，我还是接受这个后果；只是说要隐瞒，不要举报。

父亲做坏事儿子去举报，儿子做坏事父亲去举报，难道你希望看到这种情况吗？不希望，因为这样人与人之间的情感就完全扭曲了，这是不可思议的。还有一点，儿子检举父亲，儿子真诚吗？是喜欢博取名声吧。正常情况下，父亲偷羊，儿子害怕别人知道，家丑不可外扬，那么儿子亲自检举，要借此让别人肯定我，忘记了父母怀抱三年，慢慢把自己养大。父亲偷羊，有可能是为了让儿女吃饱一点。

譬如，有人说父亲是黑道，儿子长大之后懂道理了，对父亲说，你这个职业不好。父亲说，我没有这个职业，怎么养大你呢？儿子说，我要去检举。这就不是儒家了。什么叫做亲情？亲情是不可以选择的，你不能问父母，你们的职业是不是很正当？父母做的是父母的事情，子女只是做子女的身份。

不过，互相隐瞒是要付出代价的。《孟子》里有这样一段。桃应问孟子，舜的父亲瞽叟杀人，舜该怎么办？这个问题非常好，因为舜是天子，大家都看他怎么办。

孟子的回答，舜可能会派皋陶把自己的父亲抓起来。皋陶是司法官，即使是面对舜的父亲，依据法律抓起来就算了。学生再问，舜真的会这样做吗？孟子说，舜不会这样做，他会像丢弃旧草鞋一样丢弃天子之位，然后背着父亲沿着海边逃走，住下来之后，一辈子快乐地忘记了天下。

"忘记"二字很有意思。对舜来说，他不可能又当天子又保护他父亲。他当天子就要执法，就要公平；他不当天子了，只是单纯的儿子，眼里只有单纯的父亲，保护父亲天经地义，会背着父亲逃到海边。他不会跟官府对抗，或者革命，而只是逃走，如果官府抓不到是他们办事不力，如果被追捕到也只好认了，不会拒捕。放在现在，儿子会让父亲坐牢，然后为他找好的律师。这就是儒家，就这么简单。

从这个角度理解，儒家的思想是不反对法律的。这里没有讨论舜的父亲瞽叟为什么杀人。他也许是正当防卫——跟人家打架输了，别人要整他，他只好正当防卫；也许是别人要杀他父亲；也许是喝醉酒了，一时很气愤。做子女的没有资格判断父母是否违法，只是要保护父母。父亲被抓到，子女也会遵从法律，这叫做社会规范。

【学　生】有一个女同胞比较关心的问题。以前都说“父母之命，媒妁之言”，父母对子女的婚姻有非常大的决定权。我觉得，这是不是对于子女不算尊重，父子或者父女之间的关系不太恰当？

【傅佩荣】古时候没有这个问题。那时候男女没有公开交往的机会，如果没有“父母之命，媒妁之言”，就没有机会结婚了，除非演一出《西厢记》，那是另外一套了。现在不一样，你在大学里自由交了朋友，回到家父母却另外找人让你相亲，规定你要和谁结婚，这是没有人会接受的。

【学　生】我身边有这样的例子。我的一个学姐和她的男朋友交往了很久，但是她的父母不同意，现在她和父母的关系有点僵，男朋友也看不到前途。

【傅佩荣】如果感情真的好，就不要那么着急结婚。按照一般常态，父母会先过世的。如果子女不管父母，一定要结婚，要闹家庭革命，最后父子断绝关系，不是儒家所乐见的。不要弄到那个地步。

第一，父母不能强迫你跟谁结婚；第二，父母反对你跟谁结婚，是为了你好，虽然他所谓的“为你好”，跟你所认为的“好”不一样。你要设法让父母发现，原来你自己认为的才是真的“好”。如果已经产生了误会，或者八字相克、星座冲突，就只有以拖待变。人生的很多事情不要着急，以拖待变是一个方法。因为你不容易改变老人家的观念，有些观念是一辈子都不会改的。现代生活中，如果你比较年轻，就设法在夹缝中求生存，不要造成严重的冲突。但是如果你着急，伤害亲情，就永远无法弥补了。很多问题不好解决，这时候应该避开，暂时不要直接碰撞。事缓则圆，拖一拖也许就有好结果了。

【学　生】唐玄宗时代有两个年轻人，父亲被一个恶人害死了，他们就为父亲报仇，找到恶人杀了他，然后投案自首。唐玄宗接到案子之后，让大臣们讨论解决办法。有些大臣认为，不按照刑法处理不好；有些大臣却认为，两个年轻人是因为孝，为自己的父亲报仇而杀人的。唐玄宗决定，以后这样的案子都要上报朝廷，讨论后再决定，但是这个案子一直没有结果。这就是孝和国家制度的关系。

【傅佩荣】很好的问题。一个是消极的不作为，背着父亲逃跑；第二个是积极的作为，自己去把仇人杀掉。我不能接受后者，自己执法杀掉仇人，一旦同意这一点，社会标准就放松了。我打不过你，就找我哥哥打你，也是类似私自执法，这违背了社会规范。遵守社会规范，是一个限制性原则。

我们常常讲真诚，孟子说“徒善不足以为政，徒法不能以自行”(出自《孟子·离娄上》)，这个法就是社会规范，一旦放松，以后什么都可以放松，每个人各行其是，社会就瓦解了。对私自报仇的人一定要依法处分，不至于判处死刑，但是不关十年八年，天下人得不到警戒。每个人都说，你对我如何，我就如何回报，社会就乱了。

【学　生】能不能站在孔子当时的角度看现在的问题呢？第一个例子是美国的，有个人诈骗了五百亿美元，把所有的钱给了儿子，自己去坐牢。新闻评价说，判一百五十年赚五百亿，划得来。第二个例子，台湾想从陈水扁的夫人和儿女那里取得证据，他的儿子把证据拿了出来，使他父亲被判刑。

【傅佩荣】这与儒家的关系不是很大。台湾一个有名的讲艺术史的美学家，他写文章说，孔子“父为子隐，子为父隐”这话贻害至今。在陈水扁家里，儿子替父亲隐瞒，父亲替儿子隐瞒。但是必须先证明，他们读过儒家经典，懂得儒家的道理。美国的黑道中人也一样，父亲替儿子隐瞒，儿子替父亲隐瞒，他们都懂儒家吗？当然不懂。这是人性自然的表现，儒家只是告诉你，怎么从正确角度来看人性的正常表现；只是告诉你，亲情有人性最基本的一面，有生物性的要求。

在美国的例子中，诈骗犯牺牲自己被关一百五十年，他说，反正我也活不了那么久，可以让儿子拿那么多钱。父母自然是爱子女，但是这个做法伤害社会规范，社会要制裁他，他儿子的五百亿未必能用，这是另外一回事。有钱就能快乐吗？美国有一个富翁，中乐透彩得了几百万美元，他的孙女刚读完中学就自杀了。因为自从爷爷中奖，她就不知道自己为什么还要念书，钱太多了不知道该怎么花，所以和一帮朋友一起花，放纵吸毒，不到七年就自杀了。后来她爷爷说，早知道这样还不如不中奖。

在金钱诱惑之下，多少人还能过正常生活呢？一个人没有学会对自己生命的掌握，钱多了倒不见得是好事。

这些例子与儒家没关系，把这个账记在孔子头上就不公平了。可怜天下父母心，他们只是出于好利的本能、对子女的偏爱，却不清楚对孩子有益的到底是什么。比如出现洗钱等事，子女会快乐吗？这是祸贻子孙，他们遭到嘲笑可能不敢上学了，永远被人看不起。一个社会是有公平之处的，有其评价方式。

3.行己有耻

【13·20】子贡问曰："何如斯可谓之士矣？"子曰："行己有耻，使于四方，不辱君命，可谓士矣。"曰："敢问其次。"曰："宗族称孝焉，乡党称弟焉。"曰："敢问其次。"曰："言必信，行必果，硁硁然小人哉！——抑亦可以为次矣。"曰："今之从政者何如？"子曰："噫！斗筲之人，何足算也？"

子贡请教："要具备怎样的条件，才可以称为士？"孔子说："本身操守廉洁而知耻，出使外国不负君主所托，就可以称为士了。"子贡说：

“想请教次一等的表现。”孔子说：“宗族的人称赞他孝顺父母，乡里的人称赞他尊敬长辈。”子贡说：“想请教再次一等的表现。”孔子说：“说话一定要守信，行动一定有结果，这种一板一眼的小人物，也可以算是再次一等的士了。”子贡再问：“当前的政治人物怎么样？”孔子说：“噫！这些人的气量见识像是厨房里的小用具，算得了什么？”

孔子分三等来谈“士”，即读书人。我们先讨论第一等。第一，读书人的“行己有耻”；第二，西方人所谓的罪恶感；第三，中国人所谓的羞耻感。羞耻感即人与群体之间的一种落差，一个人的行为无法达到群体的共同要求，这个人就觉得羞耻。这也是东方人的羞耻感。比如日本人也承认受了儒家的影响，他们很喜欢强调羞耻心，但是往往只看到一面，要知道群体也可能腐化，只讲个人的羞耻感是不够的。

西方人讲的罪恶感怎么样呢？他们讲得过多了，总是将有限的人的生命与无限的上帝对照，任何人都觉得自己简直如虚无一般。生命本来就是有开始，有结束。这种罪恶感对人的生命的杀伤力很大，现在西方人心理问题特别多，比如几乎每个美国人都有心理医生。为什么这么多人感觉到压抑、烦恼和痛苦呢？心理医生往往将其归结为小时候的一些心结没有解开，其实这种心结与他们传统的罪恶感有关。弗洛伊德说过一句话：很多人因为罪恶感而犯罪。这话很深刻，一般人犯罪之后才会有罪恶感，但是西方很多人因为有罪恶感而犯罪。一个人总是感觉自己不配和不堪，他就真的做坏事了，以证明自己确实不是那么好。这与西方背景有关。我们中国人有羞耻心，好面子，所以喜欢讲关系，喜欢打肿脸充胖子。一个民族的文化源头，可以影响整个社会的价值观。

第一种读书人“行己有耻”，这是一个很重要的观念，对自己的行为一定要有羞耻心，不允许自己达不到社会标准，这样就不会公开违背社会秩序；而且要学会慎独，私底下也不违背，不然内心有了亏欠，对读书人是很大的压力。

第二种读书人重视人际关系，“宗族称孝焉，乡党称弟焉”，别人称赞他孝顺，说他尊敬长辈。

第三种读书人，“言必信，行必果，硁硁然小人哉！”孔子居然把“言必信、行必果”称作“硁硁然小人”——儒家思想的灵活性就在这里。孟子说：“大人者，言不必信，行不必果，惟义所在。”（出自《孟子·离娄下》）因为从说话到实践有一个时间差，不能为了实践诺言而不顾其间的任何变化，否则可能害了别人，反倒违背原意。

我们读书时，需要寻找历史与现实的材料，来验证自己的理解是否正确。

4.教育目标

【13·21】子曰：“不得中行而与之，必也狂狷乎！狂者进取，狷者有所不为也。”

交友分三等，第一等是“中行”，即行为适中。当狂则狂，当狷则狷，这是最难的。第二等是狂者，即进取的人。第三等是狷者，是有所不为的人。教育的目标是：首先，教人做狷者，有所不为，绝不作弊；接着，教人做狂者，追求高的目标，产生高的向往，提升自己的人格；最后，要做到中行，这需要智慧的判断，什么时候该狂，什么时候该狷，需要配合得恰到好处。

有所不为才能有所为，一个人不屑于做某些低水准、无格调的事，才能真正有所作为。一个人有了这种洁癖，说明自己受过教育，懂得生命中哪些东西值得珍惜。

十六 宪问第十四

1.仁者管仲

【14·16】子路曰："桓公杀公子纠，召忽死之，管仲不死。"曰："未仁乎？"子曰："桓公九合诸侯，不以兵车，管仲之力也。如其仁，如其仁。"

非常特别的管仲出现了，他受到孔子学生很严厉的批判。第一个发难的是子路，第二个反对的是子贡。两个人代表一般学者的意见，觉得管仲太差劲了。

子路说："齐桓公杀了公子纠，召忽为此而自杀，管仲却仍然活着。"接着又说："这样不能算是合乎行仁的要求吧？"孔子说："齐桓公多次主持诸侯会盟，使天下没有战事，这都是管仲促成的。这就是管仲行仁的表现！这就是管仲行仁的表现！"

先来看这一段历史背景。管仲年轻时与鲍叔牙是好朋友。齐国发生内乱，齐襄公被杀，他的两个弟弟逃到国外。这两个公子将来肯定有一个会回国当国君，因为只有他们两个有资格。管仲和鲍叔牙考虑，跟哪一位公子走呢？那时候他们已经有了投资的观念，知道鸡蛋不能放在同一个篮子里，管仲就说，我们一人跟一个。他们讲好，将来不管哪一个成功了，都要救另外一人。

结果是管仲跟错了，他跟的是公子纠。鲍叔牙比较老实，跟的是公子小白。后来，两位公子打仗打得很激烈。有一次，管仲一箭射中了小白的带钩，假如往上或者往下几寸，小白就被射死了。小白怀恨在心，说，这个管仲太可恶了。

最终小白先回国了，公子纠和他的随从包括管仲都留在鲁国。小白称齐桓公之后，鲁国国君立刻派人抓了公子纠及其随从，关了起来。一方面，鲁国打不过齐国，要讨好齐桓公；另一方面，兄弟当了国君，公子纠就变了政治犯。

齐桓公找到鲍叔牙说，你当宰相吧。鲍叔牙问他，你想称霸天下吗？齐桓公回答，当然想啊。鲍叔牙说，能够让你称霸天下的只有一人，就是管仲。桓公说，管仲差一点杀了我，仇恨结得太深，是非杀不可的。鲍叔牙说，你自己看着办，要是杀了他，就没有人能帮助你成就霸业了。

但是桓公反过来劝鲍叔牙，说，不要信任管仲，因为管仲以前当官的时候贪污，这事你知道吗？鲍叔牙说，管仲家里有老母亲，贪污是为了孝顺母亲。齐桓公又说，管仲以前打仗的时候，临阵脱逃向后跑，你知道吗？鲍叔牙说，他家里有老母亲。想想看，像鲍叔牙这么好的朋友到哪里找呢？

齐桓公度量很大，为齐国霸业着想，愿意让管仲回来。不过需要设计从鲁国国君那里讨来管仲。如果齐桓公宣布让管仲当宰相，鲁国一定杀管仲，因为鲁国已经得罪了他，怕他以后报复。桓公就对鲁国人说，我兄弟公子纠你们看着办，管仲我要亲手杀掉。鲁国人信以为真，杀了公子纠，押解管仲出境。齐桓公在边境上迎接，等管仲一进入齐国边境，立刻拜他为相，称为“仲父”，一方面是代表管仲的“仲”，一方面是叔叔的意思。管仲非常厉害，做宰相的表现非常精彩。

子路很讲义气，认为管仲的作为非常可耻，不仁不义，既然跟错了人，输了以后就该自杀，为什么苟且偷生，而且去帮对方的忙呢？但是孔子为管仲作了辩护，这是很少见的事。这说明子路等学生不太懂得仁，只知道仁是好事，不知道孔子对仁的看法。

新儒家不敢碰这段话，因为连子路都看不起管仲，管仲凭什么“合乎行仁”呢？行仁是多么高的要求。整部《论语》中，只有六个人被称为仁者，合乎行仁的要求。哪六个人呢？有五个人我们认识：微子，可以看《微子》那一篇；箕子，逃到朝鲜半岛去的；比干，被剖心的；加上两兄弟，伯夷、叔齐。第六个就是管仲。这真是不可思议啊！前面五个的遭遇都很惨，有的装疯卖傻，有的被剖心，有的做奴隶，有的被赶走，有的饿死了，只有管仲吃喝玩乐很快活，却也被认为“合乎仁者”。

孔子的理由很简单，管仲用外交手段避免战争，少死了几万几十万人，真是造福天下百姓了。子路肯定不太服气，下课后找子贡商量，接着子贡就上场了。

【14·17】子贡曰：“管仲非仁者与？桓公杀公子纠，不能死，又相之。”子曰：“管仲相桓公，霸诸侯，一匡天下，民到于今受其赐。微管仲，吾其被发左衽矣。岂若匹夫匹妇之为谅也，自经于沟渎而莫之知也？”

子贡与直爽的子路不一样，是言语科高才生，才华资质比子路高，讲出的理由更加完整。他也批评管仲，说：“管仲不算行仁的人吧？桓公杀了公子纠，他不但没有以身殉难，还去辅佐桓公。”孔子说：“管仲辅佐桓公，称霸诸侯，一举而使天下得到匡正，天下百姓到今天还在承受他的恩惠。如果没有管仲，我们可能已经沦为夷狄，披头散发，穿着左边开口的衣襟。他难道应该像坚守‘小信’的平凡人一样，在山沟中自杀，死了还没有人知道吗？”

孔子认为，人不能因为一时的过失就放弃生命，要看到未来，将来的功劳可以弥补现在的过失，更何况管仲的功劳实在太大了。由此可知，善是我与别人之间适当关系的实现，如果超过自己的职责范围，达到并超越了善的要求，就证明我行仁了。

道德与事功孰重？事即事业，功即功劳。其实道德不离事功。说一个人有道德，可是他从来没有帮助过别人，没有为任何人造福，那是想象中的道德。所以我们不要怕在社会上做事、经受磨炼，把事情做好，就是实践道德的机会。

这段话里有一句很有意思，“岂若匹夫匹妇之为谅也，自经于沟渎而莫之知也。”我在美国读书时，有同学说，好像儒家对于男女感情没有表达意见，就有外国人说，《论语》中写到一对男女因为得不到家人的谅解，就在山沟里自杀了，而孔子对此表达了反对意见。我听了吓了一跳，读《论语》这么多遍，却不知道哪句话提到这种事，后来才知道说的是这句。“匹夫匹妇”指一般男女百姓，被外国人误认为是一对青年男女；“自经于沟渎”，并不是说因为感情问题在山沟里自杀。

听外国人讲我们的国学，有时候替他担心，就如我们讲西方哲学，外国人也替我们担心一样。研究西方哲学原典，我们依据的是间接的资料。比如我读柏拉图的书，如果自己为了阅读原典而学习希腊文，肯定需要一二十年，所以只能借助别人的翻译。但是一经翻译就出现差异。我们看到，对中国经典最好的英文翻译，也会有些错误。因为翻译是用白话文来说明其内容，也涉及理解的问题。

子路和子贡对管仲不满，孟子对他更有意见，根本看不起他。孟子说，管仲得到齐桓公那样的宠信，执政那么久，居然没有改变天下分裂的局面；我如果有机会，就会统一天下。

孟子有几句话讲得很好。“大有为之君，必有所不召之臣”（出自《孟子·公孙丑下》），大有为的国君，一定有几个大臣不是你叫他们来他们就来的，你应该亲自拜访他们，就像齐桓公对管仲一样。“管仲且犹不可召，而况不为管仲者乎？”（出自《孟子·公孙丑下》）管仲不会叫来就来，何况我不屑于当管仲呢！这是《孟子》中最自负的一句话。可惜孟子遇到的不是齐桓公，而是齐宣王。

不只是孔子的学生都看不起管仲，孔子也说他“器小”“不俭”“不知礼”，知道他的问题很严重，为什么后来还要高度评价他？管仲一辈子荣华富贵，居然与伯夷、叔齐这些可怜人并列，谁看了不生气呢？不过，这正是孔子思想的关键所在。

孔子到底是以什么方式来评价的？

【学生甲】我觉得孔子是顺天命的，他觉得天命就是希望天下安定，所以孔子赞同管仲是一个仁者；有“成大事者不拘小节”的意思。

【学生乙】我认为仁者有大仁、小仁的区别。孔子认为管仲立下的志向是“九合诸侯”，要为华夏文明的延续作大贡献，他的器量小等缺点不应该成为他不仁的理由。孔子指出管仲的缺点，是客观叙述，不影响他作出“管仲是一个仁者”的判断。

【学生丙】浅显一点谈，我觉得孔子想当管仲第二。

【傅佩荣】他也希望有这个机会啊。善是我与别人之间适当关系的实现，管仲是齐桓公的宰相，他的“别人”是齐国百姓。他通过外交手段避免战争，照顾了各国百姓，他行的善超过他应该行的，所以孔子说“民到于今受其赐”。他合乎孔子人性向善论的要求，所以孔子说他“如其仁”。

这又涉及道德与事功的问题。管仲能帮助齐桓公九合诸侯，一匡天下，不以兵车，事功很伟大。而他的道德不怎么样，对他的公子不够忠、器小、不知礼。但是，道德不离事功。一个人事功很好，照顾了很多人，他的道德再怎么不好，不会差到哪里去。

【学　生】傅老师，伯夷和叔齐也没有事功吧？

【傅佩荣】伯夷和叔齐没有事功吗？他们是孤竹国国君的儿子，因为发现父王喜欢另一个兄弟，所以不愿意接受王位，也不想卷入王位竞争中。两个人说，让父王选他要的儿子，我们都走吧。他们到了西岐，姬发（即周武王）正好起来革命，两兄弟反对，说商朝已经统治那么久了，怎么好革命呢？姬发说，我要替我父亲报仇。姬发建立周朝以后，伯夷和叔齐不吃周朝的粮食，在首阳山上饿死了。

他们没有事功吗？他们的事功是给世人树立表率！司马迁写列传，第一篇就写《伯夷叔齐列传》，写完之后感慨发问，这么好的人有这么悲惨的遭遇，天道在哪里？所以说，事功包括某些人为人类树立的典范。今天我们讲“立德立功立言”，这三者之间是有联系的。事功不只是开疆辟土，否则最厉害要数秦始皇、汉武帝，可是他们没有被称为仁者，反而被评价为暴君，因为他们没有带来和平，却为了自己的功业牺牲了很多人。

【学　生】为公子纠而死的召忽，是不是孔子所说“匹夫匹妇之为谅也，自经于沟渎而莫之知也”（出自《论语·宪问第十四》）？孔子会这样评价他吗？如果管仲后来没有能够“九合诸侯，不以兵车”，还算是仁者吗？

【傅佩荣】召忽只是求自己心之所安，并不一定在乎别人的评价。他跟了公子纠，不管失败后被杀还是自杀，就如屈原投江，我们不能替他考虑问题。这种情况下，外人看到的是表象，只要当事人有真诚的觉悟，善恶不用对别人负责。孔子再怎么伟大，所说的都是历史事实，他并不是上帝。还有，孔子说的是召忽吗？不是。

召忽的自杀，其实很可惜。他那时很可能正当盛年，而且很有才华，本来可以照顾百姓，却因为跟错人而自杀了。如果说他这种情况应该自杀，那么很多人都算是变节了。

每个人有其“心之所安”。有人选择活下来造福百姓，有人不愿意，就如文天祥。管仲选择了前者，用自己的才能避免战争。他后来重视生活享受，可是别人都没话说，因为他功劳太大了。如果没有那些功劳，孔子会认为他不值得评论。历史上受重用而无功劳的人比比皆是。不过，我们不需要把孔子的个人判断当做唯一标准，那样对很多人不公平。

参考每个人的判断，可以推想他的理由。戊戌变法失败后，谭嗣同和梁启超就是各求心之所安。谭嗣同说：“不有行者，无以图将来；不有死者，无以酬圣主。”（出自《清史稿·卷四百六十四》）所以他牺牲了，梁启超走了。后来梁启超办《新民报》等，做了一番事业。有人认为，如果谭嗣同也逃走了，“二人同心，其利断金”（《周易·系辞上》），结果会更好。但是，假如他们都逃走，谁来彰显人类社会的某种道义呢？这是很困难的抉择。谭嗣同认为自己留下来比较好，说不定梁启超有一大家子人依靠他，需要暂时避避风头。如果现在问，到底谁更能感受到生命价值呢？很难说，最后一切都要过去的。什么叫人性呢？人性的意义就在于，虽然生命终结了，但是留下人特有的某些价值，让后人感觉到生命的尊严。

因为知识背景的缘故，有些人喜欢引用生物学或者物理学的资料来探讨有关尊严的问题，那就只有一个选择，大家作鸟兽散，先活下来再说。何必要理想呢？但是把中年人的理想拿掉，青年为什么要继续努力？这还是人的社会吗？这种观念违背人类内在向善或者向上的力量。

【14·9】或问子产。子曰：“惠人也。”问子西。曰：“彼哉！彼哉！”问管仲。曰：“人也。夺伯氏骈邑三百，饭疏食，没齿无怨言。”

有人请教孔子如何评价子产，孔子说：“他是照顾百姓的人。”再请教如何评价子西，孔子说："他就是那样，他就是那样。"他不予置评。又请教如何评价管仲，孔子说："他是行仁的人。他分得伯氏的三百户骈邑，让伯氏只能吃粗食，却终身没有抱怨他的话。"因为管仲的功劳太大了，每个人都知道管仲了不起。

打仗很可怕，牺牲的都是年轻人啊！年轻人牺牲后一家人都没有希望了。古时候的很多帝王不管百姓死活，管仲却通过外交方式避免战争，天下人都觉得他太好了。所以，孔子一定要给他公正评价。

孔子和孟子对人的评价与一般人不同。一般人会想，反正战争又没有发生，或者大禹不治水也不见得有水灾。要知道真的发生了战争和水灾，倒霉的是老百姓。

孔子的智慧在于看透人性向善，善是我与别人之间适当关系的实现，包括天下人。孔子的志向是"老者安之，朋友信之，少者怀之"，我们学儒家，要把这句话常记心中啊！

2.以直报怨

【14·34】或曰："以德报怨，何如？"子曰："何以报德？以直报怨，以德报德。"

有人说："以恩惠来回应怨恨，这样如何？"孔子说："那么要以什么来酬报恩惠呢？应该以正直来回应怨恨，以恩惠来酬报恩惠。"

根据这一章，来对照儒家与道家的异同。我认为《老子》这本书不是一个人写的，而是一群隐士共同的心得。《老子》第六十三章讲："大小多少，报怨以德。"这句话流传太广了，大家都说"以德报怨"好，说这话的人很高尚，心胸宽大。别人对他不好，他也对人很好，谁不喜欢碰到这种人呢？恐怕大家都是喜欢别人对自己以德报怨，而自己不必如此。太理想的事，其实是不能实践的。

儒家不讲以德报怨，而讲以直报怨。直，表示真诚而正直。千万不要以怨报怨，他打你一拳，你踢他一脚，两个人的道德水平就没有差别。讲以德报德，别人对你好，你也对他好，这对善行是一种鼓励。

老子为什么讲“以德报怨”呢？因为他是道家。“道”代表整体，没有“德”和“怨”的问题。一个人对你不好，肯定是有他的苦衷，并非是他喜欢这样做。没有人愿意对你不好，除非他觉得利益不够，分配不均，才与你发生冲突，使你感觉自己受害。从“道”的整体看，恩恩怨怨说不清楚，连善人与不善的人都没有必要区分。在老子看来，道不会抛弃任何人，没有哪个人是不善的；也不会抛弃任何物，没有哪件物是不必要的。

3.知子者天

【14·35】子曰：“莫我知也夫！”子贡曰：“何为其莫知子也？”子曰：“不怨天，不尤人，下学而上达。知我者其天乎！”

有时候看孔子，觉得这个人真是蛮可怜。

孔子说：“没有人了解我啊！”子贡正好在旁边，就问：“为什么没有人了解老师呢？”言下之意是，老师是不是自己有问题，没讲清楚啊？孔子说：“不怨恨天，不责怪人，广泛学习世间的知识，进而领悟深奥的道理，了解我的，大概只有天吧！”

孔子“五十而知天命”，又说了解他的只有天，与天有这种互知，孔子的修养可见一斑。不过一个人到了只有天了解的地步，多惨啊！

说到普通人，大家交换名片互相沟通，坐下来喝半小时的咖啡，就可以了解透彻了。孔子有那么多学生，有的跟他几十年了，却没有一个了解他的。譬如曾参，他曾经认为老师的道是“忠恕而已矣”，理解有误。《论语》中讲：“柴也愚，参也鲁，师也辟，由也喭。”就算在他门下的贤者中，也不见得有人了解他。

两千多年来有多少人研究儒家，有多少人会背诵《论语》，但是没有人知道孔子在抱怨什么。现代学者研究儒家需要谨慎，连孔子的学生都不了解他，何况我们隔了这么久。

只有一个人了解孔子，堪称孔子的知音。

【14·39】 子击磬于卫，有荷蒉（kuì）而过孔氏之门者，曰：“有心哉，击磬乎！”既而曰：“鄙哉，硁（kēng）硁乎！莫己知也，斯已而已矣。深则厉，浅则揭。”子曰：“果哉！末之难矣。”

孔子留居卫国时，某日正在击磬，有一个挑着草筐的人从门前经过，说：“磬声里面含有深意啊！”停了一下，又说：“声音硁硁的，太执著了！没有人了解自己，就放弃算了。所谓‘水深的话，穿着衣裳走过去；水浅的话，撩起衣裳走过去’。”孔子说：“有这种坚决弃世之心，就没什么困难了。”

这位“荷蒉者”是孔子唯一的知己，不过他是一个隐士。孔子教学生三千人，精通六艺者七十二人，唯一了解他的却是这位“荷蒉者”。毋庸置疑，这个人智商很高，竟能从孔子的磬声听出他的抱怨。颇具反讽意味的是，他和孔子“道不同，不相为谋”，立场不一样，不跟孔子交流的。

两章合起来就不是孤证，都说明孔子认为没有人了解他。如果我们读过《论语》了，就能真正了解孔子吗？如果不清楚他的一贯之道，算是了解吗？假如我们不了解孔子，凭什么谈论儒家呢？读《论语》

要认真思考，这些不是小问题。

孔子非常遗憾，因为没有人了解自己，就如孟子非常委屈，因为别人说自己好辩。孟子雄辩，可是很多人认为他只是口才好，并不是讲得对。难道他没有真正的学问吗？为什么他比别人讲得清楚呢？正是因为他想通了。真正的哲学家有完整的思想体系，无论别人从哪方面提问，他都能随时回答，不会自相矛盾。

孔子也一样，回答问题根本不用准备。学生不了解他，因为学生只是从他那里学到一点具体知识，去做官用得上。可悲的是，孔子死后他的学生分崩离析，分为八派，各自发挥他的一部分思想，最后七零八落。譬如，在孟子时代有一位大将军叫吴起，是子夏的学生，但是他哪一点像儒家呢？

【学生甲】吴起有时候劝君王，要行仁政。

【学生乙】还有一次，吴起和魏国国君一起游览河山，国君说：山河很险，所以我们魏国很坚固。吴起说，坚固在德不在险。

【傅佩荣】其实这几句话谁都会说，何况吴起听过子夏的课。我们应该看吴起的作为。儒家会随便杀人吗？可是他说杀就杀，毫不客气，其实算是兵法家。孔子的学生分为八派，教出的学生七零八落，更不要说荀子教出的法家了！

【学　生】据说吴起也在曾子门下学习过。根据记载，吴起离家之前，和母亲两个人摇手臂，说不干成事业就不回来。后来他在曾子门下学习，他母亲死了，他也不回去，曾子很鄙夷他的为人，就把他逐出了师门。

【傅佩荣】所以他又跑到子夏门下去了。孔子的许多学生是老师，开班授徒，其实都没有学到儒家的真正精神。

譬如子夏，人很聪明，孔子说过“启予者商也”，能给他启发的就是子夏啊！可是子夏怎么教学生呢？在《子张第十九》，孔子公开对子夏说，“女为君子儒，毋为小人儒”，提醒子夏要做一个“君子儒”，不要做一个“小人儒”。什么叫小人儒呢？就是只追求现实利益的人。再如冉求，讲到多才多艺，谁能超过冉求呢？可是孔子要学生“鸣鼓而攻之”，一同攻击冉求。

读古人的书，要了解当时的实际情况，并且把他们当平常人来看。他们和我们一样，有优点也有缺点，总有一些人性的弱点。

【17·19】子曰：“予欲无言。”子贡曰：“子如不言，则小子何述焉？”子曰：“天何言哉？四时行焉，百物生焉，天何言哉？”

孔子说：“我想不再说话了。”子贡说：“老师如果不想说话了，那么我们学生要传述什么呢？”孔子说：“天说了什么啊？四季照常在运行，万物照样在生长，天说了什么啊？”

对于天，孔子说“朝闻道，夕死可矣”；颜渊死了，他说“天丧予！天丧予”；他有两次差点被杀，讲“天生德于予，桓魋其如予何”，“天之未丧斯文也，匡人其如予何？”他所谓的天究竟代表什么？

冯友兰先生的《中国哲学史》提到，中国古代的天涵盖五种意义：主宰之天、命运之天、义理之天、自然之天、物质之天。自然之天和物质之天很接近，主宰之天和义理之天也很接近。

读到这里我觉得很奇怪，天的五种含义，好像彼此矛盾。请问：义理之天和命运之天怎么能同列？天既是我义理方面的来源，又是我命运的来源，这不是自相矛盾吗？义理是讲一件事我该不该做，说明我可以选择；命运是注定的，我不能选择。再问：自然之天和物质之天类似，为什么要区别开？主宰之天和自然之天怎么相互协调？

我这样问，是忘记了“史”是时间因素，在历史过程中“天”的概念会演变发展，从而展示不同的意义。

还有一种说法，中国古代的天有五种意义：主宰之天、造生之天、载行之天、启示之天、审判之天。主宰之天，指天是主宰；造生之天，万物由此而来，“生”源于“百物生焉”；载行之天，“行”就源于“四时行焉”。

由此可见孔子的天所具有的性质。没有人能认识天的本体，这里讲的只是天的五种作用：主宰、造生、载行、启示、审判。造生、载行针对我们看见的自然世界，启示、审判针对人类社会的道德规范。人之所以有道德规范，是因为天的启示和审判。审判即是赏善罚恶。有关“天”的探讨，可参考我写的《儒道天论发微》（中华书局2010年版）。

4.修己安人

【14·25】蘧伯玉使人于孔子。孔子与之坐而问焉，曰：“夫子何为？”对曰：“夫子欲寡其过而未能也。”使者出。子曰：“使乎！使乎！”

蘧伯玉是卫国的大夫，是孔子的老朋友。他派人向孔子问候，孔子请来人坐下谈话，问他：“蘧先生近来做些什么？”来人就说：“蘧先生想要减少过错，却还没有办法做到。”待他离开之后，孔子说：“好一位使者！好一位使者！”

孔子认为他的话讲得好，说明人都有很多过错，都应该改善。[7·17]中“子曰：‘加我数年，五十以学《易》，可以无大过矣。’”人生的过失是多么难以避免啊！可见，人性本善实在不是孔子的思想。

孔子讲做人，最难的是什么？[14·31]中“子曰：不逆诈，不亿不信，抑亦先觉者，是贤乎！”不怀疑别人将会欺骗，也不猜测别人将会失信，但是又能及早发觉这些状况，这样的人真是杰出啊！我们往往是事后诸葛亮，发觉时已经来不及了。儒家非常重视灵活的智慧。

【14·42】 子路问君子，子曰："修己以敬。"曰："如斯而已乎？"曰："修己以安人。"曰："如斯而已乎？"曰："修己以安百姓。修己以安百姓，尧舜其犹病诸。"

子路请教怎样才是君子。孔子说："修养自己，以至能够认真谨慎地面对一切。"这一章中"以"的用法都一样，指达到何种结果，而不是"以敬"来"修己"。这是第一阶段，"修己以敬"。

子路追问："这样就够了吗？"孔子说："修养自己，以至能够安顿四周的人。"这是第二阶段"修己以安人"。

子路又追问："这样就够了吗？"孔子说："修养自己以至能够安顿所有的百姓。尧舜也觉得这是很难做到的事啊！"这是最后"修己以安百姓"。在《论语》中，"人"指四周的人，"百姓"才是天下人。

《论语》两次提到"尧舜其犹病诸"，都跟"修己以安百姓"有关，讲的是帝王与百姓之间的适当关系，连尧舜这样的圣君，都觉得很难做到，一般百姓更无法安顿自己。这说明孔子不认为"人性本善"，儒家完全是以经验世界的材料来作反省的。

5.不出其位

【14·26】 子曰："不在其位，不谋其政。"曾子曰："君子思不出其位。"

孔子说："不担任某一职位，就不去设想那个职位的事务。"曾子说：

“君子的思虑以他自己的职位为范围。”

【学　生】曾子这句话好像有问题。如果人们的思虑限制在自己的职位范围内，可能有很多问题看不到，也做不好自己的工作。

【傅佩荣】在台湾常常听到一句话，换了位置就等于换了脑袋。一个人之前当民意代表，到他做官的时候才发现，一切不是那么简单。这时他看到的是全方位的复杂问题，他的思考就不一样了。

有人喜欢说“不在其位，也谋其政”。没有这个位置，就没有各种资源，怎么谋呢？好比一个人想看电脑里的文件，却发现文件都是加密的，除非利用黑客得到文件。当一个人做了官，一切自然解密了，他看了才知道，自己以前太天真，只会从单一方向、单一角度来看。所以说“不在其位，不谋其政”，位置不同，职责就不同。

十七 卫灵公第十五

1.子路其人

【15·2】在陈绝粮，从者病，莫能兴。子路愠见曰："君子亦有穷乎？"子曰："君子固穷，小人穷斯滥矣。"

孔子在陈国没有粮食充饥，跟随他的人病倒了，没有办法起床。子路带着怒气来见孔子，说："君子也有走投无路的时候吗？"孔子说："君子走投无路时，仍然坚持原则；换了小人，就胡作非为了。"

《史记·孔子世家》中有一段故事令人伤感。孔子特别引用了《诗经》里的话："非兕非虎，率彼旷野。"（《诗·小雅·何草不黄》）他说，不是犀牛，也不是老虎，为什么在旷野里跑来跑去呢？他的意思是，我不是犀牛，也不是老虎，却为什么带着你们在旷野里跑来跑去呢？子路说，是不是你自己有问题，使别人不能接受你的观点？孔子说，子路简直莫名其妙，我问他这个问题，他不但不理解我，还说我的道有问题。他再问子贡。子贡说，老师的道很好，不过要降低标准，讲得简单一点，让别人听得懂，不然怎么跟着你去做呢？孔子说，子贡啊，也是心胸不够高远。再问颜渊。颜渊说，别人不懂是别人的事，是他们的损失；老师的道是对的就好了。孔子开心极了，说："颜氏之子！使尔多财，吾为尔宰。"你这个颜氏子弟，如果你发财了，我来替你管家。

孔子的三个学生子路、子贡、颜渊常常一起出现，常常有所比较，而子路老是输。

另一次，孔子说，你们三个谈谈自己的抱负。子路又第一个说了，如果一个国家让我当军事统帅，我一定打赢战争，保卫国家。子贡说，如果一个国家让我当外交官，就根本不需要战争，子路就失业了。颜渊就说，如果一个国家让我当宰相，大家靠德行来治国，连外交官都不需要了。

《庄子》中讲得更有趣。孔子与弟子被围困在陈蔡之间，好几天没有饭吃，只能喝一点菜汤，汤里一粒米都没有。大家都饿得受不了，子路与子贡就开始批评了，说，我们的老师难道真的是君子吗？骂他的人没事，要杀他的人也没事，这样的人还在那里弹琴唱歌，实在太无耻了。

他们居然骂老师无耻，颜渊听到了就进去打报告，老师，子路与子贡在背后骂您无耻。孔子说，让他们进来。子路和子贡进来后，孔子对他们讲了一番道理，说真正的君子，"古之得道者，穷亦乐，通亦乐，所乐非穷通也"（出自《庄子·杂篇·让王第二十八》）。

从这番话可见，庄子很了解孔子，借孔子之口说，今天我的道不能推行，不是我的过失，我还要坚持我的原则，有什么不对呢？何必在乎是否有机会实现呢？这个时代不需要我，那我没办法。

子路与子贡听了之后，立刻道歉，才了解到老师的伟大。

【5·7】子曰："道不行，乘桴（fú）浮于海。从我者，其由与？"

子路闻之喜。子曰："由也好勇过我，无所取材。"

孔子说："我的理想没有机会实行，干脆乘着木筏到海外去。跟随我的，大概就是由吧！"子路听了喜形于色。因为子路非常豪爽，也讲道义，他心里想，连颜渊都没被选上，老师却要我陪他去，他很开心。结果孔子又说："由啊，你爱好勇敢超过了我，但是我没有地方可以找到适用的木材啊！"意思是，那种可以过海的木筏，是用很特别的木材做的，我们找不到的。我只是打个比方，跟你谈谈心里的感受，是在开玩笑。

2.人能弘道

【15·29】子曰："人能弘道，非道弘人。"

这一章特别重要，儒家的特色体现于此，是标准的人文主义。别人问我，能不能用一句话介绍儒家的思想？实在太难回答了，我就讲这句话。

孔子说："人可以弘扬人生理想，而不是靠人生理想来弘扬人。"什么意思呢？就好比有人讲人生的道理，没听过的人难道就不能够好好做一个人吗？一个人只要真诚，就算没受过教育，没听过孔孟的这些话，照样可以做一个堂堂正正的人。

从这方面看，陆象山比朱熹更能够把握孔子的意思。陆象山说"若某则不识一个字，亦须还我堂堂地做个人"（出自《陆九渊集》），就算我没有受过教育，是个文盲，但是我真诚，照样能以真心做事，有堂堂正正的人格，这叫做"人能弘道"。

3.朝闻夕死

牟宗三先生是新儒家的重要学者，他曾经在台湾师范大学当讲座教授。我的一个学生是比利时人，现在在比利时鲁汶大学当系主任，中文名字叫戴卡琳。她在台湾大学读硕士时听我的课，也去师大旁听牟先生的课。有一次她跑来找我，说：老师，牟先生在课堂上批评你（能够被他批评也不容易）。我问他是怎么批评的，她说，他批评好多人，第一个批评方东美，然后就提到傅佩荣。我说，我也算荣幸，和我老师一起被他批评。

1980年我到美国读书，之前特地去拜访牟先生，他那时正好在台大当客座教授。他了解我的背景，直接对我说，你不能脚踏两只船，信天主教的同时又讲儒家。我说，天主教是父母给我的信仰，我觉得没有什么错。我现在对《圣经》那么熟悉，对西方文化感觉很亲切，都是因为小时候的信仰背景。我又说，儒家是真正的学问，我生为中国人，为什么不能研究呢？

我讲儒家时拿耶稣作对照，是因为全世界有二十亿人信仰耶稣，信仰天主教、东正教、新教。要研究中国文化，当然要对照全世界三分之一的人的信仰，如果不具备这种基础知识，怎么知道西方人在想什么呢？难道说西方人都只有表面生活吗？他们也有内在的深刻信仰，想了解就看《新约》。

譬如，在颜渊死的时候，孔子认为自己的传统或道统恐怕会失传，所以说“天丧予”。耶稣临死前在十字架上说：“我的父啊，你为什么舍弃了我？”这两点为什么不能对照呢？“朝闻道，夕死可矣”，也可以用耶稣的故事来说明，用佛教来比照也没有问题，如“放下屠刀，立地成佛”。

朱熹不算懂得孔子。学生问他，孔子说早上听懂了道，晚上死了也无妨，难道孔子不认为应该多活一段时间，好好实践道，然后再死吗？朱熹说，对啊，能够多活最好多活，可以实践道。

但是孔子所言朝与夕，就是一天之内很短的时间。实践一种道要靠时机的。行善不是随时都有机会，一定是别人有困难了你才能行善，而真诚随时都有机会。譬如，现在经济繁荣，大家都过得很快乐，一个月也做不了一件好事；以前很穷困，每天都有机会做好事。请问：要做多少好事才算好呢？一个人行多少善事才能称为善人呢？没有答案。因为这是有关量的问题。

孔子是在探讨质的问题。一个人怎样才能成为善人？只要他的心转对了方向，向善，只要真诚，生命就有了光明；没有转对方向，生命在黑暗里打转。“朝闻道”是指生命转对了方向，“夕死可矣”，做善事的多与少并不重要。不懂得这个道理，何必谈儒家的人性论呢？

对“死亡”这个概念要特别小心，生死是人生大事。“杀身成仁”怎么讲？杀身之后这个人明明死了，为什么还能“成仁”呢？不是什么都没有了吗？因为人性向善，他完成了对善的要求。

4.杀身成仁

【15·9】子曰：“志士仁人，无求生以害仁，有杀身以成仁。”

孔子说：“有志者与行仁者，不会为了活命而背弃人生理想，却肯牺牲生命来成全人生理想。”

“杀身成仁”的“身”指身体，孟子的“舍生取义”的“生”是生命。

学习国学，要注意分辨细微区别。

孔子为什么用“成”字？“仁”包括三个层次：人之性、人之道、人之成。如果不是人性向善，人们怎么会为了仁义而牺牲生命呢？因为人性向善，为了善而牺牲生命是一种完成，而不是一种损失。而孟子说“舍生取义”，明明牺牲了生命居然说“取”义。由此可见，孔孟的内心想的是什么。

【学　生】当仁和生存发生冲突的时候，儒家对两者孰轻孰重有没有判断？比如被孔子称为仁者的比干，因为直言进谏被纣王剖心，成为仁者，可是他为什么不采取“危邦不入，乱邦不居”的方式，等待好的统治者到来，比如周武王。

【傅佩荣】《论语》中有一段话：“子曰：‘民之于仁也，甚于水火。水火，吾见蹈而死者矣，未见蹈仁而死者也。’”（出自《论语·卫灵公第十五》）第二次提到为实践仁而牺牲生命。

同样是行仁，每个人根据自己的情况考虑怎样做。一般认为纣王有两个叔叔，一个是比干，一个是箕子。两个人各有各的方法：箕子佯狂，装疯卖傻，被关起来；比干却一再进谏，最后被剖心而死。

后来箕子很有贡献。《尚书·洪范篇》讲周武王打败了商朝，请教箕子如何治理国家。因为商朝治理天下将近六百年，而周武王开始只是西岐的诸侯，比较落后。箕子是商朝王室，商朝灭亡了，他不忍心讲商朝怎么治理，就说从前大禹治理洪水，上天就给大禹《洪范九畴》——他讲到夏朝的开始，这是多么高的智慧。因为自己是亡国之臣，不好意思说我们国家的治理，就讲夏朝的治理。他从五行五事一路讲下去。所以说，箕子活下来有他的重要价值。再后来箕子作出一个错误选择，逃到朝鲜去了，现在朝鲜还有箕子墓、箕子庙，朝鲜人很喜欢讲儒家是箕子创立的，孔子是箕子的传人，给自己的民族增添很多幻想。

在《论语·微子第十八》，开头就讲："微子去之，箕子为之奴，比干谏而死。孔子曰：'殷有三仁焉。'" 杀身成仁只是行仁的一个简单方法，其实各人以自己的方式，求心之所安而已。

5.曰"如之何"

【15·16】子曰："不曰'如之何如之何'者，吾末如之何也已矣。"

孔子说："（一个人）不想想'怎么办、怎么办'的，对这种人，我也不知道怎么办了。"

【学　生】如果有人一直说"怎么办、怎么办"，那么做事的人恐怕也不知道怎么办了。

【傅佩荣】孔子是强调行为上的方法，并不是说做具体事情的方法。修车、写笔记都有方法可循，但是所谓"怎么办"，是指行为上怎么做才是对的。孔子对于行为之外的方法兴趣不大。

一个人选择真诚，开始自我反省，才有可能接受别人的建议。老师希望学生提问题，不然讲解对学生没有针对性。"不愤不启，不悱不发，举一隅，不以三隅反，则不复也。"（出自《论语·述而第七》）有两种不同的情况："愤"指想懂而懂不了，人都生气了；"悱"指想说而说不出，脸都涨红了。不一样。这个时候老师来启发，效果才好。启发式教育是有条件的，学生自暴自弃了，再好的老师也没办法，他根本不想听啊。

十八 季氏第十六

1.损益三乐

【16·5】孔子曰："益者三乐，损者三乐。乐节礼乐，乐道人之善，乐多贤友，益矣。乐骄乐，乐佚游，乐晏乐，损矣。"

孔子讲了自己的快乐观。

先说有益的三种快乐。第一为"乐节礼乐"，"礼"代表分，"乐"代表和，能够以礼乐调节生命，以此为乐是有益的。第二为"乐道人之善"，乐于称赞别人的优点。我还做不到这一点，会在背后批评别人，不过大都是学术批评，从来不涉及人格等方面。第三为"乐多贤友"，乐于结交很多杰出的朋友。这三种快乐都不脱离人与人的关系，帮助我们实现人性的要求，所以有益。

后三种快乐也是人际关系：以骄傲自满为乐，以纵情游荡为乐，以饮食欢聚为乐。这三种快乐是有害的，让人沉湎于物质享受，陷入以自我为中心的陷阱里。

2.三戒三畏

【16·7】孔子曰："君子有三戒：少之时，血气未定，戒之在色；及其壮也，血气方刚，戒之在斗；及其老也，血气既衰，戒之在得。"

有身体就有血气，所谓血气，涵盖了本能、冲动、欲望。

孔子说："君子有三件事情应该警惕戒备：年轻的时候，血气未定，便要警戒，莫迷恋女色；等到壮大了，血气正旺盛，便要警戒，莫好胜喜斗；等到年老了，血气已经衰弱，便要警戒，莫贪求无厌。"

为什么说孔子的思想好？因为孔子从不逃避问题，不会为了讲人性怎样好，就空想出一个乌托邦。他讲的是真正的人。人在生命的三个阶段都要有所警惕，不可粗心大意，否则人生很容易陷落。他分别针对好色、好斗、好得来讲。孔子很客气了，分三个阶段来讲这三种毛病，其实大多数人同一个阶段就有这三种毛病。

历史上只有一个齐宣王，敢于公开对哲学家孟子说"寡人有疾"，使我非常佩服。人不怕有错，就怕不承认自己有错。齐国是万乘之国，最强的几国之一，齐宣王以帝王之尊居然对孟子说自己有病。孟子让他学会推己及人。你好色吗？那就让天下人都可以满足这方面的本能欲望。你好货吗？那就让天下人都发财。你好勇吗？那就不要小勇，让你的大勇来安定天下。

【16·8】孔子曰："君子有三畏：畏天命，畏大人，畏圣人之言。小人不知天命而不畏也，狎大人，侮圣人之言。"

孔子说："君子害怕的有三件事：怕天命，怕王公大人，怕圣人的言语。小人不懂得天命，因而不怕它；轻视王公大人，轻侮圣人的言语。"

君子的"三畏"，第一是敬畏天命。"知天命"之后要"敬畏天命"，然后实践天命，这叫顺天命。"六十而顺"就是顺"五十而知"的天命。

第二是敬畏大人。很多人奇怪，孔子为什么说"敬畏大人"呢？孟子"说大人则藐之"，好像比孔子更嚣张。要知道，学者说话有时只是一种表现方式，不要说别人太嚣张，要问别人有没有道理。好比在乱世中你不大声一点，没有人会在意。

"孟子曰：'说大人，则藐之，勿视其巍巍然。堂高数仞，榱题数尺，我得志，弗为也。食前方丈，侍妾数百人，我得志，弗为也。般乐饮酒，驱骋田猎，后车千乘，我得志，弗为也。在彼者，皆我所不为也；在我者，皆古之制也。吾何畏彼哉！'"（出自《孟子·尽心下》）

孟子说：我向大人进言，要把他看轻，而不看他高高在上的样子，因为我得志时与他得志时做法不一样。他得志了，住的是高楼大厦，吃的是山珍海味，打猎时后面跟着几千辆车子，这种外在的排场我不屑于做，要做的是合乎古代制度的要求。

孔子不同，他要敬畏大人。大人即政治领袖，我敬畏大人，大人就会敬畏他自己。可见，孔子比孟子更懂心理学的层次。通常我们尊敬一个人，这个人就会尊敬自己。反之，假如一位领导人经常挨骂，他很可能自暴自弃，觉得自己做得好也没用，干脆拼命贪钱，因为人确实是很脆弱的。台湾很多大官在"立法院"挨骂了，"立法委员"骂人像骂儿子一样，让官员觉得再努力做也没用，反正要挨反对党的骂。官员会自暴自弃，回到自己的职位上作威作福，认为在那边心理受到伤害，就在这边补偿。孔子很了不起，主张敬畏大人，大人就会珍惜自己，好好为百姓服务。

最后孔子还要敬畏圣人之言。圣人之言代表古代的圣贤留下来的好的心得。

【学　生】我觉得根据现实情况，我们“敬畏大人”，他不一定更加自我尊重，可能更加放肆，因为他得不到提醒。

【傅佩荣】他难道没有上级长官吗？

【学　生】如果是最高的长官呢？

【傅佩荣】我们敬畏最高的长官，应该会使他有责任感。人们对温总理的评价很好，他随口一说，马可·奥勒留（Marcus Aurelius）的《沉思录》一年就卖了上百万本。其实读哲学的人知道，马可·奥勒留是二流以下的哲学家，是一位罗马皇帝。他讲，皇帝当了二十年，一点成就都没有，一天到晚打仗，儿子也没有教好，所以写了一本《沉思录》。

马可·奥勒留属于斯多葛学派。当时有一个罗马皇帝、一个大臣、一个奴隶，三个人都是同一学派的代表。可见在哲学学派中，只看一个人思想够不够，并没有什么身份的差别。这位罗马皇帝符合柏拉图的期待，即“不能让哲学家做皇帝，就要皇帝学哲学”，他是唯一做皇帝的哲学家。但是他哲学家没有做好，皇帝也没有当好，因为搞政治太辛苦了。《沉思录》这本书基本上反映了他那个学派的思想，宗旨是按照理性来生活，理性符合宇宙的法则，人、理性、宇宙、生命，展开成为一个系统。书中多次谈到灵魂，即内在生命的一种安顿，要看破许多事情。皇帝当然可以看破名利，我当皇帝我也能看破，但是一般人不容易看破。

看一位哲学家，要知道他的来龙去脉，他属于什么学派。在西方，斯多葛学派是具有高贵情操的，美国很多知识分子都认为自己是斯多葛学派。因为有理性、宇宙法则这两个词就够了。我按照理性的原则生活，情感很稳定，情商很高；至于宇宙法则，代表我的生命与宇宙规则配合，生命就有开阔的局面，听起来也是高贵的。

当时与斯多葛学派相反的，是享乐主义的伊壁鸠鲁派，有段时间比前者还有吸引力。伊壁鸠鲁派不是一般的享乐主义，而是适度节制欲望。比如有的享乐主义者，有机会就拼命吃饭，吃完肚子痛，就根本谈不上享乐了。伊壁鸠鲁派的享乐是一种适度的节制，需要理性的判断。作为哲学家来思考，真正的享乐要有一个衡量标准，不能有痛苦以及后遗症。

当时有四派哲学，最有趣的是怀疑主义。怀疑主义者讲，我看到的东西是真的吗？要怀疑！我听到的事情是真的吗？要怀疑！什么都要怀疑。那一派的代表人物皮罗能活到九十岁，很不容易，全靠他身边几个非常好的学生。如果一辆车驶过来，他怀疑，它真的是车吗？一头牛冲过来，这真的是牛吗？学生立刻把他救走，他才幸免于难。

“子曰：‘性相近也，习相远也。’”（出自《论语·阳货第十七》）看朱熹的注解，有两点很明白：第一，朱熹认为孔子说得不清楚，孔子的“性”包括气质在内，认为孔子说得不够纯粹；第二点，引用程颐的话，“若言其本，则性即是理，理无不善，孟子之言‘性善’是也，何‘相近’之有哉？”孔子说“性相近”，程颐反驳说“何‘相近’之有哉”，口气比教训学生还要严厉。程颐活在宋代，距离孔子超过一千五百年，程颐和朱熹注解孔子的话，居然说孔子讲得不清楚，可以这样吗？

很多人把康德与儒家，尤其是孟子加以比较，这是要不得的。因为孟子生活在公元前四世纪的战国中期，康德主要生活在十八世纪后期，怎么好比较呢？最重要的是，孟子认为人是身心合一的，身为小体，心为大体，大体作指导，小体来实践。譬如，我有了恻隐之心，觉得一个人值得帮助，然后才会出手相助；当我高兴的时候，自然会“手之舞之，足之蹈之”。

康德是标准的唯心论者。在西方从笛卡儿开始，有唯心论和唯物论的区分。康德有两句话：我的身体属于自然界，自然的就是必然的，按照规则进行；我的心属于自由世界，是我的理性真正要掌握的部分，才存在道德的问题。在康德的观念中，身心是完全分裂的。

康德还说，如果行善，就绝不能感觉到快乐，否则可能就是为了快乐而行善，不再是纯粹的善了。康德有高度理想的义务论，做一件事只因为应该做，不为任何其他理由，否则就视为效益主义。这个立场实在严格，如果有人为了快乐而做好事，就够不上康德的标准了。

康德的思想很了不起，但是不应该与儒家思想混淆，因为中国古代绝对没有身心分裂的观念。讲身心分开，讲唯心唯物，从西方的笛卡儿开始。他说“我思故我在”，这是唯心论。到了康德那里，真正的唯心论是“我所认识的世界是被我认识的世界，不等于世界本身”，这是标准的说法。他认为，作为一个人，有自己的认知结构，符合这个结构的事物才能被认识，不符合就很抱歉了。譬如听声音，有一个阈限，音调太高或太低的听不到；看颜色，红外线和紫外线是看不到的，相对于我们等于不存在。这叫做唯心论，不是说人能创造外物，不是佛教的“万法唯心所造”。

如果把中国古代的哲学家讲成唯心论者，未免太勉强了。

十九 阳货第十七

三年之丧

【17·21】宰我问："三年之丧，期已久也。君子三年不为礼，礼必坏；三年不为乐，乐必崩。旧谷既没，新谷既升，钻燧改火，期可已矣。"子曰："食夫稻，衣夫锦，于女安乎？"曰："安。""女安，则为之！夫君子之居丧，食旨不甘，闻乐不乐，居处不安，故不为也。今女安，则为之！"宰我出。子曰："予之不仁也！子生三年，然后免于父母之怀。夫三年之丧，天下之通丧也，予也有三年之爱于其父母乎！"

这是《论语》中最精彩的一段。我认为，要理解儒家，就要从［17·21］开始。

宰我请教道："为父母守丧三年，时间未免太长了。君子三年不举行礼仪，礼仪一定会荒废；三年不演奏音乐，音乐一定会散乱。旧谷吃完，新谷也已收成；打火的燧木轮换用了一次。所以守丧一年就可以了。”讲得多好啊！由人文世界开始论证，他认为三年不去操作礼乐，时间太长，会造成礼坏乐崩。然后又参照自然世界，万物以一年为周期，旧的稻米吃完了，新的稻米长出来了；古时候没有瓦斯炉，需要钻木取火，根据季节用好几种木头，一年轮换一次。以上两者结合，一年是公分母，所以宰我认为，守孝一年就够了。

宰我认为守丧一年就够了，并作了很有力的论证。孔子那么聪明，知道很难讨论宰我的论据。他有没有做过调查或实验呢？三年真的会礼坏乐崩吗？说不定四年才会，或者一年就礼坏乐崩了；说稻米一年收成一次，只是在鲁国，而台湾一年要收获三次。这种相对性没什么好辩论的。

“三年之丧”是伦理规范，基础在于是否心安。伦理是因为内心需求而设置的外在规范，本身并不重要。正如“绘事后素”（出自《论语·八佾第三》），礼是后加于人身的，这种伦理规范的目的，是让人心灵和情感的要求有适当的表达。

所以孔子立刻转移方向，这也是他的教学策略之一。他说：“守丧未满三年，就吃白米饭，穿锦缎衣，你心里觉得安不安呢？”他从伦理规范推本溯源，深入心理层面，找到心里的安与不安作为根据。这是让人作一种自由心证，主观判断。

宰我这个学生竟然直接回答：“安。”糟糕！孔子的教学又失败了。宰我显然是为了辩论取胜，老师问心安不安，就回答“安”。谁怕谁？反正就是不吃你这一套！如果他的父母听到，一定很难过。

孔子说：“你心安就去做吧！君子在守丧时，吃美食不辨滋味，听音乐不感快乐，住在家里不觉舒适，所以不会那么做。你既然心安，就去做吧！”孔子重复说“女安，则为之”，说明他很生气。宰我一看老师生气了，立刻离开了房间。古时候的学生和老师都很直接，孔子教不下去了，立刻逃出教室，学生听不下去，也立刻跑出教室。

接着孔子就在背后骂学生了，这也是老师的特色。宰我已经离开教室了，他继续说："宰我没有真诚的情感呀！一个孩子生下来，三年以后才能离开父母的怀抱。"

"子生三年，然后免于父母之怀。"这是我最为感动的几段之一。孔子是男人，他的孩子肯定是夫人来抚养，他居然注意到小孩三岁才离开父母怀抱。他的哲学是建立在观察和经验上的。

这一段很精彩！孔子讲"三年之丧"是伦理规范，其基础在于心理情感，心理情感的基础是生理需求。人为什么会产生心理情感？一个小孩子出生以后长到三岁，在生理上需要父母照顾，在心理上与父母互相依赖，才有深刻的情感，才会孝顺。再后来，又有了外在的伦理规范，使情感可以适当表达。

以现在大家喜欢的生物学方式来举个例子。摇篮里的婴儿每天看到两张脸，只知道一张叫做爸爸，另一张叫做妈妈。他很快就发现：如果这两张脸快乐，自己的幸福就有保障，要什么有什么；如果这两张脸生气，自己就惨了。这是小孩子的本能。小孩子在成长的过程中，总是设法让这两张脸快乐，所以希望孝顺父母，也是希望对自己有利，这即是孝心。孝心是很神圣的吗？其实孝心可以和生物本能结合。从自小的经验出发，我们现在回家看到父母笑，还是觉得要什么有什么。每个人都一样，没有什么不对。我们由父母抚养三年，怀抱三年，与父母有直接的情感互动，父母快乐，我们就快乐。

孩子长大了，关键看他是否还记得这些，叫做心安与不安。为什么有的人心不安呢？因为他真诚。有的人心不会不安，因为他不真诚。父母说，我们在家里很想念你，你说，哎呀！何必想念呢？你们相依为命好了。因为你不真诚。你一真诚，就觉得父母想念我，我更想念父母。这才是儒家思想，才是人性的正常表现。

孔子说，恐怕宰我没有被父母爱过三年吧？每个人情况不同，有的人生下来是孤儿，长大后忽然认了亲生的父母，想让他孝顺是很难的，感情不可勉强。如果这个人是养父母养大的，他应该孝顺谁呢？

毋庸置疑，当然是养父母。亲生父母只不过给他肉体生命，而养父母一直辛苦地把他养大，如果他只对自己的生理特性负责，孝顺亲生父母，那就不成其为人，社会也不是人的世界了。

有关孝顺的行为，外在规定叫做伦理，孔子从伦理推到心理，从心理推到生理，人的生命是一个连续的过程，没有“本善本恶”的问题，是否真诚才是关键。

二十 微子第十八

舌挞隐者

《微子第十八》好几章是讲孔子跟一些隐士的互动。注意儒家与这些隐士的区别之处。

【18·6】长沮、桀溺耦而耕，孔子过之，使子路问津焉。长沮曰："夫执舆者为谁？"子路曰："为孔丘。"曰："是鲁孔丘与？"曰："是也。"曰："是知津矣。"问于桀溺。桀溺曰："子为谁？"曰："为仲由。"曰："是鲁孔丘之徒与？"对曰："然。"曰："滔滔者天下皆是也，而谁以易之？且而与其从辟人之士也，岂若从辟世之士哉？"耰而不辍。子路行以告。夫子怃然曰："鸟兽不可与同群，吾非斯人之徒与而谁与？天下有道，丘不与易也。"

长沮、桀溺是隐居的人，避开了战乱、税收等各种问题，自己在郊外耕田为生，安安心心地过日子。孔子带学生们周游列国，渡河时找不到渡口，就叫子路去问那两个耕田的老人家。老人家一定经常关心新闻，因为孔子身高一百九十二厘米，他们看到这人非常魁梧，知道是孔子。他们问子路："那个手拉缰绳的人是谁？"挺奇怪的，人家问他们渡口在哪里，他们反问来人是谁。子路回答，是孔丘。

桀溺说："像大水泛滥的情况，到处都是一样，你要同谁去改变呢？你与其追随逃避坏人的人，何不跟着逃避社会的人呢？"说完，他们继续劳作。

"夫子怃然曰：'鸟兽不可与同群！吾非斯人之徒与而谁与？天下有道，丘不与易也。'"这是《论语》里面孔子最难过的表现之一。怃然，即神情黯然。孔子很少神情黯然，但有时候会难过。孔子又遇到了"道不同，不相为谋"者，说："我们没有办法与飞禽走兽一起生活，如果不与人群相处又要同谁相处呢？天下政治若是上轨道，我就不会带你们去试图改变了。"

这代表了儒家的基本立场，是标准的人文主义。善只能在人与人之间实现，如果人隐居起来，与飞禽走兽在一起，过的就不是人的生活，只是一种生物的生活。

【18·7】子路从而后，遇丈人，以杖荷蓧。子路问曰："子见夫子乎？"丈人曰："四体不勤，五谷不分。孰为夫子？"植其杖而芸。子路拱而立。止子路宿，杀鸡为黍而食之，见其二子焉。明日，子路行以告。子曰："隐者也。"使子路反见之。至，则行矣。子路曰："不仕无义。长幼之节，不可废也；君臣之义，如之何其废之？欲洁其身，而乱大伦。君子之仕也，行其义也。道之不行，已知之矣。"

这段话说明，儒家一定具有胜过隐士的条件——注意，这里不是说道家，这些隐士不见得代表道家。

“荷蓧丈人”本身有一个败笔。子路找不到老师的车队，看到一位老人家用木棍挑着除草的工具，就过去问：“您见到我的老师了吗？”老人家说得好：“你这个人，四肢不劳动，五谷也分不清，我怎么知道你的老师是谁？”说完就放下木棍去除草。子路拱着手站在一边。我们读书人“四体不勤，五谷不分”，但是很有礼貌，这样就有饭吃了。老人家见他很守规矩，又确实迷路了，就请他回家，还杀了只鸡给他吃。

接着败笔出现。“见其二子焉”，老人家又叫两个儿子出来相见。子路年纪大些，老人家的两个儿子年纪轻，长幼有序，相见之下，他们管子路叫“叔叔”。这就埋下了败笔。后来孔子评论道：“长幼之节，不可废也。”

但是子路口才不好，不知道该怎么说。后来他赶上了老师的车队，向老师报告所见所闻，老师就让他回去再见老人家，子路回去后就说了一篇话。人们对此有争论：这篇话是子路说的，还是孔子教他说的话？毋庸置疑，当然是孔子教子路说的。如果是子路自己的话，前一天就会说了。

子路回到那儿时，老人家根本不在场。他就对空气发表宣言，也对老人家的孩子说：“不从政是不应该的。长幼间的礼节都不能废弃，君臣之间的道义又怎么能废弃呢？原本想要洁身自爱，结果却败坏了更重要的伦常关系。”你既然隐居起来，连君臣之义都不要了，为什么又在意长幼之序呢？“君子出来从政，是做合乎道义的事。至于政治理想无法实现，这是我们早已知道的啊。”

这些当然是孔子的意思。所谓“道之不行，已知之矣”，子路还没有这样的见解。子路总觉得跟着孔子可以实现理想，最后才会在卫国被杀。

【学　生】这段话是不是与“危邦不入，乱邦不居”（出自《论语·泰伯第八》）相互矛盾呢？如果不合于时势，我们最好修身以待时机，这是天命。如果孔子明知道“道之不行，已知之矣”，却坚持君子一定要出仕，这不是矛盾吗?

【傅佩荣】“危邦不入，乱邦不居”，这话没错。孔子一直在寻找不危不乱之邦，所以周游列国，如果找到不危不乱的国家，就可以做官了，两者没有直接矛盾。

【学　生】“四体不勤，五谷不分。孰为夫子”这句话，就文本来讲至少有三种解读方式。一种是，子路这人四体不勤，五谷不分，我怎么知道谁是你的老师；一种是说，你的老师四体不勤，五谷不分，不配称为夫子；第三种是，我们这两个老头儿四体不勤，五谷不分，我又怎么知道谁是夫子啊?

【傅佩荣】第三种肯定不对，隐者就专门搞“四体勤，五谷分”的。第二种也不对，讲话转弯了。比较可能的是第一种。因为他跟子路说话，不大可能指着老师说事，而且未必知道老师“四体不勤，五谷不分”。子路穿着儒者的服装，随身佩带一把剑，一看就不是耕田的，只知道吃饭，却不知道饭是怎么来的。

【学　生】子路说，不从政是不应该的，连长幼间的礼节都不能废弃，君臣间的道义又怎么能废弃呢?我却认为长幼间的礼节不能废弃，其实有一种“穷则独善其身”的味道，就是说他没办法实现君臣间的道义，就只能实现最基本的长幼之序了。

【傅佩荣】这种想法可以考虑，不过还可以参考《庄子》。庄子很喜欢借孔子之口来说话。他说，“天下有大戒二”（出自《庄子·内篇·人间世第四》）。天下有两大戒律。第一是命，即子女思念和爱护父母，这是没办法的，只要生而为人，一定希望孝顺父母。第二是义，任何地方都有国君，“无所逃于天地之间”。因为如果没有国君，有盗贼来谁会帮我们的忙呢?如果我们不交税，国家拿什么搞整体建设呢?譬如，耕田总需要水，万一没有了水源，由谁来修筑水坝蓄水呢?人是群居动物，因为单独的个人不可能生存下来。所以说，这些老人家并不是

“穷则独善其身”，他们就是以隐居为一种考量。

还有一个问题：隐居的人怎么教他的孩子呢？没办法回答。隐居者是一个成年人，自己知道为什么要隐居，但是对于小孩子，他们从小就不学习礼乐规范吗？要不要孝顺父母呢？

【学　生】如果是像桃花源那样的群体隐居呢？

【傅佩荣】从根本上说，桃花源是“不知有汉，无论魏晋”的乌托邦。当然了，中国这么大，说不定真的有个桃花源，人们在那里过着清净自在的日子。但是，桃花源里就没有人际关系，没有基本教育吗？肯定有，只是没有这么复杂。

【学　生】长幼间的礼节不能废弃，君臣间的礼节更不能废弃，这么说，是不是指后者比前者更为重要？

【傅佩荣】这是大格局与小范围的问题。古时候，如果没有维护长幼之间的礼节，但是维护了君臣之义，至少国家还能维持。但是如果只在意长幼的礼节，忽略君臣之义，国君没有了，国家也就灭亡了，也就没有家了。

【学　生】这么说，儒家对待孝和对待国家的态度，不同时候也不一样，因为儒家经常讲孝是最重要的。

【傅佩荣】长幼礼节属于悌，与孝隔了一层。譬如，子路遇到年长的陌生人，作为晚辈要有礼貌，这是长幼礼节。如果比较孝和忠，儒家当然是以孝为主要的德行。

二十一　子张第十九

万仞宫墙

【19·23】叔孙武叔语大夫于朝曰：“子贡贤于仲尼。”子服景伯以告子贡。子贡曰：“譬之宫墙，赐之墙也及肩，窥见室家之好。夫子之墙数仞，不得其门而入，不见宗庙之美，百官之富。得其门者或寡矣。夫子之云，不亦宜乎！”

《子张》这一篇都是孔子学生的讲话，值得注意的是子贡称赞孔子。

孔子过世以后，子贡对鲁国功劳很大，做了大官，有人就拍他马屁，说你比你的老师要好。如果孔子在，子贡听了这种话都会昏倒。没办法，孔子已经过世了，不认识他的人就出言不逊。

在子贡心目中，孔子绝不是一般人。连宰我都公开讲，尧舜比不上孔子。在孔子去世以后，学生们才发现，这样的人真是不容易。一般人看，孔子的生平很凄惨，三岁时父亲过世，十七岁时母亲过世，后来他结了婚，同父异母的哥哥也过世了，六十七岁时妻子过世，七十岁时儿子过世，有人会说他克父克母克妻克子，还克同父异母的哥哥。

命运无可选择，重要的是，在这个过程中能不能成就自己。我们发现，越是命途多舛，孔子的生命越是精彩，这种人格特质让学生们特别敬佩。“望之俨然，即之也温，听其言也厉。”(《论语·子张第十九》)远远看他是很庄重的样子，接近他是很温和的样子，听他说话是很严肃的，绝不会乱讲话。“子温而厉，威而不猛，恭而安”（出自《论语·述而第七》)，孔子情商很高，温和而严厉，威严而不凶猛，恭敬而安定。这是讲孔子的一种人格修养。在孔子过世后，学生们越想越是崇敬，尤其是子贡，据《孟子》记载，他为孔子守丧两个三年，整整五十个月，每天都守在坟墓边，也不上班了。在曲阜，我看到孔子的坟墓边有一座小平房，前面竖一座石碑，叫做“子贡庐墓处”。站在石碑边，我感触很深。孔子生前的成就其实有限，尤其是过世前十几年周游列国时期，跟着他的学生都吃了很多苦，可是在老师过世后，学生在内心里佩服他、崇拜他，觉得他太伟大了。

司马迁看到子贡的表现，忍不住也去了孔子的坟边，绕了几圈，感慨这样的人真了不起。“自天子王侯，中国言六艺者折中于夫子，可谓至圣矣！”(《史记·孔子世家》)历代也有很多贤明的帝王，连尧、舜、禹、汤、文、武、周公都不能和孔子相比。作为一个老百姓，对古代的经典，孔子删削修订，流传下来成为历代读书人的教材，建立起整体的价值观，也就是儒家的思想系统。孔子真是“其生也荣，其死也哀”。作为史学家，司马迁的评论有独到见解。

孟子这个人口气很大，说“当今之世，舍我其谁”（出自《孟子·公孙丑下》)，但是谈到孔子，他用了五个字——“心悦而诚服”（出自《孟子·公孙丑上》)，表示衷心的佩服。

孔子这个人，让最平凡的生命，活出最不平凡的人生。读过《论语》

我们知道，孔子回答弟子时，不单是因材施教，还能循循善诱。颜渊说：“夫子循循然善诱人，博我以文，约我以礼，欲罢不能。”（出自《论语·子罕第九》）孔子对学生说，我不是生下来就有知识的，只是“好古，敏以求之者也”（出自《论语·述而第七》）。喜欢古代的知识，快速地去学习，改造自己的生命达到完美程度。他认为，这些大家都可以做到。孔子的学生常常说，我能做到吗？“虽不能至，然心乡往之。”（出自《史记·孔子世家》）孟子说“乃所愿，则学孔子也”（《孟子·公孙丑上》），不学其他人，就希望学孔子。

到曲阜去，在城墙的正南门处，映入眼帘的是“万仞宫墙”四个字。我一般不喜欢太夸张的话。子贡只是说“数仞”，两三丈高，后人认为那算不了什么，就直接写成“万仞”，其实万仞宫墙是连鸟都飞不进去的。人死之后，一旦受到某种礼遇，就被肆意夸张。

子贡很实在，他说：“以房屋的围墙作比喻吧。我家的墙只有肩膀这么高，别人可以看到家里摆设的美好。老师家的围墙却有几丈高，如果找不到大门进去，就看不到里面宗庙的宏伟壮观与连绵房舍的多彩多姿。能够找到大门的人或许很少吧。”意思是，我有什么本事你可以知道，而我老师的本事不是你可以判断的。

这样的孔子，能说他是丧家狗吗？何忍如此说？凭什么如此说？这个世界本就不是哪一个人的家，哪一个人不是过客呢？又有谁比孔子的精神更丰富，更精美呢？

有学者讲孔子，只是根据外在资料去研究，仿佛把孔子当做一般人。那样能看透他吗？孔子说，没有人了解我，但是他的学生子贡也知道，孔子的思想展现出来是多么恢弘的场面，可称做“宗庙之美，百官之富”。从行为到言语，子贡真是不错的。

【19·24】 叔孙武叔毁仲尼。子贡曰：“无以为也！仲尼不可毁也。他人之贤者，丘陵也，犹可逾也；仲尼，日月也，无得而逾焉。人虽

欲自绝，其何伤于日月乎？多见其不知量也。”

叔孙武叔本来想抬举子贡压抑孔子，后来干脆直接批评孔子。子贡说：“不要这么做，仲尼是没有办法毁谤的。别人的才德表现，像是山丘一般，还可以去超越，仲尼则像太阳与月亮，不可能去超越。一个人即使想断绝自己与太阳、月亮的关系，对于太阳、月亮又有什么损害呢？只是显示了他不知自己的分量而已。”

说孔子像太阳、月亮，不能被超越，当然太夸张了，孔子也不愿意接受。孔子是平凡人，和我们一样平凡。但是他有特色，学不厌、教不倦，这就值得我们教书的学一辈子。他“十有五而志于学，三十而立，四十而不惑”，每十年就有成长，到七十岁就“从心所欲，不逾矩”。这些我们都可以去学，但是很少人做得到。问题在于，谁能像孔子一样一直奋斗，每十年就脱胎换骨达到更高境界？很少。

孔子为什么这么努力呢？因为人性向善。没有这个作为动力，为什么放着安逸日子不过，到老都要努力呢？因为人性向善，不可违背，只要是一个真诚的人，他的“向善”就产生力量，促使他提升到更高层次，去照顾更多的人。孔子的志向是“老者安之，朋友信之，少者怀之”，与他的“人性向善论”完全配合。因为“善”是我与别人之间适当关系的实现，别人包括天下人。孔子志向的定位，老者如何，少者如何，朋友如何，都是相互连贯的。

【19·25】陈子禽谓子贡曰：“子为恭也，仲尼岂贤于子乎？”子贡曰：“君子一言以为知，一言以为不知，言不可不慎也。夫子之不可及也，犹天之不可阶而升也。夫子之得邦家者，所谓立之斯立，道之斯行，绥之斯来，动之斯和。其生也荣，其死也哀，如之何其可及也？”

陈子禽问子贡，“您太谦虚了吧，仲尼的才德难道比得上您吗？”

这话说得太离谱了。这些人简直像小麻雀一样，没有见过大山。

子贡说："君子由一句话表现他的明智，由一句话表现他的不明智，所以说话不能不谨慎啊。我们没有办法赶上老师，就像靠楼梯没有办法爬上天一样。如果老师能在诸侯之国或大夫之家负责执政，我们所说的他都会做到。他要使百姓立足于社会，百姓就会立足于社会；他要引导百姓前进，百姓就会向前；他要安顿各方百姓，百姓就会前来投靠；他要动员百姓工作，百姓就会同心协力。当他活在世间时，人们以他为荣；当他不幸辞世时，人们为他悲泣。这怎么是我们赶得上的呢？"这是子贡对孔子所作的一个定论，讲得很好。

二十二 尧曰第二十（总结的话）

1.儒家原则

【学　生】您说到孔子的原则是通权达变，因地制宜，确定理想之后，可以行则行，可以止则止。我认为说起来容易做起来难，很容易导致儒家的学说被误解或者被利用。您在《傅佩荣细说孔子》这部书中也提到儒家的一个致命弱点，因为它是一种入世的学说，所以对现有的一切持肯定态度，也就容易被政治所利用。我想问，对于当今社会，应该怎么克服儒家的这个致命弱点？

【傅佩荣】这个问题非常好。儒家并不是肯定社会上现存的所有现象。孔子所谓“畏大人”，是因为不忍心老百姓遭受大动乱，失去生活的依靠。不管喜不喜欢社会的某些状况，都要先正面看待它。

譬如，迷信是不太好的，但是对于有某种迷信的人，如果立刻把他的迷信拿掉，他就没有任何信仰了，也许更危险。有一种迷信，他还能活得下去，告诉他这是迷信，打破了迷信，他的生命完全空了，可能活不下去了。如果试图破除别人的某些观念，必须有把握为他填补正确的观念。这是我长期和别人互动的原则。有时候破除很容易，破除之后他不一定接受新观念，就很危险。

《圣经》中耶稣讲过一个故事，一个人身上有好多魔鬼，他找耶稣驱魔。魔鬼被驱走之后到处游荡，找不到新的宿主，回头发现那个人也是到处晃荡，无事可做，就带了更多魔鬼寄宿在他身上。

类似的故事很多。饱暖思淫欲，一个人什么都有了，放松警惕的时候，问题就出来了；一个人努力做一件事的时候，怎么会有问题呢？内心是不可以放空的。

先秦最大的危机，在于两种虚无主义。第一种是价值观陷入虚无主义，礼坏乐崩，善恶不分；第二种是存在上陷入虚无主义，认为活着和死了没有什么差别，与其活着受苦，不如死了解脱。儒家针对的是第一种，因为当时礼坏乐崩，上行下效，老百姓"无所错手足"。儒家就要设法让人知道，要行善避恶。怎么行善呢？真诚是由内而发，产生力量，行善使自己的快乐也由内而发。

道家不一样，认为价值总是相对的，应该从根本的存在层面化解虚无主义，所以提出道。道是什么？四个字"究竟真实"。其他都是相对的真实。《老子》中提到的道，是自因的，本质包含存在的。

2.孤魂野鬼？

【学　生】有一种说法是，儒家在现代社会已经成为孤魂野鬼。您认为，儒家在中国社会的上层，比如精英阶层或者政治领导层，最有可为的地方在哪里？发展态势怎样？

【傅佩荣】那种说法的根据是什么？中国两千多年的政治，用四个字来说是“阳儒阴法”。阳儒，表明儒家依靠在法家建构的专制政体上，那么当清朝的专制王权灭亡了，儒家就无所依靠了。注意，被法家利用的是董仲舒之后的“独尊儒术”，是儒术而非儒家，只是一种应用技巧。他利用儒术作为教育材料，使老百姓遵从整个政治体制的要求。儒术也讲修身，目的是配合官方要求、官方需要。余英时先生说，清朝末年之后，专制政权瓦解了，儒家变成游魂了。

我所研究的儒家，是先秦孔孟的原典思想，一般历史学者不太看，因为孔孟理想从没有实现过，真正实现的是董仲舒的那一套。就这个意义讲，董仲舒那一套是游魂。

方东美先生最喜欢用“原始儒家”四个字，代表孔孟思想。孔孟思想在未来社会将会怎么样呢？当然不会是游魂。这是一套完整的思想系统，了解人性，建构了合理的价值观，包括非常具体的择善方法，每个人都可以用，要求人们对现实社会不断增加了解，以便更灵活地判断。

儒家提倡“守经达权”“通权达变”。“经”代表法则，“权”代表变。孟子强调做人不能固执，要通权达变。譬如有关“嫂溺，则援之以手乎”（出自《孟子·离娄上》）的问题。男女授受不亲是原则，救人的时候却要通达，如果为了坚持原则而不救人，儒家是要批判的。

儒家的思想是充满活力的，但是有个前提，要把它讲成“人性向善”。如果还要坚持“人性本善”，只有四个字——寸步难行，离开书本后走不到任何地方去。以“人性向善”解释《论语》《孟子》《中庸》《大学》，每一句话都能解释得通；以“人性本善”解释，每一句话都不通。譬如“君子有三戒”，既然“本善”为什么还要戒呢？按照朱熹的说法，因为人有气质之性。如果气质之性不是人性，那么一个人可能没有气质、没有血气吗？那就等于没有身体了，还算人吗？

这些绝不是围绕一两个词语的争论。对孔孟的全部文本加以理解，才能知道孔孟对人的深刻洞见。

我学习中西哲学四十年，认为孔孟思想是最好的人性论，最好的伦理学。西方伦理学和人性论，真是很辛苦，最后一切只能交给信仰——基督教，才能安顿自己的生命。再大的哲学家像黑格尔，建构哲学系统之后，不能够进行实践。西方人嘲笑黑格尔，说他建造了一个堂皇大殿，自己却住在旁边的狗窝里。其他西方大哲哪一个不是这样？讲到生命的安顿，一定要诉之于宗教，如果把宗教完全拿走，就纯粹是物竞天择的理论。

尼采很有理想，但是他的世界是封闭的，他想要永恒，没有别的表达方式，只能拥抱命运，热爱命运安排的一切。这样的哲学，启发性有限。尼采热情有余，生命却无法开展，最后发疯而死。他的哲学为什么是封闭的，不能接受一个超越界呢？他要与传统的上帝宣战。有时候上帝变成一个避风港，很多哲学家一旦问题不能解决，就把上帝从保险箱里面拿出来解围，解围之后又放回保险箱——这是西方人一贯的伎俩。

孔子知天命，他不以拟人的方式讲上帝如何运作，只是希望人们真诚，内在自有一种力量可以通天。《中庸》提到人可以“赞天地之化育”。学习儒家光有《论语》是不够的，《论语》虽然好，却是断编残简，虽然一句句的材料很真实，却不够完整。《孟子》不一样，论述比较完整，尤其是《告子篇》和《尽心篇》。《尽心篇》讲到人生的六种境界，非常精彩，从“可欲之谓善”到最后“圣而不可知之之谓神”（出自《孟子·尽心下》）。永远不要对人生设限，每一个人内心都有力量，可以促使他走向无限完美，不可想象。如果不讲“人性向善”，为什么会一直有向上提升的可能呢？既没有可能性，更没有必要性。这不在人的理性能够掌握的范围。

平凡人可以修炼成最高层次的人。方东美先生上课时常讲一句话，“要做一个人，就是要做成跟神一样”。孟子说“圣而不可知之之谓神”，

“神”代表人有神性，神圣性。《中庸》提到“天命之谓性”，也是类似的意思。“通天地人，曰儒”，儒家是通天地人的，要成为“大人”。以“人性向善”的说法，善达到完美，就是圣人。

論語

《论语之美》赠册

CNS PUBLISHING & MEDIA
湖南文艺出版社
HUNAN LITERATURE AND ART PUBLISHING HOUSE
博集天卷
CS-BOOKY

目 录

附录一

《论语》原文

● 学而第一

[1·1] 子曰："学而时习之，不亦说乎？有朋自远方来，不亦乐乎？人不知，而不愠，不亦君子乎？"

[1·2] 有子曰："其为人也孝弟，而好犯上者，鲜矣；不好犯上，而好作乱者，未之有也。君子务本，本立而道生。孝弟也者，其为仁之本与！"

[1·3] 子曰："巧言令色，鲜矣仁！"

[1·4] 曾子曰："吾日三省吾身：为人谋而不忠乎？与朋友交而不信乎？传不习乎？"

[1·5] 子曰："道千乘之国，敬事而信，节用而爱人，使民以时。"

[1·6] 子曰："弟子，入则孝，出则悌，谨而信，泛爱众，而亲仁。行有余力，则以学文。"

[1·7] 子夏曰："贤贤易色；事父母，能竭其力；事君，能致其身；与朋友交，言而有信。虽曰未学，吾必谓之学矣。"

[1·8] 子曰："君子不重，则不威；学则不固。主忠信。无友不如己者。过，则勿惮改。"

[1·9] 曾子曰："慎终，追远，民德归厚矣。"

[1·10] 子禽问于子贡曰："夫子至于是邦也，必闻其政。求之与？抑与之与？"子贡曰："夫子温、良、恭、俭、让以得之。夫子之求之也，其诸异乎人之求之与？"

[1·11] 子曰："父在，观其志；父没，观其行；三年无改于父之道，可谓孝矣。"

[1·12] 有子曰："礼之用，和为贵。先王之道，斯为美；小大由之。有所不行，知和而和，不以礼节之，亦不可行也。"

[1·13] 有子曰："信近于义，言可复也。恭近于礼，远耻辱也。因不失其亲，亦可宗也。"

[1·14] 子曰："君子食无求饱，居无求安，敏于事而慎于言，就有道而正焉，可谓好学也已。"

[1·15] 子贡曰："贫而无谄，富而无骄，何如？"子曰："可也；未若贫而乐道，富而好礼者也。"子贡曰："《诗》云：'如切如磋，如琢如磨'，其斯之谓与？"子曰："赐也，始可与言《诗》已矣，告诸往而知来者。"

[1·16] 子曰："不患人之不己知，患不知人也。"

● 为政第二

[2·1] 子曰："为政以德，譬如北辰居其所而众星共之。"

[2·2] 子曰："《诗》三百，一言以蔽之，曰：'思无邪。'"

[2·3] 子曰："道之以政，齐之以刑，民免而无耻；道之以德，齐之以礼，有耻且格。"

[2·4] 子曰："吾十有五而志于学，三十而立，四十而不惑，五十而知天命，六十而〔耳〕顺，七十而从心所欲，不逾矩。"

[2·5] 孟懿子问孝。子曰："无违。"

樊迟御，子告之曰："孟孙问孝于我，我对曰，无违。"樊迟曰："何谓也？”子曰：“生，事之以礼；死，葬之以礼，祭之以礼。”

[2·6] 孟武伯问孝。子曰：“父母唯其疾之忧。”

[2·7] 子游问孝。子曰：“今之孝者，是谓能养。至于犬马，皆能有养；不敬，何以别乎？”

[2·8] 子夏问孝。子曰：“色难。有事，弟子服其劳；有酒食，先生馔，曾是以为孝乎？”

[2·9] 子曰：“吾与回言终日，不违，如愚。退而省其私，亦足以发，回也不愚。”

[2·10] 子曰：“视其所以，观其所由，察其所安。人焉廋哉？人焉廋哉？”

[2·11] 子曰：“温故而知新，可以为师矣。”

[2·12] 子曰：“君子不器。”

[2·13] 子贡问君子。子曰：“先行其言而后从之。”

[2·14] 子曰：“君子周而不比，小人比而不周。”

[2·15] 子曰：“学而不思则罔，思而不学则殆。”

[2·16] 子曰：“攻乎异端，斯害也已。”

[2·17] 子曰：“由！诲女知之乎！知之为知之，不知为不知，是知也。”

[2·18] 子张学干禄。子曰：“多闻阙疑，慎言其余，则寡尤；多见阙殆，慎行其余，则寡悔。言寡尤，行寡悔，禄在其中矣。”

[2·19] 哀公问曰：“何为则民服？”孔子对曰：“举直错诸枉，则民服；举枉错诸直，则民不服。”

[2·20] 季康子问：“使民敬、忠以劝，如之何？”子曰：“临之以庄，则敬；孝慈，则忠；举善而教不能，则劝。”

[2·21] 或谓孔子曰：“子奚不为政？”子曰：“《书》云：‘孝乎惟孝，友于兄弟，施于有政。’是亦为政，奚其为为政？”

[2·22] 子曰：“人而无信，不知其可也。大车无輗，小车无軏，其何以行之哉？”

[2·23] 子张问："十世可知也？"子曰："殷因于夏礼，所损益，可知也；周因于殷礼，所损益，可知也。其或继周者，虽百世，可知也。"

[2·24] 子曰："非其鬼而祭之，谄也。见义不为，无勇也。"

● 八佾第三

[3·1] 孔子谓季氏，"八佾舞于庭，是可忍也，孰不可忍也？"

[3·2] 三家者以《雍》彻。子曰："'相维辟公，天子穆穆'，奚取于三家之堂？"

[3·3] 子曰："人而不仁，如礼何？人而不仁，如乐何？"

[3·4] 林放问礼之本。子曰："大哉问！礼，与其奢也，宁俭；丧，与其易也，宁戚。"

[3·5] 子曰："夷狄之有君，不如诸夏之亡也。"

[3·6] 季氏旅于泰山。子谓冉有曰："女弗能救与？"对曰："不能。"子曰："呜呼！曾谓泰山不如林放乎？"

[3·7] 子曰："君子无所争。必也射乎！揖让而升，下而饮。其争也君子。"

[3·8] 子夏问曰："'巧笑倩兮，美目盼兮，素以为绚兮。'何谓也？"子曰："绘事后素。"

曰："礼后乎？"子曰："起予者商也！始可与言《诗》已矣。"

[3·9] 子曰："夏礼，吾能言之，杞不足征也；殷礼，吾能言之，宋不足征也。文献不足故也。足，则吾能征之矣。"

[3·10] 子曰："禘自既灌而往者，吾不欲观之矣。"

[3·11] 或问禘之说。子曰："不知也；知其说者之于天下也，其如示诸斯乎！"指其掌。

[3·12] 祭如在，祭神如神在。子曰："吾不与，祭如不祭。"

[3·13] 王孙贾问曰："与其媚于奥，宁媚于灶，何谓也？"子曰："不然；获罪于天，无所祷也。"

[3·14] 子曰："周监于二代，郁郁乎文哉！吾从周。"

[3·15] 子入太庙，每事问。或曰："孰谓鄹人之子知礼乎？入太庙，每事问。"子闻之，曰："是礼也。"

[3·16] 子曰："射不主皮，为力不同科，古之道也。"

[3·17] 子贡欲去告朔之饩羊。子曰："赐也！尔爱其羊，我爱其礼。"

[3·18] 子曰："事君尽礼，人以为谄也。"

[3·19] 定公问："君使臣，臣事君，如之何？"孔子对曰："君使臣以礼，臣事君以忠。"

[3·20] 子曰："《关雎》，乐而不淫，哀而不伤。"

[3·21] 哀公问社于宰我。宰我对曰："夏后氏以松，殷人以柏，周人以栗，曰，使民战栗。"子闻之，曰："成事不说，遂事不谏，既往不咎。"

[3·22] 子曰："管仲之器小哉！"

或曰："管仲俭乎？"曰："管氏有三归，官事不摄，焉得俭？"

"然则管仲知礼乎？"曰："邦君树塞门，管氏亦树塞门。邦君为两君之好，有反坫，管氏亦有反坫。管氏而知礼，孰不知礼？"

[3·23] 子语鲁大师乐，曰："乐其可知也：始作，翕如也；从之，纯如也，皦如也，绎如也，以成。"

[3·24] 仪封人请见，曰："君子之至于斯也，吾未尝不得见也。"从者见之。出曰："二三子何患于丧乎？天下之无道也久矣，天将以夫子为木铎。"

[3·25] 子谓《韶》，"尽美矣，又尽善也"。谓《武》，"尽美矣，未尽善也"。

[3·26] 子曰："居上不宽，为礼不敬，临丧不哀，吾何以观之哉？"

● 里仁第四

[4·1] 子曰："里仁为美。择不处仁，焉得知？"

[4·2] 子曰："不仁者不可以久处约，不可以长处乐。仁者安仁，知者利仁。"

[4·3] 子曰："唯仁者能好人，能恶人。"

[4·4] 子曰："苟志于仁矣，无恶也。"

[4·5] 子曰："富与贵，是人之所欲也；不以其道得之，不处也。贫与贱，是人之所恶也；不以其道得之，不去也。君子去仁，恶乎成名？君子无终食之间违仁，造次必于是，颠沛必于是。"

[4·6] 子曰："我未见好仁者，恶不仁者。好仁者，无以尚之；恶不仁者，其为仁矣，不使不仁者加乎其身。有能一日用其力于仁矣乎？我未见力不足者。盖有之矣，我未之见也。"

[4·7] 子曰："人之过也，各于其党。观过，斯知仁矣。"

[4·8] 子曰："朝闻道，夕死可矣。"

[4·9] 子曰："士志于道，而耻恶衣恶食者，未足与议也。"

[4·10] 子曰："君子之于天下也，无适也，无莫也，义之与比。"

[4·11] 子曰："君子怀德，小人怀土；君子怀刑，小人怀惠。"

[4·12] 子曰："放于利而行，多怨。"

[4·13] 子曰："能以礼让为国乎？何有？不能以礼让为国，如礼何？"

[4·14] 子曰："不患无位，患所以立。不患莫己知，求为可知也。"

[4·15] 子曰："参乎！吾道一以贯之。"曾子曰："唯。"

子出，门人问曰："何谓也？"曾子曰："夫子之道，忠恕而已矣。"

[4·16] 子曰："君子喻于义，小人喻于利。"

[4·17] 子曰："见贤思齐焉，见不贤而内自省也。"

[4·18] 子曰："事父母几谏，见志不从，又敬不违，劳而不怨。"

[4·19] 子曰："父母在，不远游，游必有方。"

[4·20] 子曰："三年无改于父之道，可谓孝矣。"

[4·21] 子曰："父母之年，不可不知也。一则以喜，一则以惧。"

[4·22] 子曰："古者言之不出，耻躬之不逮也。"

[4·23] 子曰："以约失之者鲜矣！"

[4·24] 子曰："君子欲讷于言而敏于行。"

[4·25] 子曰："德不孤，必有邻。"

[4·26] 子游曰："事君数，斯辱矣；朋友数，斯疏矣。"

● 公冶长第五

[5·1] 子谓公冶长，"可妻也。虽在缧绁之中，非其罪也"。以其子妻之。

[5·2] 子谓南容，"邦有道，不废；邦无道，免于刑戮"。以其兄之子妻之。

[5·3] 子谓子贱，"君子哉若人！鲁无君子者，斯焉取斯？"

[5·4] 子贡问曰："赐也何如？"子曰："女，器也。"曰："何器也？"曰："瑚琏也。"

[5·5] 或曰："雍也仁而不佞。"子曰："焉用佞？御人以口给，屡憎于人。不知其仁，焉用佞？"

[5·6] 子使漆雕开仕。对曰："吾斯之未能信。"子说。

[5·7] 子曰："道不行，乘桴浮于海。从我者，其由与？"子路闻之喜。子曰："由也好勇过我，无所取材。"

[5·8] 孟武伯问："子路仁乎？"子曰："不知也。"又问。子曰："由也，千乘之国，可使治其赋也，不知其仁也。"

"求也何如？"子曰："求也，千室之邑，百乘之家，可使为之宰也，不知其仁也。"

"赤也何如？"子曰："赤也，束带立于朝，可使与宾客言也，不知其仁也。”

[5·9] 子谓子贡曰：“女与回也孰愈？”对曰：“赐也何敢望回？回也闻一以知十，赐也闻一以知二。”子曰：“弗如也；吾与女弗如也。”

[5·10] 宰予昼寝。子曰：“朽木不可雕也，粪土之墙不可杇也；于予与何诛？”子曰：“始吾于人也，听其言而信其行；今吾于人也，听其言而观其行。于予与改是。”

[5·11] 子曰：“吾未见刚者。”或对曰：“申枨。”子曰：“枨也欲，焉得刚？”

[5·12] 子贡曰：“我不欲人之加诸我也，吾亦欲无加诸人。”子曰：“赐也，非尔所及也。”

[5·13] 子贡曰：“夫子之文章，可得而闻也；夫子之言性与天道，不可得而闻也。”

[5·14] 子路有闻，未之能行，唯恐有闻。

[5·15] 子贡问曰：“孔文子何以谓之‘文’也？”子曰：“敏而好学，不耻下问，是以谓之‘文’也。”

[5·16] 子谓子产，“有君子之道四焉：其行己也恭，其事上也敬，其养民也惠，其使民也义。”

[5·17] 子曰：“晏平仲善与人交，久而敬之。”

[5·18] 子曰：“臧文仲居蔡，山节藻棁，何如其知也？”

[5·19] 子张问曰：“令尹子文三仕为令尹，无喜色；三已之，无愠色。旧令尹之政，必以告新令尹。何如？”子曰：“忠矣。”曰：“仁矣乎？”曰：“未知；——焉得仁？”

“崔子弑齐君，陈文子有马十乘，弃而违之。至于他邦，则曰：‘犹吾大夫崔子也。’违之。之一邦，则又曰：‘犹吾大夫崔子也。’违之。何如？”子曰：“清矣。”曰：“仁矣乎？”曰：“未知；——焉得仁？”

[5·20] 季文子三思而后行。子闻之，曰：“再，斯可矣。”

[5·21] 子曰：“宁武子，邦有道，则知；邦无道，则愚。其知可及也，

其愚不可及也。”

[5·22] 子在陈，曰：“归与！归与！吾党之小子狂简，斐然成章，不知所以裁之。”

[5·23] 子曰：“伯夷、叔齐不念旧恶，怨是用希。”

[5·24] 子曰：“孰谓微生高直？或乞醯焉，乞诸其邻而与之。”

[5·25] 子曰：“巧言、令色、足恭，左丘明耻之，丘亦耻之。匿怨而友其人，左丘明耻之，丘亦耻之。”

[5·26] 颜渊季路侍。子曰：“盍各言尔志？”

子路曰：“愿车马衣裘与朋友共敝之而无憾。”

颜渊曰：“愿无伐善，无施劳。”

子路曰：“愿闻子之志。”子曰：“老者安之，朋友信之，少者怀之。”

[5·27] 子曰：“已矣乎，吾未见能见其过而内自讼者也。”

[5·28] 子曰：“十室之邑，必有忠信如丘者焉，不如丘之好学也。”

● 雍也第六

[6·1] 子曰：“雍也可使南面。”

[6·2] 仲弓问子桑伯子。子曰：“可也简。”

仲弓曰：“居敬而行简，以临其民，不亦可乎？居简而行简，无乃大简乎？”子曰：“雍之言然。”

[6·3] 哀公问：“弟子孰为好学？”孔子对曰：“有颜回者好学，不迁怒，不贰过。不幸短命死矣，今也则亡，未闻好学者也。”

[6·4] 子华使于齐，冉子为其母请粟。子曰：“与之釜。”

请益。曰：“与之庾。”

冉子与之粟五秉。

子曰：“赤之适齐也，乘肥马，衣轻裘。吾闻之也：君子周急不继富。”

[6·5] 原思为之宰，与之粟九百，辞。子曰：“毋！以与尔邻里乡党乎！”

[6·6] 子谓仲弓，曰：“犁牛之子骍且角，虽欲勿用，山川其舍诸？”

[6·7] 子曰：“回也，其心三月不违仁，其余则日月至焉而已矣。”

[6·8] 季康子问：“仲由可使从政也与？”子曰：“由也果，于从政乎何有？”

曰：“赐也可使从政也与？”曰：“赐也达，于从政乎何有？”

曰：“求也可使从政也与？”曰：“求也艺，于从政乎何有？”

[6·9] 季氏使闵子骞为费宰。闵子骞曰：“善为我辞焉。如有复我者，则吾必在汶上矣。”

[6·10] 伯牛有疾，子问之，自牖执其手，曰：“亡之，命矣夫！斯人也而有斯疾也！斯人也而有斯疾也！”

[6·11] 子曰：“贤哉，回也！一箪食，一瓢饮，在陋巷，人不堪其忧，回也不改其乐。贤哉，回也！”

[6·12] 冉求曰：“非不说子之道，力不足也。”子曰：“力不足者，中道而废。今女画。”

[6·13] 子谓子夏曰：“女为君子儒！无为小人儒！”

[6·14] 子游为武城宰。子曰：“女得人焉耳乎？”曰：“有澹台灭明者，行不由径，非公事，未尝至于偃之室也。”

[6·15] 子曰：“孟之反不伐，奔而殿，将入门，策其马，曰：‘非敢后也，马不进也。’”

[6·16] 子曰：“不有祝鮀之佞，而有宋朝之美，难乎免于今之世矣。”

[6·17] 子曰：“谁能出不由户？何莫由斯道也？”

[6·18] 子曰：“质胜文则野，文胜质则史。文质彬彬，然后君子。”

[6·19] 子曰：“人之生也直，罔之生也幸而免。”

[6·20] 子曰：“知之者不如好之者，好之者不如乐之者。”

[6·21] 子曰：“中人以上，可以语上也；中人以下，不可以语上也。”

[6·22] 樊迟问知。子曰："务民之义，敬鬼神而远之，可谓知矣。"

问仁。曰："仁者先难而后获，可谓仁矣。"

[6·23] 子曰："知者乐水，仁者乐山。知者动，仁者静。知者乐，仁者寿。"

[6·24] 子曰："齐一变，至于鲁；鲁一变，至于道。"

[6·25] 子曰："觚不觚，觚哉！觚哉！"

[6·26] 宰我问曰："仁者，虽告之曰：'井有仁焉。'其从之也？"子曰："何为其然也？君子可逝也，不可陷也；可欺也，不可罔也。"

[6·27] 子曰："君子博学于文，约之以礼，亦可以弗畔矣夫。"

[6·28] 子见南子，子路不说。夫子矢之曰："予所否者，天厌之！天厌之！"

[6·29] 子曰："中庸之为德也，其至矣乎！民鲜久矣。"

[6·30] 子贡曰："如有博施于民而能济众，何如？可谓仁乎？"子曰："何事于仁！必也圣乎！尧舜其犹病诸！夫仁者，己欲立而立人，己欲达而达人。能近取譬，可谓仁之方也已。"

● 述而第七

[7·1] 子曰："述而不作，信而好古，窃比于我老彭。"

[7·2] 子曰："默而识之，学而不厌，诲人不倦，何有于我哉？"

[7·3] 子曰："德之不修，学之不讲，闻义不能徙，不善不能改，是吾忧也。"

[7·4] 子之燕居，申申如也，夭夭如也。

[7·5] 子曰："甚矣吾衰也！久矣吾不复梦见周公！"

[7·6] 子曰："志于道，据于德，依于仁，游于艺。"

[7·7] 子曰："自行束脩以上，吾未尝无诲焉。"

[7·8] 子曰："不愤不启，不悱不发。举一隅不以三隅反，则不复也。"

[7·9] 子食于有丧者之侧，未尝饱也。

[7·10] 子于是日哭，则不歌。

[7·11] 子谓颜渊曰："用之则行，舍之则藏，惟我与尔有是夫！"

子路曰："子行三军，则谁与？"

子曰："暴虎冯河，死而无悔者，吾不与也。必也临事而惧，好谋而成者也。"

[7·12] 子曰："富而可求也，虽执鞭之士，吾亦为之。如不可求，从吾所好。"

[7·13] 子之所慎：齐，战，疾。

[7·14] 子在齐闻《韶》，三月不知肉味，曰："不图为乐之至于斯也。"

[7·15] 冉有曰："夫子为卫君乎？"子贡曰："诺；吾将问之。"

入，曰："伯夷、叔齐何人也？"曰："古之贤人也。"曰："怨乎？"曰："求仁而得仁，又何怨？"

出，曰："夫子不为也。"

[7·16] 子曰："饭疏食饮水，曲肱而枕之，乐亦在其中矣。不义而富且贵，于我如浮云。"

[7·17] 子曰："加我数年，五十以学《易》，可以无大过矣。"

[7·18] 子所雅言，《诗》、《书》、执礼，皆雅言也。

[7·19] 叶公问孔子于子路，子路不对。子曰："女奚不曰，其为人也，发愤忘食，乐以忘忧，不知老之将至云尔。"

[7·20] 子曰："我非生而知之者，好古，敏以求之者也。"

[7·21] 子不语：怪，力，乱，神。

[7·22] 子曰："三人行，必有我师焉：择其善者而从之，其不善者而改之。"

[7·23] 子曰："天生德于予，桓魋其如予何？"

[7·24] 子曰："二三子以我为隐乎？吾无隐乎尔。吾无行而不与二三

子者，是丘也。”

[7·25] 子以四教：文，行，忠，信。

[7·26] 子曰：“圣人，吾不得而见之矣；得见君子者，斯可矣。”

子曰：“善人，吾不得而见之矣；得见有恒者，斯可矣。亡而为有，虚而为盈，约而为泰，难乎有恒矣。”

[7·27] 子钓而不纲，弋不射宿。

[7·28] 子曰：“盖有不知而作之者，我无是也。多闻，择其善者而从之；多见而识之；知之次也。”

[7·29] 互乡难与言，童子见，门人惑。子曰：“与其进也，不与其退也，唯何甚？人洁己以进，与其洁也，不保其往也。”

[7·30] 子曰：“仁远乎哉？我欲仁，斯仁至矣。”

[7·31] 陈司败问昭公知礼乎，孔子曰：“知礼。”

孔子退，揖巫马期而进之，曰：“吾闻君子不党，君子亦党乎？君取于吴，为同姓，谓之吴孟子。君而知礼，孰不知礼？”

巫马期以告。子曰：“丘也幸，苟有过，人必知之。”

[7·32] 子与人歌而善，必使反之，而后和之。

[7·33] 子曰：“文，莫吾犹人也。躬行君子，则吾未之有得。”

[7·34] 子曰：“若圣与仁，则吾岂敢？抑为之不厌，诲人不倦，则可谓云尔已矣。”公西华曰：“正唯弟子不能学也。”

[7·35] 子疾病，子路请祷。子曰：“有诸？”子路对曰：“有之；《诔》曰：‘祷尔于上下神祇。’”子曰：“丘之祷久矣。”

[7·36] 子曰：“奢则不孙，俭则固。与其不孙也，宁固。”

[7·37] 子曰：“君子坦荡荡，小人长戚戚。”

[7·38] 子温而厉，威而不猛，恭而安。

● 泰伯第八

[8·1] 子曰："泰伯，其可谓至德也已矣。三以天下让，民无得而称焉。"

[8·2] 子曰："恭而无礼则劳，慎而无礼则葸，勇而无礼则乱，直而无礼则绞。君子笃于亲，则民兴于仁；故旧不遗，则民不偷。"

[8·3] 曾子有疾，召门弟子曰："启予足！启予手！《诗》云：'战战兢兢，如临深渊，如履薄冰。'而今而后，吾知免夫！小子！"

[8·4] 曾子有疾，孟敬子问之。曾子言曰："鸟之将死，其鸣也哀；人之将死，其言也善。君子所贵乎道者三：动容貌，斯远暴慢矣；正颜色，斯近信矣；出辞气，斯远鄙倍矣。笾豆之事，则有司存。"

[8·5] 曾子曰："以能问于不能，以多问于寡；有若无，实若虚；犯而不校——昔者吾友尝从事于斯矣。"

[8·6] 曾子曰："可以托六尺之孤，可以寄百里之命，临大节而不可夺也——君子人与？君子人也。"

[8·7] 曾子曰："士不可以不弘毅，任重而道远。仁以为己任，不亦重乎？死而后已，不亦远乎？"

[8·8] 子曰："兴于《诗》，立于礼，成于乐。"

[8·9] 子曰："民可使由之，不可使知之。"

[8·10] 子曰："好勇疾贫，乱也。人而不仁，疾之已甚，乱也。"

[8·11] 子曰："如有周公之才之美，使骄且吝，其余不足观也已。"

[8·12] 子曰："三年学，不至于谷，不易得也。"

[8·13] 子曰："笃信好学，守死善道。危邦不入，乱邦不居。天下有道则见，无道则隐。邦有道，贫且贱焉，耻也；邦无道，富且贵焉，耻也。"

[8·14] 子曰："不在其位，不谋其政。"

[8·15] 子曰："师挚之始，《关雎》之乱，洋洋乎盈耳哉！"

[8·16] 子曰："狂而不直，侗而不愿，悾悾而不信，吾不知之矣。"

[8·17] 子曰："学如不及，犹恐失之。"

[8·18] 子曰："巍巍乎，舜禹之有天下也而不与焉！"

[8·19] 子曰："大哉尧之为君也！巍巍乎！唯天为大，唯尧则之。荡荡乎，民无能名焉。巍巍乎其有成功也，焕乎其有文章！"

[8·20] 舜有臣五人而天下治。武王曰："予有乱臣十人。"孔子曰："才难，不其然乎？唐虞之际，于斯为盛。有妇人焉，九人而已。三分天下有其二，以服事殷。周之德，其可谓至德也已矣。"

[8·21] 子曰："禹，吾无间然矣。非饮食而致孝乎鬼神，恶衣服而致美乎黻冕，卑宫室而尽力乎沟洫。禹，吾无间然矣。"

● 子罕第九

[9·1] 子罕言利与命与仁。

[9·2] 达巷党人曰："大哉孔子，博学而无所成名。"子闻之，谓门弟子曰："吾何执？执御乎，执射乎？吾执御矣。"

[9·3] 子曰："麻冕，礼也；今也纯，俭，吾从众。拜下，礼也；今拜乎上，泰也。虽违众，吾从下。"

[9·4] 子绝四：毋意，毋必，毋固，毋我。

[9·5] 子畏于匡，曰："文王既没，文不在兹乎？天之将丧斯文也，后死者不得与于斯文也；天之未丧斯文也，匡人其如予何？"

[9·6] 太宰问于子贡曰："夫子圣者与？何其多能也？"子贡曰："固天纵之将圣，又多能也。"

子闻之，曰："太宰知我乎？吾少也贱，故多能鄙事。君子多乎哉？不多也。"

[9·7] 牢曰："子云，'吾不试，故艺。'"

[9·8] 子曰："吾有知乎哉？无知也。有鄙夫问于我，空空如也。我叩其两端而竭焉。"

[9·9] 子曰："凤鸟不至，河不出图，吾已矣夫！"

[9·10] 子见齐衰者、冕衣裳者与瞽者。见之，虽少，必作；过之，必趋。

[9·11] 颜渊喟然叹曰："仰之弥高，钻之弥坚。瞻之在前，忽焉在后。夫子循循然善诱人，博我以文，约我以礼，欲罢不能。既竭吾才，如有所立卓尔。虽欲从之，末由也已。"

[9·12] 子疾病，子路使门人为臣。病间，曰："久矣哉，由之行诈也！无臣而为有臣。吾谁欺？欺天乎！且予与其死于臣之手也，无宁死于二三子之手乎！且予纵不得大葬，予死于道路乎？"

[9·13] 子贡曰："有美玉于斯，韫椟而藏诸？求善贾而沽诸？"子曰："沽之哉！沽之哉！我待贾者也。"

[9·14] 子欲居九夷。或曰："陋，如之何？"子曰："君子居之，何陋之有？"

[9·15] 子曰："吾自卫反鲁，然后乐正，《雅》、《颂》各得其所。"

[9·16] 子曰："出则事公卿，入则事父兄，丧事不敢不勉，不为酒困，何有于我哉？"

[9·17] 子在川上，曰："逝者如斯夫，不舍昼夜。"

[9·18] 子曰："吾未见好德如好色者也。"

[9·19] 子曰："譬如为山，未成一篑，止，吾止也。譬如平地，虽覆一篑，进，吾往也。"

[9·20] 子曰："语之而不惰者，其回也与！"

[9·21] 子谓颜渊，曰："惜乎！吾见其进也，未见其止也。"

[9·22] 子曰："苗而不秀者有矣夫！秀而不实者有矣夫！"

[9·23] 子曰："后生可畏，焉知来者之不如今也？四十、五十而无闻焉，斯亦不足畏也已。"

[9·24] 子曰："法语之言，能无从乎？改之为贵。巽与之言，能无说乎？绎之为贵。说而不绎，从而不改，吾末如之何也已矣。"

[9·25] 子曰："主忠信，毋友不如己者，过者勿惮改。"

[9·26] 子曰："三军可夺帅也，匹夫不可夺志也。"

[9·27] 子曰："衣敝缊袍，与衣狐貉者立，而不耻者，其由也与？'不忮不求，何用不臧？'"子路终身诵之。子曰："是道也，何足以臧？"

[9·28] 子曰："岁寒，然后知松柏之后凋也。"

[9·29] 子曰："知者不惑，仁者不忧，勇者不惧。"

[9·30] 子曰："可与共学，未可与适道；可与适道，未可与立；可与立，未可与权。"

[9·31] "唐棣之华，偏其反而。岂不尔思？室是远而。"子曰："未之思也，夫何远之有？"

● 乡党第十

[10·1] 孔子于乡党，恂恂如也，似不能言者。

其在宗庙朝廷，便便言，唯谨尔。

[10·2] 朝，与下大夫言，侃侃如也；与上大夫言，訚訚如也。君在，踧踖如也，与与如也。

[10·3] 君召使摈，色勃如也，足躩如也。揖所与立，左右手，衣前后，襜如也。趋进，翼如也。宾退，必复命曰："宾不顾矣。"

[10·4] 入公门，鞠躬如也，如不容。

立不中门，行不履阈。

过位，色勃如也，足躩如也，其言似不足者。

摄齐升堂，鞠躬如也，屏气似不息者。

出，降一等，逞颜色，怡怡如也。

没阶，趋进，翼如也。

复其位，踧踖如也。

[10·5] 执圭，鞠躬如也，如不胜。上如揖，下如授。勃如战色，足蹜蹜如有循。

享礼，有容色。

私觌，愉愉如也。

[10·6] 君子不以绀緅饰，红紫不以为亵服。

当暑，袗絺绤，必表而出之。

缁衣，羔裘；素衣，麑裘；黄衣，狐裘。

亵裘长，短右袂。

必有寝衣，长一身有半。

狐貉之厚以居。

去丧，无所不佩。

非帷裳，必杀之。

羔裘玄冠不以吊。

吉月，必朝服而朝。

[10·7] 齐，必有明衣，布。

齐必变食，居必迁坐。

[10·8] 食不厌精，脍不厌细。食饐而餲，鱼馁而肉败，不食。色恶，不食。臭恶，不食。失饪，不食。不时，不食。割不正，不食。不得其酱，不食。

肉虽多，不使胜食气。

唯酒无量，不及乱。

沽酒市脯不食。

不撤姜食，不多食。

[10·9] 祭于公，不宿肉。祭肉不出三日。出三日，不食之矣。

[10·10] 食不语，寝不言。

[10·11] 虽疏食菜羹，必祭，必齐如也。

[10·12] 席不正，不坐。

[10·13] 乡人饮酒，杖者出，斯出矣。

[10·14] 乡人傩，朝服而立于阼阶。

[10·15] 问人于他邦，再拜而送之。

[10·16] 康子馈药，拜而受之。曰："丘未达，不敢尝。"

[10·17] 厩焚。子退朝，曰："伤人乎？"不问马。

[10·18] 君赐食，必正席先尝之。君赐腥，必熟而荐之。君赐生，必畜之。

侍食于君，君祭，先饭。

[10·19] 疾，君视之，东首，加朝服，拖绅。

[10·20] 君命召，不俟驾行矣。

[10·21] 入太庙，每事问。

[10·22] 朋友死，无所归，曰："于我殡。"

[10·23] 朋友之馈，虽车马，非祭肉，不拜。

[10·24] 寝不尸，居不客。

[10·25] 见齐衰者，虽狎，必变。见冕者与瞽者，虽亵，必以貌。

凶服者式之。式负版者。

有盛馔，必变色而作。

迅雷风烈必变。

[10·26] 升车，必正立，执绥。

车中，不内顾，不疾言，不亲指。

[10·27] 色斯举矣，翔而后集。曰："山梁雌雉，时哉时哉！"子路共之，三嗅而作。

● 先进第十一

[11·1] 子曰："先进于礼乐，野人也；后进于礼乐，君子也。如用之，

则吾从先进。”

[11·2] 子曰：“从我于陈、蔡者，皆不及门也。”

[11·3] 德行：颜渊，闵子骞，冉伯牛，仲弓。言语：宰我，子贡。政事：冉有，季路。文学：子游，子夏。

[11·4] 子曰：“回也非助我者也，于吾言无所不说。”

[11·5] 子曰：“孝哉闵子骞！人不间于其父母昆弟之言。”

[11·6] 南容三复白圭，孔子以其兄之子妻之。

[11·7] 季康子问：“弟子孰为好学？”孔子对曰：“有颜回者好学，不幸短命死矣，今也则亡。”

[11·8] 颜渊死，颜路请子之车以为之椁。子曰：“才不才，亦各言其子也。鲤也死，有棺而无椁。吾不徒行以为之椁。以吾从大夫之后，不可徒行也。”

[11·9] 颜渊死。子曰：“噫！天丧予！天丧予！”

[11·10] 颜渊死，子哭之恸。从者曰：“子恸矣！”曰：“有恸乎？非夫人之为恸而谁为？”

[11·11] 颜渊死，门人欲厚葬之。子曰：“不可。”

门人厚葬之。子曰：“回也视予犹父也，予不得视犹子也。非我也，夫二三子也。”

[11·12] 季路问事鬼神。子曰：“未能事人，焉能事鬼？”曰：“敢问死。”曰：“未知生，焉知死？”

[11·13] 闵子侍侧，訚訚如也；子路，行行如也；冉有、子贡，侃侃如也。子乐。“若由也，不得其死然。”

[11·14] 鲁人为长府。闵子骞曰：“仍旧贯，如之何？何必改作？”子曰：“夫人不言，言必有中。”

[11·15] 子曰：“由之瑟奚为于丘之门？”门人不敬子路。子曰：“由也升堂矣，未入于室也。”

[11·16] 子贡问：“师与商也孰贤？”子曰：“师也过，商也不及。”

曰："然则师愈与？"子曰："过犹不及。"

[11 · 17] 季氏富于周公，而求也为之聚敛而附益之。子曰："非吾徒也，小子鸣鼓而攻之，可也。"

[11 · 18] 柴也愚，参也鲁，师也辟，由也喭。

[11 · 19] 子曰："回也其庶乎，屡空。赐不受命，而货殖焉，亿则屡中。"

[11 · 20] 子张问善人之道。子曰："不践迹，亦不入于室。"

[11 · 21] 子曰："论笃是与。君子者乎？色庄者乎？"

[11 · 22] 子路问："闻斯行诸？"子曰："有父兄在，如之何其闻斯行之？"

冉有问："闻斯行诸？"子曰："闻斯行之。"

公西华曰："由也问闻斯行诸，子曰，'有父兄在'；求也问闻斯行诸，子曰，'闻斯行之'。赤也惑，敢问。"子曰："求也退，故进之；由也兼人，故退之。"

[11 · 23] 子畏于匡，颜渊后。子曰："吾以女为死矣。"曰："子在，回何敢死？"

[11 · 24] 季子然问："仲由、冉求可谓大臣与？"子曰："吾以子为异之问，曾由与求之问。所谓大臣者，以道事君，不可则止。今由与求也，可谓具臣矣。"

曰："然则从之者与？"子曰："弑父与君，亦不从也。"

[11 · 25] 子路使子羔为费宰。子曰："贼夫人之子。"

子路曰："有民人焉，有社稷焉，何必读书，然后为学？"

子曰："是故恶夫佞者。"

[11 · 26] 子路、曾皙、冉有、公西华侍坐。

子曰："以吾一日长乎尔，毋吾以也。居则曰：'不吾知也！'如或知尔，则何以哉？"

子路率尔而对曰："千乘之国，摄乎大国之间，加之以师旅，因之以饥馑；由也为之，比及三年，可使有勇，且知方也。”

夫子哂之。

“求！尔何如？”

对曰：“方六七十，如五六十，求也为之，比及三年，可使足民。如其礼乐，以俟君子。”

“赤！尔何如？”

对曰：“非曰能之，愿学焉。宗庙之事，如会同，端章甫，愿为小相焉。”

“点！尔何如？”

鼓瑟希，铿尔，舍瑟而作，对曰：“异乎三子者之撰。”

子曰：“何伤乎？亦各言其志也。”

曰：“莫春者，春服既成，冠者五六人，童子六七人，浴乎沂，风乎舞雩，咏而归。”

夫子喟然叹曰：“吾与点也！”

三子者出，曾皙后。曾皙曰：“夫三子者之言何如？”

子曰：“亦各言其志也已矣。”

曰：“夫子何哂由也？”

曰：“为国以礼，其言不让，是故哂之。”

“唯求则非邦也与？”

“安见方六七十如五六十而非邦也者？”

“唯赤则非邦也与？”

“宗庙会同，非诸侯而何？赤也为之小，孰能为之大？”

● 颜渊第十二

[12·1] 颜渊问仁。子曰：“克己复礼为仁。一日克己复礼，天下归

仁焉。为仁由己，而由人乎哉？”

颜渊曰：“请问其目？”子曰：“非礼勿视，非礼勿听，非礼勿言，非礼勿动。”

颜渊曰：“回虽不敏，请事斯语矣。”

[12·2] 仲弓问仁。子曰：“出门如见大宾，使民如承大祭。己所不欲，勿施于人。在邦无怨，在家无怨。”

仲弓曰：“雍虽不敏，请事斯语矣。”

[12·3] 司马牛问仁。子曰：“仁者，其言也讱。”

曰：“其言也讱，斯谓之仁已乎？”子曰：“为之难，言之得无讱乎？”

[12·4] 司马牛问君子。子曰：“君子不忧不惧。”

曰：“不忧不惧，斯谓之君子已乎？”子曰：“内省不疚，夫何忧何惧？”

[12·5] 司马牛忧曰：“人皆有兄弟，我独亡。”子夏曰：“商闻之矣：死生有命，富贵在天。君子敬而无失，与人恭而有礼。四海之内，皆兄弟也——君子何患乎无兄弟也？”

[12·6] 子张问明。子曰：“浸润之谮，肤受之愬，不行焉，可谓明也已矣。浸润之谮，肤受之愬，不行焉，可谓远也已矣。”

[12·7] 子贡问政。子曰：“足食，足兵，民信之矣。”

子贡曰：“必不得已而去，于斯三者何先？”曰：“去兵。”

子贡曰：“必不得已而去，于斯二者何先？”曰：“去食。自古皆有死，民无信不立。”

[12·8] 棘子成曰：“君子质而已矣，何以文为？”子贡曰：“惜乎，夫子之说君子也！驷不及舌。文犹质也，质犹文也。虎豹之鞟犹犬羊之鞟。”

[12·9] 哀公问于有若曰：“年饥，用不足，如之何？”

有若对曰：“盍彻乎？”

曰：“二，吾犹不足，如之何其彻也？”

对曰：“百姓足，君孰与不足？百姓不足，君孰与足？”

[12·10] 子张问崇德辨惑。子曰：“主忠信，徙义，崇德也。爱之

欲其生，恶之欲其死。既欲其生，又欲其死，是惑也。‘诚不以富，亦只以异。’”

[12·11] 齐景公问政于孔子。孔子对曰：“君君，臣臣，父父，子子。”公曰：“善哉！信如君不君，臣不臣，父不父，子不子，虽有粟，吾得而食诸？”

[12·12] 子曰：“片言可以折狱者，其由也与？”

子路无宿诺。

[12·13] 子曰：“听讼，吾犹人也。必也使无讼乎！”

[12·14] 子张问政。子曰：“居之无倦，行之以忠。”

[12·15] 子曰：“博学于文，约之以礼，亦可以弗畔矣夫！”

[12·16] 子曰：“君子成人之美，不成人之恶。小人反是。”

[12·17] 季康子问政于孔子。孔子对曰：“政者，正也。子帅以正，孰敢不正？”

[12·18] 季康子患盗，问于孔子。孔子对曰：“苟子之不欲，虽赏之不窃。”

[12·19] 季康子问政于孔子曰：“如杀无道，以就有道，何如？”孔子对曰：“子为政，焉用杀？子欲善而民善矣。君子之德风，小人之德草。草上之风，必偃。”

[12·20] 子张问：“士何如斯可谓之达矣？”子曰：“何哉，尔所谓达者？”子张对曰：“在邦必闻，在家必闻。”子曰：“是闻也，非达也。夫达也者，质直而好义，察言而观色，虑以下人。在邦必达，在家必达。夫闻也者，色取仁而行违，居之不疑。在邦必闻，在家必闻。”

[12·21] 樊迟从游于舞雩之下，曰：“敢问崇德，修慝，辨惑。”子曰：“善哉问！先事后得，非崇德与？攻其恶，无攻人之恶，非修慝与？一朝之忿，忘其身，以及其亲，非惑与？”

[12·22] 樊迟问仁。子曰：“爱人。”问知。子曰：“知人。”

樊迟未达。子曰：“举直错诸枉，能使枉者直。”

樊迟退，见子夏曰："乡也吾见于夫子而问知，子曰：'举直错诸枉，能使枉者直。'何谓也？"子夏曰："富哉言乎！舜有天下，选于众，举皋陶，不仁者远矣。汤有天下，选于众，举伊尹，不仁者远矣。"

[12·23] 子贡问友。子曰："忠告而善道之，不可则止，毋自辱焉。"

[12·24] 曾子曰："君子以文会友，以友辅仁。"

● 子路第十三

[13·1] 子路问政。子曰："先之劳之。"请益。曰："无倦。"

[13·2] 仲弓为季氏宰，问政。子曰："先有司，赦小过，举贤才。"曰："焉知贤才而举之？"子曰："举尔所知；尔所不知，人其舍诸？"

[13·3] 子路曰："卫君待子而为政，子将奚先？"

子曰："必也正名乎！"

子路曰："有是哉，子之迂也！奚其正？"

子曰："野哉，由也！君子于其所不知，盖阙如也。名不正，则言不顺；言不顺，则事不成；事不成，则礼乐不兴；礼乐不兴，则刑罚不中；刑罚不中，则民无所错手足。故君子名之必可言也，言之必可行也。君子于其言，无所苟而已矣。"

[13·4] 樊迟请学稼。子曰："吾不如老农。"请学为圃。曰："吾不如老圃。"

樊迟出。子曰："小人哉，樊须也！上好礼，则民莫敢不敬；上好义，则民莫敢不服；上好信，则民莫敢不用情。夫如是，则四方之民襁负其子而至矣，焉用稼？"

[13·5] 子曰："诵《诗》三百，授之以政，不达；使于四方，不能专对；虽多，亦奚以为？"

[13·6] 子曰："其身正，不令而行；其身不正，虽令不从。"

[13·7] 子曰："鲁卫之政，兄弟也。"

[13·8] 子谓卫公子荆，"善居室。始有，曰：'苟合矣。'少有，曰：'苟完矣。'富有，曰：'苟美矣。'"

[13·9] 子适卫，冉有仆。子曰："庶矣哉！"

冉有曰："既庶矣，又何加焉？"曰："富之。"

曰："既富矣，又何加焉？"曰："教之。"

[13·10] 子曰："苟有用我者，期月而已可也，三年有成。"

[13·11] 子曰："'善人为邦百年，亦可以胜残去杀矣。'诚哉是言也！"

[13·12] 子曰："如有王者，必世而后仁。"

[13·13] 子曰："苟正其身矣，于从政乎何有？不能正其身，如正人何？"

[13·14] 冉子退朝。子曰："何晏也？"对曰："有政。"子曰："其事也，如有政，虽不吾以，吾其与闻之。"

[13·15] 定公问："一言而可以兴邦，有诸？"

孔子对曰："言不可以若是其几也。人之言曰：'为君难，为臣不易。'如知为君之难也，不几乎一言而兴邦乎？"

曰："一言而丧邦，有诸？"

孔子对曰："言不可以若是其几也。人之言曰：'予无乐乎为君，唯其言而莫予违也。'如其善而莫之违也，不亦善乎？如不善而莫之违也，不几乎一言而丧邦乎？"

[13·16] 叶公问政。子曰："近者说，远者来。"

[13·17] 子夏为莒父宰，问政。子曰："无欲速，无见小利。欲速，则不达；见小利，则大事不成。"

[13·18] 叶公语孔子曰："吾党有直躬者，其父攘羊，而子证之。"孔子曰："吾党之直者异于是：父为子隐，子为父隐。——直在其中矣。"

[13·19] 樊迟问仁。子曰："居处恭，执事敬，与人忠。虽之夷狄，

不可弃也。”

[13·20] 子贡问曰：“何如斯可谓之士矣？”子曰：“行己有耻，使于四方，不辱君命，可谓士矣。”

曰：“敢问其次。”曰：“宗族称孝焉，乡党称弟焉。”曰：“敢问其次。”

曰：“言必信，行必果，硁硁然小人哉！——抑亦可以为次矣。”

曰：“今之从政者何如？”子曰：“噫！斗筲之人，何足算也？”

[13·21] 子曰：“不得中行而与之，必也狂狷乎！狂者进取，狷者有所不为也。”

[13·22] 子曰：“南人有言曰：‘人而无恒，不可以作巫医。’善夫！”

“不恒其德，或承之羞。”子曰：“不占而已矣。”

[13·23] 子曰：“君子和而不同，小人同而不和。”

[13·24] 子贡问曰：“乡人皆好之，何如？”子曰：“未可也。”

“乡人皆恶之，何如？”子曰：“未可也；不如乡人之善者好之，其不善者恶之。”

[13·25] 子曰：“君子易事而难说也。说之不以道，不说也；及其使人也，器之。小人难事而易说也。说之虽不以道，说也；及其使人也，求备焉。”

[13·26] 子曰：“君子泰而不骄，小人骄而不泰。”

[13·27] 子曰：“刚、毅、木、讷近仁。”

[13·28] 子路问曰：“何如斯可谓之士矣？”子曰：“切切偲偲，怡怡如也，可谓士矣。朋友切切偲偲，兄弟怡怡。”

[13·29] 子曰：“善人教民七年，亦可以即戎矣。”

[13·30] 子曰：“以不教民战，是谓弃之。”

● 宪问第十四

[14·1] 宪问耻。子曰：“邦有道，谷；邦无道，谷，耻也。”

“克、伐、怨、欲不行焉，可以为仁矣？”子曰：“可以为难矣，仁则吾不知也。”

[14·2] 子曰：“士而怀居，不足以为士矣。”

[14·3] 子曰：“邦有道，危言危行；邦无道，危行言孙。”

[14·4] 子曰：“有德者必有言，有言者不必有德。仁者必有勇，勇者不必有仁。”

[14·5] 南宫适问于孔子曰：“羿善射，奡荡舟，俱不得其死然。禹稷躬稼而有天下。”夫子不答。

南宫适出，子曰：“君子哉若人！尚德哉若人！”

[14·6] 子曰：“君子而不仁者有矣夫，未有小人而仁者也。”

[14·7] 子曰：“爱之，能勿劳乎？忠焉，能勿诲乎？”

[14·8] 子曰：“为命，裨谌草创之，世叔讨论之，行人子羽修饰之，东里子产润色之。”

[14·9] 或问子产。子曰：“惠人也。”

问子西。曰：“彼哉！彼哉！”

问管仲。曰：“人也。夺伯氏骈邑三百，饭疏食，没齿无怨言。”

[14·10] 子曰：“贫而无怨难，富而无骄易。”

[14·11] 子曰：“孟公绰为赵魏老则优，不可以为滕、薛大夫。”

[14·12] 子路问成人。子曰：“若臧武仲之知，公绰之不欲，卞庄子之勇，冉求之艺，文之以礼乐，亦可以为成人矣。”曰：“今之成人者何必然？见利思义，见危授命，久要不忘平生之言，亦可以为成人矣。”

[14·13] 子问公叔文子于公明贾曰：“信乎，夫子不言，不笑，不取乎？”

公明贾对曰：“以告者过也。夫子时然后言，人不厌其言；乐然后笑，人不厌其笑；义然后取，人不厌其取。”

子曰：“其然？岂其然乎？”

[14·14] 子曰：“臧武仲以防求为后于鲁，虽曰不要君，吾不信也。”

[14·15] 子曰："晋文公谲而不正，齐桓公正而不谲。"

[14·16] 子路曰："桓公杀公子纠，召忽死之，管仲不死。"曰："未仁乎？"子曰："桓公九合诸侯，不以兵车，管仲之力也。如其仁！如其仁！"

[14·17] 子贡曰："管仲非仁者与？桓公杀公子纠，不能死，又相之。"子曰："管仲相桓公，霸诸侯，一匡天下，民到于今受其赐。微管仲，吾其被发左衽矣。岂若匹夫匹妇之为谅也，自经于沟渎而莫之知也？"

[14·18] 公叔文子之臣大夫僎，与文子同升诸公。子闻之，曰："可以为'文'矣。"

[14·19] 子言卫灵公之无道也，康子曰："夫如是，奚而不丧？"孔子曰："仲叔圉治宾客，祝鮀治宗庙，王孙贾治军旅。夫如是，奚其丧？"

[14·20] 子曰："其言之不怍，则为之也难。"

[14·21] 陈成子弑简公。孔子沐浴而朝，告于哀公曰："陈恒弑其君，请讨之。"公曰："告夫三子！"

孔子曰："以吾从大夫之后，不敢不告也。君曰'告夫三子'者！"

之三子告，不可。孔子曰："以吾从大夫之后，不敢不告也。"

[14·22] 子路问事君。子曰："勿欺也，而犯之。"

[14·23] 子曰："君子上达，小人下达。"

[14·24] 子曰："古之学者为己，今之学者为人。"

[14·25] 蘧伯玉使人于孔子，孔子与之坐而问焉，曰："夫子何为？"对曰："夫子欲寡其过而未能也。"

使者出。子曰："使乎！使乎！"

[14·26] 子曰："不在其位，不谋其政。"

曾子曰："君子思不出其位。"

[14·27] 子曰："君子耻其言而过其行。"

[14·28] 子曰："君子道者三，我无能焉：仁者不忧，知者不惑，勇者不惧。"子贡曰："夫子自道也。"

[14·29] 子贡方人。子曰："赐也贤乎哉？夫我则不暇。"

[14·30] 子曰："不患人之不己知，患其不能也。"

[14·31] 子曰："不逆诈，不亿不信，抑亦先觉者，是贤乎！"

[14·32] 微生亩谓孔子曰："丘何为是栖栖者与？无乃为佞乎？"孔子曰："非敢为佞也，疾固也。"

[14·33] 子曰："骥不称其力，称其德也。"

[14·34] 或曰："以德报怨，何如？"子曰："何以报德？以直报怨，以德报德。"

[14·35] 子曰："莫我知也夫！"子贡曰："何为其莫知子也？"子曰："不怨天，不尤人，下学而上达。知我者其天乎！"

[14·36] 公伯寮愬子路于季孙。子服景伯以告，曰："夫子固有惑志于公伯寮，吾力犹能肆诸市朝。"

子曰："道之将行也与，命也；道之将废也与，命也。公伯寮其如命何！"

[14·37] 子曰："贤者辟世，其次辟地，其次辟色，其次辟言。"

子曰："作者七人矣。"

[14·38] 子路宿于石门。晨门曰："奚自？"子路曰："自孔氏。"曰："是知其不可而为之者与？"

[14·39] 子击磬于卫，有荷蒉而过孔氏之门者，曰："有心哉，击磬乎！"既而曰："鄙哉，硁硁乎！莫己知也，斯己而已矣。深则厉，浅则揭。"子曰："果哉！末之难矣。"

[14·40] 子张曰："《书》云，'高宗谅阴，三年不言。'何谓也？"子曰："何必高宗，古之人皆然。君薨，百官总己以听于冢宰三年。"

[14·41] 子曰："上好礼，则民易使也。"

[14·42] 子路问君子。子曰："修己以敬。"

曰："如斯而已乎？"曰："修己以安人。"

曰："如斯而已乎？"曰："修己以安百姓。修己以安百姓，尧舜其犹病诸。"

[14·43] 原壤夷俟。子曰："幼而不孙弟，长而无述焉，老而不死，是为贼。"以杖叩其胫。

[14·44] 阙党童子将命。或问之曰："益者与？"子曰："吾见其居于位也，见其与先生并行也。非求益者也，欲速成者也。"

● 卫灵公第十五

[15·1] 卫灵公问陈于孔子。孔子对曰："俎豆之事，则尝闻之矣；军旅之事，未之学也。"明日遂行。

[15·2] 在陈绝粮，从者病，莫能兴。子路愠见曰："君子亦有穷乎？"子曰："君子固穷，小人穷斯滥矣。"

[15·3] 子曰："赐也，女以予为多学而识之者与？"对曰："然，非与？"曰："非也，予一以贯之。"

[15·4] 子曰："由，知德者鲜矣。"

[15·5] 子曰："无为而治者其舜也与？夫何为哉？恭己正南面而已矣。

[15·6] 子张问行。子曰："言忠信，行笃敬，虽蛮貊之邦，行矣。言不忠信，行不笃敬，虽州里，行乎哉？立则见其参于前也，在舆则见其倚于衡也，夫然后行。"子张书诸绅。

[15·7] 子曰："直哉史鱼！邦有道，如矢；邦无道，如矢。君子哉蘧伯玉！邦有道，则仕；邦无道，则可卷而怀之。"

[15·8] 子曰："可与言而不与言，失人；不可与言而与之言，失言。知者不失人，亦不失言。"

[15·9] 子曰："志士仁人，无求生以害仁，有杀身以成仁。"

[15·10] 子贡问为仁。子曰："工欲善其事，必先利其器。居是邦也，事其大夫之贤者，友其士之仁者。"

[15·11] 颜渊问为邦。子曰："行夏之时，乘殷之辂，服周之冕，乐则《韶》、《舞（武）》。放郑声，远佞人。郑声淫，佞人殆。"

[15·12] 子曰："人无远虑，必有近忧。"

[15·13] 子曰："已矣乎！吾未见好德如好色者也。"

[15·14] 子曰："臧文仲其窃位者与！知柳下惠之贤而不与立也。"

[15·15] 子曰："躬自厚而薄责于人，则远怨矣。"

[15·16] 子曰："不曰'如之何，如之何'者，吾末如之何也已矣！"

[15·17] 子曰："群居终日，言不及义，好行小慧，难矣哉！"

[15·18] 子曰："君子义以为质，礼以行之，孙以出之，信以成之。君子哉！"

[15·19] 子曰："君子病无能焉，不病人之不己知也。"

[15·20] 子曰："君子疾没世而名不称焉。"

[15·21] 子曰："君子求诸己，小人求诸人。"

[15·22] 子曰："君子矜而不争，群而不党。"

[15·23] 子曰："君子不以言举人，不以人废言。"

[15·24] 子贡问曰："有一言而可以终身行之者乎？"子曰："其恕乎！己所不欲，勿施于人。"

[15·25] 子曰："吾之于人也，谁毁谁誉？如有所誉者，其有所试矣。斯民也，三代之所以直道而行也。"

[15·26] 子曰："吾犹及史之阙文也。有马者借人乘之，今亡矣夫！"

[15·27] 子曰："巧言乱德。小不忍，则乱大谋。"

[15·28] 子曰："众恶之，必察焉；众好之，必察焉。"

[15·29] 子曰："人能弘道，非道弘人。"

[15·30] 子曰："过而不改，是谓过矣。"

[15·31] 子曰："吾尝终日不食，终夜不寝，以思，无益，不如学也。"

[15·32] 子曰："君子谋道不谋食。耕也，馁在其中矣；学也，禄在其中矣。君子忧道不忧贫。"

[15·33] 子曰："知及之，仁不能守之；虽得之，必失之。知及之，仁能守之。不庄以莅之，则民不敬。知及之，仁能守之，庄以莅之，动之不以礼，未善也。"

[15·34] 子曰："君子不可小知而可大受也，小人不可大受而可小知也。"

[15·35] 子曰："民之于仁也，甚于水火。水火，吾见蹈而死者矣，未见蹈仁而死者也。"

[15·36] 子曰："当仁，不让于师。"

[15·37] 子曰："君子贞而不谅。"

[15·38] 子曰："事君，敬其事而后其食。"

[15·39] 子曰："有教无类。"

[15·40] 子曰："道不同，不相为谋。"

[15·41] 子曰："辞达而已矣。"

[15·42] 师冕见，及阶，子曰："阶也。"及席，子曰："席也。"皆坐，子告之曰："某在斯，某在斯。"

师冕出。子张问曰："与师言之道与？"子曰："然，固相师之道也。"

● 季氏第十六

[16·1] 季氏将伐颛臾。冉有、季路见于孔子曰："季氏将有事于颛臾。"

孔子曰："求！无乃尔是过与？夫颛臾，昔者先王以为东蒙主，且在邦域之中矣，是社稷之臣也，何以伐为？"

冉有曰："夫子欲之，吾二臣者皆不欲也。"

孔子曰："求！周任有言曰：'陈力就列，不能者止。'危而不持，颠而不扶，则将焉用彼相矣？且尔言过矣，虎兕出于柙，龟玉毁于椟中，是谁之过与？"

冉有曰："今夫颛臾，固而近于费。今不取，后世必为子孙忧。"

孔子曰："求，君子疾夫舍曰欲之而必为之辞。丘也闻有国有家者，不患寡而患不均，不患贫而患不安。盖均无贫，和无寡，安无倾。夫如是，故远人不服，则修文德以来之；既来之，则安之。今由与求也，相夫子，远人不服，而不能来也；邦分崩离析，而不能守也；而谋动干戈于邦内。吾恐季孙之忧，不在颛臾，而在萧墙之内也。”

[16·2] 孔子曰：“天下有道，则礼乐征伐自天子出；天下无道，则礼乐征伐自诸侯出。自诸侯出，盖十世希不失矣；自大夫出，五世希不失矣；陪臣执国命，三世希不失矣。天下有道，则政不在大夫。天下有道，则庶人不议。”

[16·3] 孔子曰：“禄之去公室五世矣，政逮于大夫四世矣，故夫三桓之子孙微矣。”

[16·4] 孔子曰：“益者三友，损者三友。友直，友谅，友多闻，益矣。友便辟，友善柔，友便佞，损矣。”

[16·5] 孔子曰：“益者三乐，损者三乐。乐节礼乐，乐道人之善，乐多贤友，益矣。乐骄乐，乐佚游，乐晏乐，损矣。”

[16·6] 孔子曰：“侍于君子有三愆：言未及之而言谓之躁，言及之而不言谓之隐，未见颜色而言谓之瞽。”

[16·7] 孔子曰：“君子有三戒：少之时，血气未定，戒之在色；及其壮也，血气方刚，戒之在斗；及其老也，血气既衰，戒之在得。”

[16·8] 孔子曰：“君子有三畏：畏天命，畏大人，畏圣人之言。小人不知天命而不畏也，狎大人，侮圣人之言。”

[16·9] 孔子曰：“生而知之者上也，学而知之者次也；困而学之，又其次也；困而不学，民斯为下矣。”

[16·10] 孔子曰：“君子有九思：视思明，听思聪，色思温，貌思恭，言思忠，事思敬，疑思问，忿思难，见得思义。”

[16·11] 孔子曰：“见善如不及，见不善如探汤。吾见其人矣，吾闻其语矣。隐居以求其志，行义以达其道，吾闻其语矣，未见其人也。”

[16·12] 齐景公有马千驷，死之日，民无德而称焉。伯夷叔齐饿于首阳之下，民到于今称之。其斯之谓与？

[16·13] 陈亢问于伯鱼曰：“子亦有异闻乎？”

对曰："未也。尝独立，鲤趋而过庭，曰：'学诗乎？'对曰：'未也。''不学诗，无以言。'鲤退而学诗。他日，又独立，鲤趋而过庭，曰：'学礼乎？'对曰：'未也。''不学礼，无以立。'鲤退而学礼。闻斯二者。"

陈亢退而喜曰："问一得三，闻诗，闻礼，又闻君子之远其子也。"

[16·14] 邦君之妻，君称之曰夫人，夫人自称曰小童；邦人称之曰君夫人，称诸异邦曰寡小君；异邦人称之亦曰君夫人。

● 阳货第十七

[17·1] 阳货欲见孔子，孔子不见，归孔子豚。

孔子时其亡也，而往拜之。

遇诸途。

谓孔子曰："来！予与尔言。"曰："怀其宝而迷其邦，可谓仁乎？"曰："不可。——好从事而亟失时，可谓知乎？"曰："不可。——日月逝矣，岁不我与。"

孔子曰："诺；吾将仕矣。"

[17·2] 子曰："性相近也，习相远也。"

[17·3] 子曰："唯上知与下愚不移。"

[17·4] 子之武城，闻弦歌之声。夫子莞尔而笑，曰："割鸡焉用牛刀？"

子游对曰："昔者偃也闻诸夫子曰：'君子学道则爱人，小人学道则易使也。'"

子曰："二三子！偃之言是也。前言戏之耳。"

[17·5] 公山弗扰以费畔，召，子欲往。

子路不说，曰："末之也，已，何必公山氏之之也？"

子曰："夫召我者，而岂徒哉？如有用我者，吾其为东周乎！"

[17·6] 子张问仁于孔子。孔子曰："能行五者于天下为仁矣。"

“请问之。”曰：“恭，宽，信，敏，惠。恭则不侮，宽则得众，信则人任焉，敏则有功，惠则足以使人。”

[17·7] 佛肸召，子欲往。

子路曰：“昔者由也闻诸夫子曰：‘亲于其身为不善者，君子不入也。’佛肸以中牟畔，子之往也，如之何？”

子曰：“然，有是言也。不曰坚乎，磨而不磷；不曰白乎，涅而不缁。吾岂匏瓜也哉？焉能系而不食？”

[17·8] 子曰：“由也，女闻六言六蔽矣乎？”对曰：“未也。”

“居，吾语女。好仁不好学，其蔽也愚；好知不好学，其蔽也荡；好信不好学，其蔽也贼；好直不好学，其蔽也绞；好勇不好学，其蔽也乱；好刚不好学，其蔽也狂。”

[17·9] 子曰：“小子何莫学夫诗？诗，可以兴，可以观，可以群，可以怨。迩之事父，远之事君；多识于鸟兽草木之名。”

[17·10] 子谓伯鱼曰：“女为《周南》、《召南》矣乎？人而不为《周南》、《召南》，其犹正墙面而立也与？”

[17·11] 子曰：“礼云礼云，玉帛云乎哉？乐云乐云，钟鼓云乎哉？”

[17·12] 子曰：“色厉而内荏，譬诸小人，其犹穿窬之盗也与？”

[17·13] 子曰：“乡愿，德之贼也。”

[17·14] 子曰：“道听而途说，德之弃也。”

[17·15] 子曰：“鄙夫可与事君也与哉？其未得之也，患得之。既得之，患失之。苟患失之，无所不至矣。”

[17·16] 子曰：“古者民有三疾，今也或是之亡也。古之狂也肆，今之狂也荡；古之矜也廉，今之矜也忿戾；古之愚也直，今之愚也诈而已矣。”

[17·17] 子曰：“巧言令色，鲜矣仁。”

[17·18] 子曰：“恶紫之夺朱也，恶郑声之乱雅乐也，恶利口之覆邦家者。”

[17·19] 子曰：“予欲无言。”子贡曰：“子如不言，则小子何述焉？”

子曰："天何言哉？四时行焉，百物生焉，天何言哉？"

[17·20] 孺悲欲见孔子，孔子辞以疾。将命者出户，取瑟而歌，使之闻之。

[17·21] 宰我问："三年之丧，期已久矣。君子三年不为礼，礼必坏；三年不为乐，乐必崩。旧谷既没，新谷既升，钻燧改火，期可已矣。"

子曰："食夫稻，衣夫锦，于女安乎？"

曰："安。"

"女安，则为之。夫君子之居丧，食旨不甘，闻乐不乐，居处不安，故不为也。今女安，则为之！"

宰我出。子曰："予之不仁也！子生三年，然后免于父母之怀。夫三年之丧，天下之通丧也，予也有三年之爱于其父母乎！"

[17·22] 子曰："饱食终日，无所用心，难矣哉！不有博弈者乎？为之，犹贤乎已。"

[17·23] 子路曰："君子尚勇乎？"子曰："君子义以为上。君子有勇而无义为乱，小人有勇而无义为盗。"

[17·24] 子贡曰："君子亦有恶乎？"子曰："有恶：恶称人之恶者，恶居下而讪上者，恶勇而无礼者，恶果敢而窒者。"

曰："赐也亦有恶乎？""恶徼以为知者，恶不孙以为勇者，恶讦以为直者。"

[17·25] 子曰："唯女子与小人为难养也，近之则不孙，远之则怨。"

[17·26] 子曰："年四十而见恶焉，其终也已。"

● 微子第十八

[18·1] 微子去之，箕子为之奴，比干谏而死。孔子曰："殷有三仁焉。"

[18·2] 柳下惠为士师，三黜。人曰："子未可以去乎？"曰："直道而

事人，焉往而不三黜？枉道而事人，何必去父母之邦？”

[18·3] 齐景公待孔子曰：“若季氏，则吾不能；以季、孟之间待之。”曰：“吾老矣，不能用也。”孔子行。

[18·4] 齐人归女乐，季桓子受之，三日不朝，孔子行。

[18·5] 楚狂接舆歌而过孔子曰：“凤兮凤兮，何德之衰？往者不可谏，来者犹可追。已而，已而！今之从政者殆而！”

孔子下，欲与之言。趋而辟之，不得与之言。

[18·6] 长沮、桀溺耦而耕，孔子过之，使子路问津焉。

长沮曰：“夫执舆者为谁？”

子路曰：“为孔丘。”

曰：“是鲁孔丘与？”

曰：“是也。”

曰：“是知津矣。”

问于桀溺。

桀溺曰：“子为谁？”

曰：“为仲由。”

曰：“是鲁孔丘之徒与？”

对曰：“然。”

曰：“滔滔者天下皆是也，而谁以易之？且而与其从辟人之士也，岂若从辟世之士哉？”耰而不辍。

子路行以告。

夫子怃然曰：“鸟兽不可与同群，吾非斯人之徒与而谁与？天下有道，丘不与易也。”

[18·7] 子路从而后，遇丈人，以杖荷蓧。

子路问曰：“子见夫子乎？”

丈人曰：“四体不勤，五谷不分，孰为夫子？”植其杖而芸。

子路拱而立。

止子路宿，杀鸡为黍而食之，见其二子焉。

明日，子路行以告。

子曰："隐者也。"使子路反见之。至，则行矣。

子路曰："不仕无义。长幼之节，不可废也；君臣之义，如之何其废之？欲洁其身，而乱大伦。君子之仕也，行其义也。道之不行，已知之矣。"

[18·8] 逸民：伯夷、叔齐、虞仲、夷逸、朱张、柳下惠、少连。子曰："不降其志，不辱其身，伯夷、叔齐与！"谓："柳下惠、少连，降志辱身矣，言中伦，行中虑，其斯而已矣。"谓："虞仲、夷逸，隐居放言，身中清，废中权。我则异于是，无可无不可。"

[18·9] 大师挚适齐，亚饭干适楚，三饭缭适蔡，四饭缺适秦，鼓方叔入于河，播鼗武入于汉，少师阳、击磬襄入于海。

[18·10] 周公谓鲁公曰："君子不施其亲，不使大臣怨乎不以。故旧无大故，则不弃也。无求备于一人。"

[18·11] 周有八士：伯达、伯适、仲突、仲忽、叔夜、叔夏、季随、季騧。

● 子张第十九

[19·1] 子张曰："士见危致命，见得思义，祭思敬，丧思哀，其可已矣。"

[19·2] 子张曰："执德不弘，信道不笃，焉能为有？焉能为亡？"

[19·3] 子夏之门人问交于子张。子张曰："子夏云何？"

对曰："子夏曰：'可者与之，其不可者拒之。'"

子张曰："异乎吾所闻：君子尊贤而容众，嘉善而矜不能。我之大贤与，于人何所不容？我之不贤与，人将拒我，如之何其拒人也？"

[19·4] 子夏曰："虽小道，必有可观者焉；致远恐泥，是以君子不为也。"

[19·5] 子夏曰："日知其所亡，月无忘其所能，可谓好学也已矣。"

[19·6] 子夏曰："博学而笃志，切问而近思，仁在其中矣。"

[19·7] 子夏曰："百工居肆以成其事，君子学以致其道。"

[19·8] 子夏曰："小人之过也必文。"

[19·9] 子夏曰："君子有三变：望之俨然，即之也温，听其言也厉。"

[19·10] 子夏曰："君子信而后劳其民；未信，则以为厉己也。信而后谏；未信，则以为谤己也。"

[19·11] 子夏曰："大德不逾闲，小德出入可也。"

[19·12] 子游曰："子夏之门人小子，当洒扫应对进退，则可矣，抑末也。本之则无，如之何？"

子夏闻之，曰："噫！言游过矣！君子之道，孰先传焉？孰后倦焉？譬诸草木，区以别矣。君子之道，焉可诬也？有始有卒者，其惟圣人乎！"

[19·13] 子夏曰："仕而优则学，学而优则仕。"

[19·14] 子游曰："丧致乎哀而止。"

[19·15] 子游曰："吾友张也为难能也，然而未仁。"

[19·16] 曾子曰："堂堂乎张也，难与并为仁矣。"

[19·17] 曾子曰："吾闻诸夫子：人未有自致者也，必也亲丧乎！"

[19·18] 曾子曰："吾闻诸夫子：孟庄子之孝也，其他可能也；其不改父之臣与父之政，是难能也。"

[19·19] 孟氏使阳肤为士师，问于曾子。曾子曰："上失其道，民散久矣。如得其情，则哀矜而勿喜！"

[19·20] 子贡曰："纣之不善，不如是之甚也。是以君子恶居下流，天下之恶皆归焉。"

[19·21] 子贡曰："君子之过也，如日月之食焉：过也，人皆见之；更也，人皆仰之。"

[19·22] 卫公孙朝问于子贡曰："仲尼焉学？"子贡曰："文武之道，未坠于地，在人。贤者识其大者，不贤者识其小者。莫不有文武之道焉。夫

子焉不学？而亦何常师之有？”

[19·23] 叔孙武叔语大夫于朝曰：“子贡贤于仲尼。”

子服景伯以告子贡。

子贡曰：“譬之宫墙，赐之墙也及肩，窥见室家之好。夫子之墙数仞，不得其门而入，不见宗庙之美，百官之富。得其门者或寡矣。夫子之云，不亦宜乎！”

[19·24] 叔孙武叔毁仲尼。子贡曰：“无以为也！仲尼不可毁也。他人之贤者，丘陵也，犹可逾也；仲尼，日月也，无得而逾焉。人虽欲自绝，其何伤于日月乎？多见其不知量也。”

[19·25] 陈子禽谓子贡曰：“子为恭也，仲尼岂贤于子乎？”

子贡曰：“君子一言以为知，一言以为不知，言不可不慎也！夫子之不可及也，犹天之不可阶而升也。夫子之得邦家者，所谓立之斯立，道之斯行，绥之斯来，动之斯和。其生也荣，其死也哀，如之何其可及也？”

● 尧曰第二十

[20·1] 尧曰：“咨！尔舜！天之历数在尔躬，允执其中。四海困穷，天禄永终。”舜亦以命禹。

曰：“予小子履敢用玄牡，敢昭告于皇皇后帝：有罪不敢赦。帝臣不蔽，简在帝心。朕躬有罪，无以万方；万方有罪，罪在朕躬。”

周有大赉，善人是富。“虽有周亲，不如仁人。百姓有过，在予一人。”

谨权量，审法度，修废官，四方之政行焉。兴灭国，继绝世，举逸民，天下之民归心焉。

所重：民、食、丧、祭。

宽则得众，信则民任焉，敏则有功，公则说。

[20·2] 子张问于孔子曰：“何如斯可以从政矣？”

子曰："尊五美，屏四恶，斯可以从政矣。"

子张曰："何谓五美？"

子曰："君子惠而不费，劳而不怨，欲而不贪，泰而不骄，威而不猛。"

子张曰："何谓惠而不费？"

子曰："因民之所利而利之，斯不亦惠而不费乎？择可劳而劳之，又谁怨？欲仁而得仁，又焉贪？君子无众寡，无小大，无敢慢，斯不亦泰而不骄乎？君子正其衣冠，尊其瞻视，俨然人望而畏之，斯不亦威而不猛乎？"

子张曰："何谓四恶？"

子曰："不教而杀谓之虐；不戒视成谓之暴；慢令致期谓之贼；犹之与人也，出纳之吝谓之有司。"

[20·3] 孔子曰："不知命，无以为君子也；不知礼，无以立也；不知言，无以知人也。"

附录二

孔子小传

孔子，名丘，字仲尼，生于周灵王二十一年(即鲁襄公二十二年)，时为公元前551年。当时为东周春秋时代后期，诸侯各自为政，礼坏乐崩日趋严重。孔子祖先为宋国人(殷朝后代)，后迁于鲁国定居；他生于鲁国鄹邑(今山东曲阜市附近的尼山)。孔子三岁时，父亲叔梁纥去世；他由母亲颜征在抚养长大，接受一般乡村孩子的教育(文化常识与基本战技)，至十五岁告一段落，再自己立志学习，终于以博学知礼而闻名。

孔子十七岁时，母亲过世。二十岁时娶亓官氏(宋国人)为妻，翌年生子孔鲤(字伯鱼)。他做过的职业包括委吏(管理仓库)、乘田(管理牧场)与助丧(承办丧事)等。三十岁前后就有学生求教并追随他，形成一个独特的师生团体，以讲学修德与治国利民为其目标。孔子学不厌而教不倦，学问与见识渐成系统，"四十而不惑"。"五十而知天命"，明白自己的神圣使命何在。鲁定公九年(公元前501年)孔子五十一岁，开始正式从政，为鲁国中都宰(县长)；五十二岁，升任小司空(工程部门副长官)，不久又升任司寇(司法部门长官)，位列大夫，政绩卓越；五十三岁，更以司寇之职行摄相事，协助季氏处理国政；五十四岁，主张"堕三都"，想拆除郈、费、成三邑的城堡，以维护鲁国的统一与安定，可惜最后失败。孔子五十五岁时，齐国送给鲁国能歌善舞的女子，使执政的季桓子与鲁定公流连忘返；不久，鲁国举行郊祭，又未依规定送祭肉给孔子。孔子乃决定去职离乡，周游列国，遍历卫、曹、宋、郑、陈、蔡各国。他的信心坚定，理想远大，犹如推行教化的“天之木铎”，在别人眼中则是“知其不可而为之”；这正是“六十而顺（顺天命）”的阶段，以致两次（在匡，在宋）面临生命危险，都将自己的命运直接诉之于“天”。

鲁哀公十一年（公元前 484 年），孔子六十八岁时，鲁国由季康子执政，正式召请孔子回国，孔子乃结束长达十四年颠沛流离的周游教化。孔子七十岁时，儿子孔鲤去世；七十一岁时，学生颜回去世，同一年（公元前 481 年）鲁君西狩获麟，孔子《春秋》绝笔；七十二岁时，学生子路去世。公元前 479 年，时为周敬王四十一年，鲁哀公十六年，孔子辞世，享年七十三岁。许多弟子为他“守丧三年”，子贡更再守墓三年。后来，孔墓附近筑室为家的多达百余户，形成聚落，名为孔里。

综观孔子生平，并无惊天动地的大事业，却以身教与言教塑造了人的典型与典型的人，所谓“言而世为天下则，行而世为天下法”，所谓“匹夫而为百世师”，“微斯人，吾谁与归！”